CHILDREN OF THE RUNE

BLOODED

7

전민희
장편
판타지

7

룬의 아이들

블러디드

CHILDREN OF THE RUNE
BLOODED

엘릭시르

13

장

METAMORPHOSIS

14

장

REPRIEVE

언젠가 누구든 마침내
내 가슴을 찌를 때,
나는 오늘의 너를 기억하리라.
나의 어린 적이여,
새로 태어난 나의 첫번째 적이여.

그리고 그날, 만일 내 안에 심장이 들어 있다면
그중 검은 불을 품은
가장 단단한 조각은
너의 것이리라.

네게 가장 좋은 것을 예비하였음을 의심치 말라.

13
장

METAMORPHOSIS

피투성이 낭하

겨울 궁전의 남쪽 낭하는 오전 아홉시의 햇빛으로 빛나고 있었다.

바닥은 창틀이 그려놓은 수십 개의 금으로 조각조각 나뉘었다. 발레 연습을 할 때면 이 금들은 쓸모가 있었다. 뛰어오르다가 실수할 때마다 '여기부터 다시 시작'이라고 마음을 다잡기에 좋았다. 낭하 입구에 선 샤를로트는 입속으로 말했다. 여기부터 다시 시작.

다시 시작할 수밖에 없다. 오늘 새벽에 과거의 자신을 죽여버렸으니까.

연갈색 대리석 바닥에 죽은 자들이 뒹굴고 있었다. 피웅덩이들은 빨간 샘 같았다. 흰 벽에는 몸부림친 자들의 흔적이

붉게 찍혔다. 박살나 흩어진 유리 조각들은 샹들리에처럼 무지갯빛을 발했다.

“연하! 도망친 알베르 공을 발견했습니다! 지하 포도주 저장고입니다!”

홱 돌아선 샤를로트가 장갑을 바짝 당겨 꼈다. 흠뻑 젖은 가죽 장갑에서 배어난 핏방울이 낭하의 격자 위로 떨어졌다. 투둑.

“가자.”

구스타브가 앞장서서 안내했지만 실은 샤를로트도 잘 아는 길이었다. 성의 기단 아래 바위굴을 파내어 만든 네 개의 커다란 방. 서늘하고 어둑한 굴속에 대형 오크통이 미로처럼 늘어선 그곳은 숨바꼭질하기에 좋은 곳이었으니까.

오래전, 겨울 궁전이 어느 남작의 자그마한 성이었을 때도 이 포도주 저장고는 존재했다. 전쟁을 피하려고 숨은 마을 사람들이 포도주만 마시며 두 달을 버텼다는 비참한 전설도 남아 있는 그곳에 위세 높던 알베르 공이 숨어 있다니.

어두운 계단을 내려가는 샤를로트의 입가에 냉소가 머물렀다. 앞장선 병사가 밝힌 횃불이 오래된 벽 위로 일렁인다. 기억 속의 장소들도 조각난 그림들처럼 단속적으로 번뜩였다. 오빠는 여기서 기다려. 열 세고 와야 해. 거긴 너무 어두워. 쥐가 나올지도 몰라. 어디 숨었지? 여긴가? 아니야! 오빠!

오빠!

바닥에 내려서자마자 에투알 세 명이 그늘과 모퉁이를 나눠 방어했다. 눈앞은 자신의 키를 넘는 오크통이 가로막고 있었다. 샤를로트는 주위를 한 바퀴 둘러본 다음 조용히 귀를 기울였다. 이곳에서 나는 소리라면 잘 알고 있다. 바람이 불어가는 소리, 오크통이 삐걱거리는 소리, 물방울 듣는 소리, 그리고……

또각.

이런 상황에서도 맨발로 걸을 줄은 모르는 것이 오를리 귀족들이지.

샤를로트는 조안느, 구스타브, 루카에게 수신호를 보냈다. 그들이 고개를 끄덕이자 샤를로트가 일부러 발소리를 내어 몇 발짝 나아간 다음 입을 열었다.

"알베르 공, 이 안에 있다는 걸 알고 있습니다."

대답이 없었지만 말을 이었다.

"오를리 귀족의 귀감으로 불리던 그대를 쥐들이나 드나드는 이런 굴에서 접견하게 되어 심히 유감스럽습니다. 그대의 조카 된 이로서, 그대가 대공가의 위엄을 생각해서라도 끝까지 품위를 지켜주길 기대했건만 마지막으로 해야 할 전투가 쥐잡이라니요."

차디찬 저장고처럼 샤를로트의 목소리에도 한기가 흘렀다.

에투알들은 그림자처럼 미동 없이 각자가 정한 곳을 쏘아보았다.

"잘 알겠지만 지금 같은 계절에 이곳의 문을 봉쇄하면 안에 있는 그대들은 사흘이 가기 전에 얼어죽은 시체로 발견될 것입니다."

알베르 공이 혼자 숨었을 리 없었다. 하지만 달리 탈출할 통로가 없는 곳이니만큼 전황이 불리해진 후에야 들어갔을 것이고, 따라서 호위병이 열 명은 안 될 것이다. 이 안에서 숨바꼭질을 하며 싸워도 승산은 있지만 약간의 피해는 감수해야 하리라.

"그러니 기회가 있을 때 직접 걸어나오는 편이 현명하겠지요."

잠시 후 알베르 공의 목소리가 들려왔다.

"샤를로트…… 너와 할 이야기가 있다."

실은 샤를로트가 문을 봉쇄해버리는 대신 내려온 것도 그래서였다. 샤를로트도 알베르 공에게 들어야 할 이야기가 있었다.

"좋습니다."

"너 혼자 들어와야 할 것이다. 다른 사람이 들어선 안 되니."

세 에투알이 동시에 샤를로트를 봤다. 샤를로트는 그들의 눈을 보지 않고 대답했다.

“그러지요. 그대들은 여기서 기다리도록.”

샤를로트가 한 발짝 떼어놓자 조안느가 반대쪽 어둠 속으로 소리 없이 이동했다. 샤를로트는 거대한 오크통 뒤로 돌아 들어가 첫번째 방을 가로질렀다. 두번째 방 입구에서 여차하면 뽑을 자세로 검 손잡이를 쥔 채 웃음기를 섞어 물었다.

“못 찾겠네요. 더 깊이 숨으셨나요?”

두번째 방은 천장이 높았고 위에는 무엇에 쓰려 했는지 모를 아치가 남아 있었다. 바닥은 들어갈수록 낮아졌다. 첫번째 방과 두번째 방은 제법 크지만 그다음부터 확 줄어들고, 마지막은 허리 펴기도 힘든 사방 스무 걸음짜리 굴이었다. 마지막 방에 숨어 있다면 제법 웃긴 꼴일 것이다.

“맨 끝 방은 내가 일곱 살에 숨바꼭질하러 들어가면 딱 맞았는데. 지금은 들어가기 힘들 것 같은데요.”

그렇게 말하며 샤를로트는 아치 쪽을 힐끗 봤다. 그때 대답이 들려왔다.

“네가 뭘 걱정하는지 안다. 하지만 대공가의 명예를 위해 조금만 더 들어와다오.”

“연하……”

조안느가 나직이 불렀지만 샤를로트는 대답하지 않고 입구를 통과해 두번째 방으로 들어갔다. 오크통이 늘어선 곳을 지나 폐쇄된 우물이 있는 곳에 이르렀다. 세번째 방이다.

"자, 이제 말해보세요. 그대가 무얼 믿고 이 무모한 반란을 일으켰는지."

"내가 뭘 믿었느냐고?"

나직이 웃는 소리가 났다. 코끝에 닿는 공기가 바깥보다 차가웠다. 희미하게 소름이 끼쳐왔다.

"넌 모를 게다. 내가 수십 년간 대공국을 위해 얼마나 헌신해왔는지. 잘되든 안되든 난 이 일을 해야 했다. 내가 실패자로 보이느냐? 내가 사라져도 이 과업은 끝나지 않는다. 나와 뜻을 같이하는 수많은 귀족이 여전히 남아 있고 그들은 절대로 포기하지 않을 것이다."

"포기하지 않고 뭘 하겠다는 건가요?"

"이 나라를…… 지키지."

목소리가 한 발 가까워졌다. 샤를로트는 미간을 찌푸리며 그 말을 되씹었다. 나라를 지키기 위해 반란을 일으켰다고? 적이 누구이기에?

"무엇으로부터 지킨다는 말이죠?"

신음소리인지 웃음소리인지 모를 소리가 가까워졌다.

"너로부터."

어디선가 액체가 쿨렁이는 소리가 났다. 잠시 후 샤를로트가 낭랑하게 웃었다.

"그냥 욕심 많은 분인 줄 알았더니 망상증이 있으셨군요. 내가 나라를 무너뜨릴 악군이 될 거다, 그 말씀인가요? 아마도 어머니가 오를리 귀족이 아니기 때문에?"

"그래, 네 어머니…… 델핀. 그 여자가 문제의 시작이었지."

샤를로트는 다시 귀를 기울였다. 소리는 나지 않았지만 새로운 냄새가 코끝에 닿았다.

"그 물귀신 같은 여자, 그 여자가 대공 전하를…… 형님을 홀렸어. 요술로 사로잡아 꼭두각시로 만든 거다. 널 낳기 위해서."

"지금 대공 전하께서 오를란느를 수십 년간 다스리시는 내내 맑은 정신이 아니었다고 주장하는 건가요?"

냉소적인 대꾸에도 알베르 공은 굽히지 않았다.

"넌 그때를 안 봐서 모른다. 형님은 그 여자를 만났을 때부터 제정신이 아니었어. 내쳐야 한다고 극구 간언했지만 들은 체도 하지 않았지. 만난 지 한 달 만에 결혼하겠다니, 그게 요술에 홀리지 않고서 가능한 일이냐? 그 냉정하던 줄리앙 형님이, 열두 살이나 어린 여자한테 미쳐서 출신이고 신분이고 뭐고 따지지도 않고, 심지어 정부도 아니고 대공비로 삼겠다니! 대륙에서 가장 고귀한 피를 천 년 동안 이어온 오를란느에서! 틀림없이 끔찍한 요정의 장난이었지!"

"말조심해요. 당장 목을 베이고 싶지 않으면."

경고하는 샤를로트의 검을 쥔 손에 힘이 들어갔다. 그러나 알베르 공은 허탈하게 웃었다.

"흐, 흐흐흐…… 나야 여기서 죽으면 그만이다. 하지만 이게 끝이라고 생각하지 마라. 나처럼 생각하는 사람이 얼마나 많은지 넌 상상도 못할 게다. 쇼몽 백작부인을 기억하느냐?"

가장 아픈 상처 중 하나인 이름이 튀어나오자 샤를로트의 미간에 날카로운 주름이 섰다. 쇼몽 백작부인은 그때 왜 샤를로트를 죽이려 했는지 끝내 말하지 않았다. 마지막 순간에도 그저 죄송하다고만 했을 뿐이었다.

"쇼몽 백작부인은 델핀, 그 여자의 수석 시녀였어. 그러니 누구보다도 잘 알고 있었지. 그 여자가 오를란느를 망치려고 나타난 사악한 요정이라는 걸. 그 여자는 밤중에 은밀히 궁을 떠났다가 새벽에 돌아오곤 했어. 그때 시녀였던 귀부인들은 대공비의 옷자락이며 신발에 갯것의 냄새가 묻어 있었다고 했지. 그게 가능한 일이냐? 너도 오를리에서 바다까지 얼마나 걸리는지 알 게 아니냐? 하룻밤 만에 바다까지 날아서 다녀온 건 필시 요정에게만 가능한 술법이야!"

샤를로트가 코웃음을 쳤다.

"다들 어린애 같군요. 하늘을 날아서 바다에 다녀오는 요정이라니, 그런 말을 나더러 믿으란 건가요? 그따위 이야기나 듣자고 여기까지 들어와드린 건 아니었는데요."

"그뿐인 줄 아느냐? 그 여자는 삼 년 만에 갑자기 사라져 버렸지. 대공비의 지위도, 보석이나 재물도, 남편과 갓 낳은 너까지도 모조리 버리고 가버렸다. 옷 한 벌, 여비 한푼 챙기지 않고 그저 홀연히 사라진 게야! 심지어 목격자도 없다니, 궁을 경비하는 수많은 병사가 모두 눈뜬장님은 아닐 텐데, 그게 사람에게 가능한 일이라고 생각하느냐? 어머니가 젖먹이를 두고 떠나버리는 것이?"

샤를로트의 입가가 냉소로 일그러졌다.

"글쎄요. 정말 이상한 일이군요. 하지만 나라면 날아다니는 요정 타령을 하느니 은밀히 살해당했다고 판단했을 것 같네요. 이렇게나 미워하는 사람이 많았으니 후보도 넉넉하잖아요?"

"흥, 그런 기미가 보였더라면 대공 전하께서 가만히 있었겠느냐? 그 여자한테 미쳤을 때 그 차갑고 예민하던 형님이 얼마나 웃고 다니는지 귀족들이 오히려 겁을 먹고 슬슬 피해 다녔어. 그 여자가 자길 버리고 나니까 그나마 제정신이 돌아온 거지. 얼마나 상처가 컸는지 한동안은 너도 안 보려 했었는데. 그런데 너도 요정의 딸이라 그런가 사람을 홀리는 재주가 보통이 아니더구나. 결국 대공 전하도, 대공자도 너라면 사족을 못 쓰게 만들었으니."

그런 재주가 진짜로 있었더라면 오를리 귀족들이 그렇게

샤를로트를 싫어했을까.

“쇼몽 백작부인도 마찬가지였지. 그 여자의 정체를 누구보다 잘 알면서도 너를 애지중지 키운 걸 보면 말이야. 베르나르 대공자가 살아 있을 때까진 그래도 괜찮았겠지. 하지만 대공자가 죽고 요정의 딸, 네가 후계자가 된다 하니 백작부인도 참을 수가 없었던 거야. 백작부인뿐만이 아니지. 대공 전하께 저애만은 안 된다고 얼마나 많은 귀족이 간곡히 호소했는지 아느냐? 요정의 핏줄에게 나라를 맡길 수는 없다는 걸 올바른 정신을 가진 사람들은 다 알지. 요정들의 눈에 인간의 나라쯤은 모래사장에 그려진 그림 같은 거니까.”

기괴할 정도의 확신에 샤를로트는 숨이 막혀왔다. 오를란느에 태어난 이상 샤를로트도 요정 이야기들에 익숙했고 어느 정도 믿기도 했다. 하지만 저들은 자신을 인간으로 보고 있지도 않았다.

“백작부인은 나라를 위해 결단을 내렸지만 운이 나빴지. 나도 마찬가지 신세가 되겠지만…… 잊지 마라. 델핀을 기억하는 사람들은 너에게 대공국을 맡기지 않는다. 너도 대공국을 사랑하는 마음이 있다면 그게 네 자리가 아니란 걸 깨달아야 해. 우리가 대공 전하께 반역을 한 줄 아느냐? 내 아들이 대공이 되든 말든, 그까짓 게 중요했을 거라고 생각하느냐? 난 여전히 대공 전하의 충성된 신하이고 이 나라를 수호하는 대공가의 일원이야! 그랬기 때문에 네가 대공이 되는 걸 막아야 했던 거다. 샤를로트…… 대공가에서 절대로 대공이 될 수 없는 단 한 명이 있다면 그건 바로 너다."

"그런 주제에 감히 대공 전하를 억류하고 근위병들을 살해했단 말인가요? 그분의 뜻을 조작하고?"

"전하께선 의식을 잃으셨을 뿐이야! 우리 중 누구도 전하를 해치지 않았어!"

"그럼 하나 묻겠는데, 만일 대공 전하께서 의식을 되찾고 필리프를 섭정으로 인정할 수 없으며 너희는 반역자라 하신다면 어찌할 작정이었나요? 그분의 뜻이니까 모두 얌전히 형장으로 끌려갔을까요?"

"……"

순간 말을 잇지 못하던 알베르 공이 다시 소리쳤다.

"형님의 총기가 흐려진 건 모두 그 여자와 너 때문이다! 어차피 형님은 오래 살 수도 없을 사람이고…… 우리는 미래를 생각해야 했어! 네가 이 나라를 집어삼키는 걸 막기 위해 우리는 무엇이든 해야 했단 말이다!"

"그래요. 그게 전부였군요."

샤를로트가 한 발짝 물러나며 눈앞을 쏘아봤다.

"그대들이 이 어리석은 반란을 획책한 이유가 고작 어린애들이나 믿을 요정 이야기 때문이었다는 거군요. 난 이보다는 그럴듯한 이유를 댈 줄 알았어요. 그리고 알베르 공, 나 역시 그대가 대공가의 일원다운 충심을 가졌을 거라고 생각했습니다. 다른 사람들이 그대가 대공위를 탐내 무모한 역모를 꾸민 탐욕스러운 멍청이에 불과하다 할 때도 난 이 가문에 그런 멍청이는 없다고 생각했죠. 그래서 위험을 무릅쓰고 여기까지 들어왔는데, 그런데 뭐죠? 왜 이 나라의 대공이 나여서는 안 되는지, 단 한 마디인들 진실로 의미 있을 수는 없었나요? 숙부와 조카가 칼을 쥐고 마주선 이 순간에?"

"넌 몰라…… 그 여자는 대공 전하를 이용해서 너를 낳고 너에게 끔찍한 숙제를 줬어. 그게 대공가의 후계가 할 일인가? 모름지기 대공이란 마술사가 아니야. 마술이 아닌, 통치로 오를란느를 수호해야 하는 존재란 말이다."

샤를로트는 처음으로 멈칫하며 미간을 찡그렸다. 저 말은 자신이 사과의 꿈을 이어받아 아이언페이스와 맞서야 한다는 사실을 가리키는 것 같지 않은가?

"그 여자는 베르나르 대공자조차 망쳤어. 네가 자라려면 시간이 걸리니까 어린 대공자를 홀려서 네가 클 때까지 대신하라고, 장차 네가 가야 할 길을 미리 닦으라며 걸레처럼 써먹었지. 인간이 해낼 수 있는 일도 아닌데. 요정 세상의 일에 대공국의 하나뿐인 후계자를 끌어들여 희생시킨 사악한 계집! 대공자가 죽은 것도 전부 그 여자와 네 탓이야!"

알베르 공의 목소리가 동굴을 울렸다. 하지만 뒤이어 터진 샤를로트의 외침이 더 사나웠다.

"말도 안 되는 소리 하지 말고 닥쳐!"

그때 줄곧 희미하게 흘러오던 냄새가 훅 가까워지며 샤를로트는 또각 하는 구둣발소리를 들었다. 미리 준비한 그대로 입구에 두었던 몸을 벽 뒤로 빼며 뽑은 칼을 횡으로 그었다. 푹 하고 베이는 소리가 나자 멈추지 않고 그대로 밀어붙여 한 번 더 찔렀다.

육중한 몸이 벽을 타고 미끄러졌다. 쓰러진 알베르 공이 기괴한 웃음을 흘렸다.

"막아라!"

멀찍이서 무언가 육중한 것이 넘어지면서 굉음이 동굴을 울렸다. 알베르 공은 쓰러진 채로 샤를로트의 다리를 움켜잡았다.

"요정의 딸…… 너만은 막으리라……"

알베르 공의 팔을 걷어차 뿌리쳤을 때 마른 우물을 덮은 덮개가 덜덜 떨리며 바닥이 진동하기 시작했다. 뭔가가 오고 있다. 뭐지?

콰콰쾅!

덮개가 날아가며 물이 솟구쳤다. 폭포나 다름없는 압력으로 터져나와 천장에 부딪치고 사방으로 튀었다. 두번째 방으로 달려나가는데 오크통 위에 숨어 있던 정예병 여덟 명이 뛰어내려 앞을 가로막았다. 샤를로트가 그들을 노려봤다.

"감히 내 앞을 막다니! 모두 비키지 못할까!"

"대공국을 위해…… 사악한 요정의 딸은 죽어야 한다!"

첫번째 검이 뻗어오자 샤를로트가 꺾어 쥔 검으로 단번에 튕겨내고 뒤이어 상대의 목을 그었다. 피보라를 뿜으며 쓰러지는 병사 뒤로 두 자루의 검이 튀어나왔지만 역시 단 두 번의 동작만으로 끊어냈다. 세미-트랑샹 검이어도 팔목뼈 정도는 쉽사리 잘라낸다.

손쓸 틈도 없이 세 명이 쓰러진 가운데 기본자세 3번을 잡는 샤를로트를 보며 나머지가 멈칫거렸다. 공녀는 평범한 귀족과 수준이 다르다. 하지만 여기서 물러나면……

그럴 시간은 없었다. 이번엔 샤를로트가 먼저 달려들었다.

싸악!

검이 어지럽도록 빠른 궤적을 그린다고 느꼈지만 실제로는 단 네 번 그었을 뿐이다. 오크통 뒤로 숨으려던 한 명은 어깨를 관통당하고 다른 하나는 이마가 뚫렸다. 곧이어 또하나가 등을 보이려다 쓰러졌다. 이를 악문 샤를로트의 검은 어느 때보다 매서웠다. 모든 공격이 단번에 상대를 죽이려는 살기를 띠었다.

나머지 하나는 통들 사이로 도망쳤지만 반대쪽에서 병사

둘을 처치하고 달려온 조안느의 검이 놓치지 않았다. 겨우 숨을 돌리는데 구스타브와 루카의 외침이 들려왔다.

"연하! 무사하십니까!"

목소리가 멀다 싶더니 첫번째 방으로 나가는 출구가 병사들이 넘어뜨린 대형 오크통으로 가로막혀 있었다. 샤를로트와 조안느, 두 사람만이 안쪽에 갇혔다. 물은 금세 종아리 절반까지 올라왔다. 안으로 갈수록 바닥이 낮아지는 동굴의 구조상 안쪽은 이미 허벅지까지 찼을 것이다. 알베르 공은 그 물에 휩쓸린 듯 보이지 않았다.

"연하! 그쪽 물이 얼마나 깊습니까?"

"아직은 무릎 밑이야!"

"이걸 박살내면 물이 이리로 빠질 텐데!"

샤를로트는 가까운 오크통 위로 올라가 주변을 훑어봤다. 천장이 제법 높아 안쪽이 물로 가득차기는 쉽지 않겠지만 나갈 통로가 하나뿐이라는 점에서는 결국 같은 상황이었다.

구스타브와 루카가 흥분해서 옥신각신하는 목소리가 들렸다.

"연하, 옆으로 비키십시오! 이쪽에서 밀겠습니다!"

"물 무게 때문에 안 밀릴걸?"

"그럼 통을 부숴버리지!"

"포도주까지 쏟아질 거 아냐!"

"양쪽으로 넘칠 테니까 괜찮아!"

그러나 두 사람의 검은 트랑샹이 아니었다. 육중한 만큼 재질도 두꺼운 오크통을 검만으로 부수기란 쉽지 않았다. 화가 치민 구스타브가 공녀 앞이라는 것도 잊고 욕을 해댔다.

"씨발! 공격 특기가 있는 놈을 데려왔어야 했는데!"

나제리온이 있었더라면 좋았겠지만 경험 많은 군인이 부족했기에 그는 위에서 일개 부대를 이끌고 잔당을 소탕하고 있었다. 어쨌든 오래 머뭇거릴 시간이 없었다. 이쪽 물이 많이 차오른 상황에서 오크통이 부서진다면 구스타브와 루카도 위험해질 것이다. 순식간에 넘친 물이 첫번째 방과 지상을 연결하는 좁다란 계단까지 덮칠 가능성이 컸다. 조안느가 오크통 위를 올려다보며 소리쳤다.

"연하! 거기 계십시오! 제가 가겠습니다!"

두번째 방에 들어와 있었던 사람이 조안느뿐이었던 이유는 알고 있다. 샤를로트는 조안느 쪽을 힐끗 보더니 새침하게 몸을 도사리며 대꾸했다.

"너한테 그런 기회 안 줘."

샤를로트는 조안느의 반대쪽으로 뛰어내려 방 가운데로 갔다. 이미 허벅지까지 올라온 물이 위험천만하게 출렁거렸다. 조안느가 서둘러 물을 헤치며 다가오는 사이 샤를로트가 자세를 낮추며 두 손을 물에 넣었다. 그 직후, 거칠게 밀려들던 물이 제자리에서 소용돌이치더니 곧 위로 용솟음쳐올랐다.

좌아아아!

물속에서 뭔가가 튀어나오나 하고 놀란 조안느가 검을 빼들었지만 그건 물기둥일 뿐이었다. 높다란 천장을 향해 꼿꼿이 선 물기둥을 보며 조안느의 동공이 커다랗게 열렸다.

"어떻게……"

거대한 물기둥이 물을 빨아들이자 수위는 발치까지 내려갔다. 샤를로트가 조안느를 돌아보며 눈짓했다.

"저거, 빨리."

조안느가 달려가 오크통에 달린 밸브를 비틀어 활짝 열어버리자 포도주가 콸콸 쏟아지기 시작했다. 그때 밖에 있던 구스타브는 특기인 경질화를 제 주먹에 걸고 오크통을 때려 부수는 중이었다. 곧 양쪽으로 포도주가 폭포처럼 쏟아지며 그윽한 술냄새가 동굴 안에 가득해졌다. 무게가 좀 빠졌나 술통을 밀쳐보던 루카가 중얼거렸다.

"젠장, 이러다 술 취하겠네."

조안느가 안쪽에서 대꾸했다.

"술이 대수겠어. 니들 지금 연하께서 뭘 하고 계신지 모르지? 보면 아마 내가 취해서 헛것을 보나 싶을 거다."

조안느의 눈에는 마법처럼 솟아오른 물기둥만 보였지만 샤를로트에게는 아니었다. 프시키 십여 마리가 물 안쪽과 바깥쪽에서 맹렬한 속도로 돌고 있었다. 이런 식의 명령을 내려본 것은 처음이었는데 생각보다 효과가 강력했다. 프시키가 이 안에 여럿 있었던 것도 행운이었다. 물론 들어오기 전에 이미 확인해둔 부분이었다.

알베르 공이 안쪽으로 들어오라 할 때 마지막 한 수가 있으리란 것은 충분히 예상했다. 하지만 반란 수괴의 최후의 변을 들어둘 필요가 있었고, 무엇보다 프시키가 있었기에 들어가는 쪽을 택했다. 폐쇄된 우물에 수로를 연결해놓았을 것까진 예상하지 못했지만 뭉쳐진 프시키의 힘은 생각보다 강력했다.

"됐어! 그쪽으로 민다! 하나, 둘!"

구스타브가 소리치더니 곧 루카와 함께 통을 밀었다. 조안느도 안쪽에서 힘을 보탰다. 통이 옆으로 약간 밀리자 두 사람이 안으로 들어왔고, 셋은 힘을 다해 통을 옆으로 굴려냈다. 수십 년은 묵었을 향기로운 포도주가 거리에 버린 세숫물처럼 발밑으로 흘렀다.

곧 구스타브와 루카도 솟구쳐오른 물기둥을 보고 눈을 커다랗게 떴다. 물기둥의 높이는 어느새 키의 세 배에 달했다. 샤를로트가 뒤를 돌아보지 않은 채 말했다.

"너희 먼저 나가."

"따를 수 있는 명령이 아닙니다, 연하."

"음, 그렇긴 하네."

하지만 샤를로트가 먼저 탈출하면 이곳은 도로 물바다가 되고 말 것이다. 샤를로트는 한 발씩 뒷걸음질치며 물러섰다. 곁에 선 조안느가 방향을 잡아주면서 첫번째 방으로 모두 빠져나왔다. 계단 입구까지 몇 발짝을 남긴 채 샤를로트가 말했다.

"내가 먼저 갈 테니 뒤따라 달려. 하나, 둘, 셋!"

샤를로트가 먼저 돌아서서 계단으로 뛰어오르자 나머지 셋도 뒤따랐다. 동시에 물기둥이 산산이 깨어지면서 사방의 벽을 후려치는 소리가 울렸다.

"더 빨리!"

물이 첫번째 방을 채우고 나면 좁다란 계단쯤은 파죽지세로 삼킬 것이다. 모두 이를 악물고 뛰어올라갔다. 발밑에서 용이 우르릉대는 듯한 소리가 계단 위까지 울렸다. 겨우 지하 1층까지 올라간 네 사람은 저장고 문을 닫아걸고 지상으로 뛰어나갔다.

"헉, 헉, 후우……"

햇빛을 보자 살아서 나왔다는 실감이 났다. 그 정도 달린다고 힘겨워할 사람들은 아니었지만 긴장한 탓인지 다들 숨이 가빴다. 샤를로트는 벽에 기대서서 조금 전의 전투를 돌이켜보았다. 그리고 허리의 검을 내려다보았다. 닦을 틈도 없이 꽂은 검 손잡이와 칼집 사이에 핏방울이 검게 엉겨 있었다.

알베르 공은 죽었겠지.

그가 마지막으로 한 말을 온전히 믿든 안 믿든, 알베르 공은 나름대로 대공국을 지켜내기 위해 모든 일을 저질렀다고 믿는 듯했다. 그 증거로 그는 자신을 미끼로 샤를로트를 저장고 안으로 끌어들였다. 오크통이 쓰러져 함께 갇힌 상황에서 알베르 공 혼자 살아나갈 방법이 있었을 리 없다. 그는 목숨을 걸었다. 태초의 마법사가 세웠으나 이제는 인간의 땅이 된 오를란느를, 요정의 손으로부터 지켜내겠다고.

그러나 요정의 딸은 그가 발목을 붙들고 끌어들이려던 물구렁텅이에서 그를 찌르고 살아 나왔고 장차 대공국을 이어받을 것이다. 옛이야기대로라면 오를란느는 이제 요정의 영지가 되어 물밑에 잠기거나 세상 사람들이 찾아낼 수 없는 마법의 땅이 되어야 할 텐데.

샤를로트는 고개를 저었다. 자신은 어머니를 모른다. 자신이 요정의 딸이라고도 믿지 않는다. 그러나 동시에…… 자신이 인간인지도 알지 못했다. 사라져버린 어머니가 남겨준 기괴한 약속을 이행해야만 하는 자신은 정체가 무엇인가? 과연 이 땅을 물려받아도 되는 존재일까?

그때 호흡을 가다듬은 조안느가 샤를로트를 보았다.

"연하, 아까 만드신 그거, 뭐였어요?"

"프시키."

"아, 그럴 것 같긴 했는데…… 그래도 그런 것도 될 줄은 몰랐어요. 진짜 놀랐습니다. 덕택에 살았네요."

샤를로트는 고개를 끄덕이며 상념을 떨쳐냈다. 지금은 승리의 순간이고 목숨걸고 싸운 부하들에게는 영광을 주어야 했다.

"나야말로 그대들 덕택에 살았지. 모두 수고했다. 궁전을 되찾고 나면 수장시킨 창고는 그대들에게 헌정해야겠어."

그 말에 구스타브가 입맛을 다시며 루카를 봤다.

"아까 우리가 쏟아버린 그 술, 좋은 거겠지? 아깝네."

"그렇겠지. 물 빼낸 다음에 다른 통이라도 건질 수 있으려나."

조안느가 둘을 보며 핀잔을 주었다.

"뭘 아까워해. 에투알 일흔여덟 명을 다 모아도 아까 쏟아진 술의 반의반도 못 마셔."

에투알은 전반적으로 술을 잘 못했다. 실력이 좋을수록 그랬다. 루카가 제 장화를 내려다봤다.

"마시지도 못할 거, 신발 밑창이라도 헹궈두길 잘했네요. 이 그윽한 향 좀 보십쇼."

루카가 발을 들어올려 향을 음미하는 시늉을 하자 다들 웃음이 터졌다. 그때 다른 병사들이 달려오다가 샤를로트를 보고 바로 멈춰 서서 한쪽 무릎을 꿇었다. 샤를로트가 고개를 끄덕여 보이며 물었다.

"위층 전투는 끝났나?"

"네! 단장님이 잔당 소탕이 끝났음을 연하께 알리라 하셨습니다!"

"좋다. 올라가겠다. 모두 수고했다."

조안느가 다른 병사들을 불러 지시했다.

"지하 포도주 저장고가 물에 잠겼다. 물이 넘칠지도 모르니 가서 확인하도록."

"네!"

이윽고 샤를로트는 궁전으로 들어가 위층으로 향했다. 새벽에는 샛길과 지붕 위를 달렸지만 지금은 중앙 계단 한가운데로 당당히 올라갔다. 제 힘으로 계승권을 쥔 공녀가 밟고 오르는 양탄자에는 전투가 그린 새로운 무늬가 흩어져 있었다.

오전 열시. 겨울 궁전의 반란 세력은 샤를로트 공녀의 군대에 진압되었다.

호수 속 섬

대공은 오랫동안 잠을 잤다. 하루의 대부분을 잠든 채 보내다가 저녁에만 잠시 깨어 있었다.

반역자들은 대공을 해치지 않았다고 주장했다. 만찬 도중 갑자기 쓰러졌을 뿐이라 했다. 평소 그렇듯 술 한 모금 입에 대지 않았는데도. 그자들은 거짓을 말했을까? 알 수 없는 일이었다. 하지만 그들이 대공을 해하고자 했다면 샤를로트의 기습을 알아차린 후에도 얼마든지 기회가 있었다. 반역 세력의 중추를 무력화하기까지 대략 두 시간은 걸렸으니까. 그들은 그사이 대공을 해치지도, 인질로 삼지도 않았다.

알베르 공의 주장은 사실이었던 것일까.

겨울 궁전을 장악한 날, 샤를로트는 알레망 단장을 비롯한

두세 명만 대동하고 대공의 방에 들어섰다. 대공은 누운 채 눈을 뜨고 있었다. 그러나 대공이 바라보는 건 정원이 내려다보이는 창밖도, 금박 두른 보랏빛 휘장과 태피스트리도, 눈앞의 사람들도 아니었다. 벽이었다.

그간 무슨 일이 있었으며 누구와 함께 반란을 진압했는지 설명하는 동안 대공은 아무 말도 하지 않았다. 말을 알아듣긴 하는 건가 싶을 정도였다. 신하들의 눈에 우려의 빛이 스치는 것을 알았지만 샤를로트는 보고만 마친 뒤 그대로 물러났다. 그리고 줄곧 생각한 끝에 저녁 무렵 혼자서 다시 아버지의 방으로 갔다.

"무언가 마음에 들지 않으면 말씀해주세요."

그간 대공을 모셨던 시종들은 대공이 깨어난 지 이틀째이나 지금껏 아무 말도 하지 않았다고 전했다. 그 말을 들은 신하들은 혼절의 충격으로 실어 증세가 온 것은 아닌지 우려했다. 샤를로트는 그 말을 일축했지만, 내심 아무 걱정도 되지 않았던 것은 아니었다.

여전히 대답은 없었다. 샤를로트는 벽난로 잿불로 덧그려져 명암이 짙어진 아버지를 새삼 바라보았다. 나이에 비해 키가 크고, 신기할 정도로 팔다리가 길고, 그래서 균형이 깨어진 느낌이 있지만 제법 근사한 분위기가 있는 아버지. 사람들은 젊은 시절의 아버지가 훤칠한 베르나르와 많이 닮은 미남

이었다고 했다. 그런 말을 들을 때마다 의아했던 기억이 났다. 빰이 해쓱하고, 자세는 비스듬하고, 나른하게 뜬 금빛 눈은 늘 기분이 나빠 보이는 아버지에게 생기 넘치는 오빠 같았던 때가 있었다고?

하지만 베르나르가 사라지고 오 년이 흐르고 나자 샤를로트도 아버지의 얼굴 속에서 오빠를 찾을 수 있게 되었다. 그 외에는 찾을 곳이 없었다. 어쨌든 자신의 얼굴 속에는 없었으니까.

"샤를로트."

약간 쉰 목소리로 흘러나왔지만 틀림없이 제 이름이었다. 샤를로트의 얼굴에 화색이 돌았다.

"네, 말씀하세요."

"알베르는……"

대공이 동생을 이름으로 부른 적이 있던가? 어려서는 그랬겠지만 샤를로트는 들어본 적이 없었다. 늘 바이유 공작이라 불렀다고만 기억했다.

"네가 직접 벌했느냐?"

잠시 입술에 경련이 일었지만 샤를로트는 고개를 끄덕였다.

"네."

"끝내 당당하던가?"

"네."

대공의 입에서 희미한 한숨이 흘렀다. 이윽고 대공이 손을 내밀며 말했다.

"나를 부축해다오."

갑자기 일어나도 괜찮겠는지, 그런 것은 묻지 않았다. 샤를로트는 대공을 부축해 난롯가에 있는 의자에 앉게 했다. 샤를로트의 팔에 기댄 대공의 몸은 전보다 더 무게가 없었다.

"고맙구나."

샤를로트는 대공 곁의 의자에 앉았다. 의식적으로 미소를 지으며 말했다.

"곧 걸으실 수 있겠어요. 저한테 많이 기대지 않으시던걸요."

"그래."

"오를리로 돌아갈 준비를 하고 있어요. 아버지가 회복만 하시면 바로 출발할 수 있도록요."

사실 몸 상태로만 보자면 대공은 좀더 요양을 하는 편이 나았다. 그러나 반역자들에게 억류되었던 대공이 건재하다는 것을 한시바삐 오를리 사람들에게 보여줄 필요가 있었다. 또한 친족들의 배신이 있었던 겨울 궁전이 마음 편히 머무르기에 좋은 곳도 아니었다. 앞으로 대공 일가가 이곳에서 휴가를 보내는 일은 없을 것이다.

샤를로트가 다시 웃으며 말했다.

"그러니까 진지를 잘 드세요. 온 나라의 백성이 대공 전하의 귀환을 기다리고 있으니까요. 물론 그중 첫번째는 저고요."

대공은 아무 말도 하지 않았다. 방이 어둑해지자 샤를로트는 직접 커튼을 닫고 초에도 불을 붙인 뒤 장작을 하나 더 넣었다. 후루룩 날리는 불티에 시선을 둔 채 대공이 말했다.

"그날도 알베르는 너만은 안 된다고 하였지."

생각보다 자주 오간 이야기였을지도 모른다. 샤를로트는 말없이 귀를 기울였다.

"필리프도 있고 블라스 백작도 있으며 하다못해 클레망에게 물려주고 다른 아이들이 자라기를 기다리는 방법도 있지 않느냐고, 왜 굳이 너여야만 하느냐고 당당하게도 묻더군. 마치 내가 대공가의 핏줄도 아닌 아이를 데려와 억지로 후계자로 삼기라도 했다는 것처럼."

"……그래서 무어라 하셨나요?"

대공이 얕은 한숨을 뱉더니 답했다.

"아무 말도."

왜 아무 말도 할 수 없었을까. 수없이 반복된 질문이니 이미 답을 알리라 생각해서? 하지만 질문이 반복된 만큼 알베르 공은 이미 잠재적 반역자였던 것이 아닐까. 어쩌면 대공은 하나뿐인 정통 후계자를 집요하게 음해하는 그들에게 먼저 손을 썼어야 하지 않았을까.

그때 불쑥 다음 말이 이어졌다.

"끝까지 그리했어야 했는데."

기침이 몇 번 이어졌다. 샤를로트는 물을 가져왔다. 물을 한 모금 마신 대공이 컵을 내려놓더니 팔걸이에 놓인 샤를로트의 손을 끌어당겨 잡았다. 그런 채로 잠자코 낮은 숨을 쉬고 있었다.

"그들에게 내 뜻을 확신케 하면 이번 같은 일을 저지르고 말 것을 알고 있었다. 그러느니 차라리 저들이 내가 신경쇠약에 걸릴 때까지 듣기 싫은 말을 하고 또 하는 편이 낫다고 여겼어. 대공녀 책봉을 미루는 동안 저들의 야심은 점차 커져갔겠지. 그들을 논리로 설득하기란 불가능했음을 너도 알 것이다. 내게는 두 가지 길이 있었다. 저들 모두를 형장으로 보내거나, 내가 가능한 한 오래 버티며 하나하나 자멸하도록 기다리는 길. 널 대신할 후보라는 자들이 하나같이 터무니없이 어리석었기에 후자도 가능할 것처럼 보였지."

아버지의 판단은 옳았을까? 오를란느에서 대공의 힘은 절대적이지 않다. 절대적인 것은 대공 가문이다. 그러므로 누구도 대공에게 반기를 들지는 못하지만 '정당한 후계자가 없을 경우' 누가 더 나은 후계자인지 결정하는 문제에는 가문의 일원들에게 발언권이 있다고 믿었을 것이다.

이번에도 그들은 '샤를로트 대신 필리프'라는 저들의 선택지가 귀족들의 지지를 받을 수 있으리라고 자신했던 것이다.

만약 아버지가 이런 처신을 하지 않고 뜻을 밀어붙여서 자신을 대공녀로 책봉했더라면?

그들은 자신을 해치려 획책했겠지.

물론 대공은 그런 자들을 용서하지 않겠지만 딸을 잃은 뒤에 복수한들 무엇 하겠는가. 아버지는 이미 아들을 잃은 사람이었다. 어떤 일이 있어도 샤를로트까지 잃을 수는 없다고 생각했을 것이다.

물론 부작용이 있었다. 저들이 대공을 설득할 수 있다고 착각하는 동안 반란은 일어나지 않았지만 그 결과 저들은 점점 더 심하게 공녀를 무시했다. 샤를로트의 관심사가 다른 곳에 있지 않았더라면 아마 참아내기 힘들었을 것이다. 그리고 반란 세력은 점차 저들의 힘만으로도 공녀를 밀어낼 수 있다고 믿게 되었다. 아버지가 피하려 했던 일은 결국 벌어졌다.

하지만 아무도 예상하지 못했던 점도 있었다. 반역자들도 아버지도 샤를로트가 지금처럼 강력하게, 그것도 삽시간에 반격할 줄은 몰랐을 것이다. 반역 도당의 계획은 섣부르게 시작되었지만 막무가내는 아니었다. 각자의 영지에서 군대가 조직되고 있었고 일부는 근처까지 도달했었다. 샤를로트가 고작 십여 일 만에 오를리와 미르망드를 연달아 손에 넣지 못했더라면 필리프는 샤를로트의 정당한 약혼자임을 주장하며 섭정의 자리에 오르고, 대공은 유폐되거나 시해되었을 것이며, 샤를로트는 갈 곳을 잃었을 것이다.

그러므로 아버지의 판단은 옳았다고도 옳지 않았다고도 하기 어려웠다. 불안정한 봉합이 언제 터질지 모른다는 걸 뻔히 알면서 결단을 미룬 것은 맞지만, 막상 결단을 내릴 경우 걸어야 할 판돈이 딸의 목숨이었기에.

"그러나 그날 밤…… 나는 인내심을 잃고 말았다. 샤를로트에게 부족한 것이 무엇이냐고 물었지. 그애가 나라를 사랑하지 않는가? 백성을 지킬 의지가 없는가? 나의 핏줄이 아닌가? 방탕하고 나태하며 사악하고 어리석은가? 아마도, 전날 밤 꿈에……"

샤를로트의 손을 잡은 대공의 손에 힘이 들어갔다. 미간에도 날카로운 주름이 새겨졌다. 목소리가 낮아지고, 낮아지다 못해 쇳소리에 가까워진 목소리로 말했다.

"델핀을 보아서."

대공의 입에서 그 이름이 나오는 것을 평생 처음으로 들었다. 어머니 없이 혼자 낳은 자식인 양 입 밖에 내지 않던 이름이었다. 그런 사람이 존재한다는 것을 공식적으로 인정하지도 않았던 아버지가 델핀의 이름을, 깊은 떨림을 담아서 말했다.

샤를로트의 마음속이 한 번 크게 출렁이며 파도가 일었다. 무슨 말을 해야 할지, 델핀이 누구냐고 물어야 할지, 실은 나도 안다고 해야 할지, 그만 머릿속이 아득해졌다. 대공은 샤를로트의 혼란을 아는지 모르는지 허공을 보며 말을 이어갔다.

"평소엔 꿈에도 잘 나오지 않았어. 나오더라도 뒷모습만…… 아니면 내가 말을 하기도 전에 멀어졌는데, 왜인지 그날 밤만은 이상할 정도로 또렷한 모습으로 내 앞에 서 있었다. 난 묻고 싶었지. 정말 묻고 싶은 게 많았는데, 그런데 입이 떨어지지가 않아서…… 그저 바라보고만 있는데 내 손에 뭔가를 건네더군. 그걸 받아 쥐고 들여다보았는데……"

그날 하루종일 뇌리에서 꿈이 떠나지 않았다고 했다. 밤이 되어 만찬 자리에 앉고, 평소처럼 조심스럽게 떠보다가 집요하게 권하는 소리가 사방에서 윙윙거리고 있을 때 대공의 머릿속에는 꿈속에서 본 푸르고 서늘한 안개가 흐르고 있었다. 그곳이 어디던가. 본 적이 있던가. 있다면 왜 자신은 어디인지 모를까. 왜 거기로 달려가 델핀을 만나지 못할까.

그렇듯 두 세계의 경계에 걸쳐 있다가 만약 델핀이 곁에 있어 이 이야기를 듣는다면, 그런 생각이 불현듯 떠올랐을 때 참고 참았던 분노가 치밀어올랐다. 샤를로트는 하나뿐인 내 딸이고 감히 너희가 끌어내릴 수 있는 존재가 아니라고, 그렇게 일갈한 직후 의식이 끊어졌다.

"……아마 오래된 독이 발작했던 것이겠지."

이튿날까지도 대공의 의식이 돌아오지 않자 알베르 공과

상리스 후작은 이것이 혹시 하늘이 내려준 최후의 기회가 아닐까 생각했다. 대공의 뜻을 꺾을 수 없다면 꺾도록 만드는 수밖에 없다. 대공이 만찬장에서 쓰러지는 것을 본 자가 많으니 이대로 한동안 깨어나지 못하도록 조심스럽게 손을 쓰기만 하면, 그사이 오를리의 여론은 그들의 편이 되리라. 약간의 벨라도나와 황금이면……

대공에게 전면적으로 반기를 들면 지지받을 수 없다는 것을 알았으므로 그들이 획책한 건 조용한 궁정 반란이었다. 일부러 군대도 끌어모으지 않았다. 하지만 그들의 계략은 알레망 단장이 달려와 대공 전하를 뵙겠다고 강력히 요구하는 바람에 깨졌다.

거기까지 들은 샤를로트가 단호히 말했다.

"반역자들은 대공 전하께만은 아무런 해도 끼치지 않았다고 극구 주장했습니다. 하지만 그렇지 않았음을 알았으니 저는 고유한 권리를 행사해야겠습니다."

그 권리가 무엇을 말하는지 대공이 모를 리 없었다. 그러나 대공은 바로 대답하지 않다가 느닷없이 물었다.

"너는 꿈에 호수를 본 적이 있느냐?"

어떤 호수인지 설명하지도 않았건만 샤를로트에게도 단 하나의 풍경이 떠올랐다. 하늘과 물이 맞닿은 호수, 호수 속의 섬, 섬에 자라는 단 한 그루의 나무……

"없었느냐?"

대공은 어느새 샤를로트를 보고 있었다. 주위가 어두워서였을까. 아버지의 얼굴에 한 번도 본 적 없는 갈망이 서린 듯했던 것은.

"호수에…… 작은 섬이 있었어요. 나무 한 그루가 있었고요. 그리고……"

두 사람은 서로를 보고 있었으나 실제로는 그곳에 없는 같은 풍경을 보고 있었다. 호수 속 섬, 단 한 그루뿐인 나무 곁에 아버지와 딸 사이에 있어야 했던 여자가 고요하게 서 있었다. 샤를로트의 입술이 마침내, 아버지 앞에서 감히 꺼낸 적 없던 말을 속삭였다.

"어머니가…… 있었어요."

"그 사람이 어머니임을 어찌 알았지?"

"그저 알았습니다. 느껴졌어요. 닮은 얼굴이었고요."

대공의 눈에 비친 촛불 빛이 파르르 떨렸다.

"……네 곁에 있었단 말이지."

곁에 있다고 느낀 적은 없었다. 꿈속의 어머니는 늘 멀고도 멀었다. 호수 속 섬은 이 세상에 속한 곳이 아닌 듯했다. 따뜻한 말을 해준 적도 없었다. 그러나 나타난 것은 사실이다. 젖먹이 때 버리고 떠난 딸에게 새삼 할말이 있어서, 네가 자랐으니 이제 의무를 다할 때라는 것처럼.

"아버지."

지금은 좋은 때가 아닐지도 모른다고 생각했다. 아버지는 쇠약하고 나라는 불안하며 자신은 가까스로 승리를 거둔 지금. 부녀 사이에 그림자로만 존재했던 사람을, 존재할 수밖에 없지만 동시에 억지로 외면해왔던 비밀에, 칼을 비집어넣으면 연약한 비밀은 부서지고 말지도 모른다.

그런데도 참을 수가 없었다. 아버지의 입에서 그 이름이 나온 순간부터 이 비밀이 존재한다는 사실을 참을 수가 없어졌다. 그전까지는 어찌 참고 있었는지 모를 지경이었다.

"저는 지금껏 물어본 적이 없었어요. 아버지도 말씀해주신 적이 없었죠. 저는 애초에 어머니가 없었던 것처럼 자라왔어요. 뿌리 없이 떠다니는 홀씨 같아서, 그래서 제 손에 잡히는 것이면 뭐든 움켜잡고 놓지 않으려 들었는지도 모르겠어요. 한 번만이라도 좋으니 묻고 싶었어요. 왜 그래야 했죠?"

왜 어머니는 떠났는지.

왜 아버지는 떠난 어머니의 존재를 묻어버렸는지.

어디서 왔는지 모를 열매처럼 이 세상에 떨어져 있었다. 이 열매는 정체가 뭐지? 어디서 왔지? 아무데도 나무가 없는데.

아버지가 천천히 말했다.

"원망하느냐?"

샤를로트는 고개를 저었다.

"원망할 만큼도 알지 못합니다. 어머니는요. 하지만 아버지는 원망해도 될 것 같아요. 제 곁에 줄곧 계셨잖아요."

그렇게 말하며 샤를로트는 아버지의 마른 손을 끌어 잡았다. 아버지가 눈을 꾹 감은 채 고개를 끄덕였다.

"그래. 그럴 만하다. 오래 견뎠구나. 너는 아무 죄가 없건만 그저 참아야 했구나. 이유도 모르고 슬펐구나. 단지…… 내가 두려워했기 때문에."

"무엇을 두려워하셨죠?"

"너조차 잃을까봐. 너조차…… 델핀처럼 가버릴 것만 같아서."

아버지의 손이 미세하게 떨려왔다. 샤를로트는 의아해서 눈을 깜빡였다. 이건 대체 무슨 뜻이지? 아직 몸이 온전치 않은 아버지를 안심시켜야겠다는 생각에 아버지의 손을 더욱 굳게 쥐었다.

"아버지, 저는 아무데도 가지 않아요. 저는 오를란느의 공녀예요. 이 나라를 지킬 자예요."

"……"

아버지는 한참 동안 말이 없었다. 잠시 후 떨림이 가라앉자 어둠보다도 낮아진 목소리가 흘러나왔다.

"오래된 꿈 이야기겠거니…… 그리 생각하고 듣거라. 오래 전, 내가 열 살이었을 때……"

북부 몽타뉴에는 '왕국의 끝'이라 불리는 곳이 있었다. 열 살 소년 줄리앙은 그 근처에 있는 몽트루아 성에 초대를 받았다. 대공의 이모가 몽트루아 백작의 아들과 결혼하게 되었기 때문이다.

대공과 대공비, 세 아들 줄리앙, 클레망, 알베르와 막내딸 자클린느까지 대공 일가 모두가 결혼식에 참석해 수십 일 동안 극진한 환대를 받으며 머물렀다. 이례적으로 오래 머문 것은 몽타뉴 반란 이후 바뀐 새 백작에게 힘을 실어줄 필요가 있기 때문이었다.

그동안 동네 아이들과 뛰어놀며 친해진 줄리앙은 어느 날 흥미로운 이야기를 들었다. 북쪽 바다로 뻗은 곶 아래로 밖에서 잘 보이지 않는 개어귀가 숨겨져 있는데 그쪽으로 내려가는 비밀스러운 길이 있으니 가보지 않겠느냐는 것이었다.

"거기 가면 바다 요정도 볼 수 있어. 밤이 되면 바닷가로 나와서 연회를 열거든. 우리가 알아놓은 비밀 길에 숨어서 내다보면 다 보인다?"

"진짜야? 요정이 진짜 있어?"

오를란느 아이들이라면 누구나 요정 이야기를 들으며 자라지만 실제로 보는 것과는 다른 법이었다. 시골 아이들은 수도에서 온 어린 공자에게 우쭐거릴 기회를 놓치지 않았다. 요정들이란 사람 많은 도시에서는 못 견디고 흰 조약돌이나 뾰족 모자 같은 걸로 변해버리지만 시골에서는 어딜 가든 쉽사리 볼 수 있다고 했다. 황야의 둔덕에서, 오래된 나무 그루터기에서, 버려진 묘지에서, 그리고 바닷가에서도!

"어른들 중에서 요정을 봤다는 사람이 얼마나 많은데! 근데 바다 요정들은 아이들 눈에만 보여. 그 요정들도 아이들이라서 그래. 우리 이모가 그러는데 그 요정들의 음악은 진짜 아름답대. 오래된 민요들은 전부 요정 음악을 들은 사람들이 가락을 베낀 거래."

오를리로 돌아갈 날이 며칠 남지 않았기에 줄리앙은 그전에 요정을 봐둬야겠다고 단단히 결심했다. 이번 기회를 놓치면 다시는 못 볼지도 모르니까.

아이들은 4월 마지막날에 같이 가자고 제안했다. 봄맞이 축제가 열리는 4월 마지막날은 요정을 보기에 가장 좋은 날이기 때문이었다. 사람들이 그렇듯 요정들도 신나게 축제를 벌이느라 사람들이 가까이 가도 잘 모르거나, 또는 봐도 못 본 체한다나.

"봄 축제는 5월 아니야?"

"몽타뉴에서는 아니야!"

그런데 막상 그날이 되자 몽트루아 성의 봄맞이 축제는 평소보다 훨씬 성대하게 준비되어 아이들이 평소 구경도 못해

본 신기하고 맛있는 음식이 잔뜩 차려졌다. 그야 물론 대공 일가가 머물고 있기 때문이었지만 어쨌든 아이들은 음식에 홀려서 바닷가에 가고 싶은 마음이 없어졌다. 요정을 보러 가고 싶긴 하지만 어차피 봄맞이 축제는 내년에도 있으니 내년에 가도 그만 아니겠는가?

하지만 줄리앙에게는 아니었다.

이번에 여길 떠나면 언제 다시 올 수 있을지 기약이 없었다. 대공이 오를리를 비우고 몽트루아까지 또 올 일은 웬만해서 없을 테고, 대공의 맏아들이고 장차 대공자가 될 줄리앙이 제멋대로 혼자 여행할 일은 더더욱 없었다. 어쩌면 어른이 될 때까지 못 올지도 모른다. 바다 요정은 아이들만 볼 수 있댔는데.

줄리앙은 동생인 클레망을 꼬드겨보았다. 하지만 클레망은 요정이 무섭다며 딱 잘라 거절했다. 꼬맹이인 알베르나 자클린느는 데려가봤자 짐만 될 터였다.

"그래, 혼자라도 가면 되지 뭐."

아이들은 저녁 일곱시만 돼도 요정들이 나타날 거라고 했다. 가서 잠깐만 보고 얼른 되돌아오면 유모가 찾기 전에 잠자리에 들어갈 수 있을 것이다.

줄리앙은 그 나이에도 승마를 할 줄 아는 아이였다. 그래서 제 말을 끌고 해가 지기 전에 성을 나왔다. 사람들은 축제에 어울리느라 바빠서 사방팔방 뛰어다니며 놀던 십수 명의 아이 중 하나가 사라진 것을 얼른 알아차리지 못했다.

말을 타고 달려가자 금방이었다. 해가 막 넘어가고 있어 곶은 아름답게 불타고 있었다. 하지만 아이들이 말한 비밀 통로를 찾는 데는 시간을 꽤나 소모했다. 겨우 바위 틈새를 타고 내려갔을 즈음 해변은 이미 캄캄했다. 무서운 생각이 이것저것 떠올랐지만 여기까지 왔으니 요정 옷자락이라도 보고 가야겠다는 생각으로 두려움을 눌렀다.

해안은 깔끔한 모래밭이 아니었다. 여기저기 날카로운 바위가 흩어진 틈새로 잔파도가 거칠게 드나들었다. 피한다고 나름 애썼지만 금세 발을 적시고 말았다. 요정의 흔적은 어디에도 보이지 않았다. 아이가 밤에 걸칠 망토를 준비했을 리도 없어 몸이 으슬으슬 떨려왔다. 어린 공자가 챙겨서 나온 거라고는 시간 맞춰 돌아가기 위한 회중시계뿐이었다.

줄리앙은 도로 바위 틈새로 돌아가 웅크리고는 캄캄한 바다를 뚫어져라 봤다. 드디어 불빛을 발견할 때까지.

바다 위에 수십 개의 불빛이 둥둥 떠 있었다. 점점 가까워졌다.

불빛은 하나하나 해안에 닿더니 작은 사람의 모습으로 변했다. 정말로 아이들이었다. 줄리앙의 어깨에 닿을락 말락 할 정도로 작았다. 추위도 모르는 것처럼 맨발에 얇은 옷만 달랑 걸치고, 칼날 같은 바위 사이를 나는 듯한 발걸음으로 돌아다녔다. 풀어헤친 머리에서는 물이 뚝뚝 떨어졌다.

줄리앙은 저 아이들이 요정이라고 확신했다.

계획대로라면 이제 돌아가야겠지만 막상 요정을 눈앞에서 보자 발길이 떨어지지 않았다. 더욱 신기한 일이 곧 벌어질 것만 같았다. 그런데 요정들은 뭔가를 찾고 있는 듯 보였다. 바위 구석을 자꾸만 들여다보았다. 노래 같기도 하고 읊조림 같기도 한 목소리도 들려왔다.

없다, 없어.

아무데도 없어.

이번에도 허탕이야.

오늘밤도 혼자 놀아야 하네.

요정들이 손을 맞잡고 둥글게 늘어서더니 춤을 추며 빙글빙글 돌기 시작했다. 어디선가 피리 소리도 들려왔다. 한 번도 들어본 적이 없지만 동시에 익숙하고, 홀릴 듯 아름답지만 음산하기도 한 가락이었다.

줄리앙은 저도 모르게 해안가로 내려섰다. 뭔가가 끌어당기는 것 같았다.

요정들은 줄리앙을 자연스럽게 원 안으로 끌어들였다. 어느새 원 가운데에 서게 된 줄리앙은 요정들이 내는 빛 때문에 주위를 잘 볼 수가 없었다. 빙글빙글 돌다가, 또 돌다가, 그러다가……

눈을 뜨자 주위는 숲으로 변해 있었다.

바닥은 폭신한 풀밭이었다. 밤의 숲은 아름다웠지만 동시에 어둡고 축축했다. 나뭇가지 사이사이로 반딧불이 같은 하얀 빛이 날아다녔다. 바다는 어디로 갔는지 보이지 않았다.

요정들이 춤을 멈추고 줄리앙에게 다가왔다. 한 요정이 물었다.

"너, 사과를 갖고 있니?"

"어, 없는데."

그러자 요정들이 슬픈 듯이 노래했다.

없다, 없어.
아무데도 없어.
이번에도 허탕이야.
오늘밤에도 사과를 먹을 수 없네.

줄리앙이 잠시 생각하다가 물었다.

"사과가 먹고 싶은 거야? 내가 성에 가서 가져다줄까?"

그러자 요정들이 일제히 고개를 끄덕이면서 말했다.

"응, 좋아. 하지만 우리 연회에 왔는데 그냥 보낼 순 없어. 먼저 놀자."

요정들은 번갈아가며 줄리앙과 춤을 추었다. 요정들의 손을 잡자 이상할 정도로 몸이 가벼워져서 바닥을 가볍게 딛기만 해도 훌쩍 뛰어오를 수 있었다. 그들은 반쯤 날듯이 춤을 추고 또 추었다.

한동안은 즐거웠지만 요정들은 쉴 줄을 몰랐다. 끝없이 다른 요정의 손으로 넘겨지고, 그럴 때마다 다시 춤을 추느라 숨이 차고 팔다리가 후들거렸다. 그런데도 요정들이 연주하는 피리 가락을 들으면 이상하게도 가만있을 수가 없었다. 마침내 기진맥진해져서 주저앉으려 하는데도 요정들은 줄리앙의 손을 놓아주지 않았다.

이대로 밤새도록 춤을 추어야 하는 걸까? 그러다가 죽는 건 아닐까?

비틀대며 요정들에게 끌려다니고 있는데 갑자기 피리 가락이 뚝 그쳤다. 요정들이 일제히 뒤로 물러나며 두 손으로 머리를 감싸쥐고 바닥에 엎드렸다. 지칠 대로 지친 줄리앙은 그 자리에 쓰러져버렸다.

처음 듣는 목소리가 말했다.

"그만두어라. 그 아이는 안 돼."

줄리앙은 고개를 들었다. 눈앞에 자신만큼이나 키가 큰 요정이 있었다. 다른 요정들이 연한색인 데 반해 이 요정은 머리가 새카맣고 눈은 새파랬다.

요정이 다가와 줄리앙에게 손을 내밀었다. 그 손을 잡자 신기하게도 피로가 싹 가시며 몸이 가뿐해졌다. 줄리앙이 일어나자 요정이 물었다.

"이름은?"

"줄리앙."

"그래, 줄리앙. 넌 혼자니?"

줄리앙이 고개를 끄덕이자 요정이 엄숙한 표정으로 고개를 저었다.

"어린애가 혼자 이런 곳까지 오면 안 돼."

제 또래 같은 아이가 어른처럼 꾸짖으니 이상했다. 줄리앙이 항변했다.

"하지만 너도 어리잖아. 여기 애들도, 전부."

"우린 겉보기와 같지 않아. 다른 것도 다 마찬가지야. 이곳의 어떤 것도 네가 보는 것과 같지 않아. 조금 전 넌 위험했어. 내가 오지 않았다면 여기서 죽었을 거야. 다시는 이런 행동을 하지 마."

아이 같은 말투로 또박또박 말하는 요정의 파란 눈은 너무 맑아서 뒤가 비쳐 보일 것만 같았다. 줄리앙은 그 눈을 홀린 듯 바라보다가 말했다.

“난 후회가 안 돼. 여기 와서 널 만났잖아.”

요정이 줄리앙을 물끄러미 보다가 말했다.

“과연 그럴까?”

줄리앙은 진심으로 고개를 끄덕였다. 그러자 요정이 따라오라고 손짓했다. 어느새 숲은 사라지고 눈앞은 다시 바다였다. 요정은 그 바닷속으로 걸어들어갔다. 파도가 사납게 끓어오르고 있었다.

줄리앙은 그 뒤를 따라갔다. 흔히 사람들이 요정에 홀렸다고 하는 것처럼 바닷속으로 걸어들어갔다. 물속에 잠겨 미끈대는 암초를 밟으며 나아가려 애썼다. 그러다 세찬 파도를 두 차례 얻어맞고 넘어져 깊이를 모를 물에 빠졌을 때였다.

몸이 위로 떠올랐다. 어느새 그는 바다가 물결치는 풀밭인 양 딛고 서 있었다.

요정은 저만치 앞서 걸어가고 있었다. 줄리앙은 파도와 파도 사이를 건너뛰어 따라가 물었다.

“네 이름은 뭐야?”

요정은 잠시 생각하다가 답했다.

“아마도…… 리라.”

그뒤의 일은 명확하지 않고 드문드문 기억난다고 했다. 바다 위를 걷다가 파도가 거세어지자 리라는 줄리앙의 손을 잡고 하늘로 날아올랐다. 그들은 칼날처럼 휘어진 섬 위를 날아서 계속 북쪽으로 갔다. 뒤를 돌아보니 다른 요정들이 내는 빛이 한 줄로 뒤따라오고 있었다.

구름이 얇은 휘장처럼 발밑으로 흘러갔다.

잔 얼음이 사그락대며 귓가를 스쳤다.

달이 지평선 아래로 기울자 별들이 얼음 조각처럼 쏟아졌다.

줄리앙은 기뻐서 소리 내어 웃었다. 리라가 희미하게 미소를 지었다.

마침내 그들은 어딘가에 다다랐다. 섬의 끝인지 세상의 끝인지 모를 그곳에 은회색으로 얼어붙은 호수가 있었다. 리라가 다가가 손끝으로 건드리자 금빛이 퍼져나가며 얼음이 녹았다. 동시에 세상에도 아침이 왔다. 호수를 비춘 찬란한 빛 속에 섬 하나가 빛나고 있었는데 마치 방금 솟아오른 것 같았다.

그곳에서 줄리앙과 리라는 같이 살았다. 처음엔 집을 지었다. 방이 하나뿐인 아주 작은 집이었다. 창을 둥글게 내고 지붕을 나무껍질과 이끼로 덮었다. 아침에는 이슬과 나무딸기를, 저녁에는 리라가 손짓만으로 만들어주는 구름 같은 머핀을 먹고 꿀 넣은 차를 마셨다. 줄리앙은 피리 부는 법을 배웠다. 요정들은 말 잘 듣는 아이들처럼 그들 곁에서 뛰어놀았다. 피리 소리에 맞춰 모여서 춤을 추기도 했다.

여름에는 물레를 돌려서 실을 잣고 천을 짰다. 요정들이 입는, 가볍고 얇지만 덥지도 춥지도 않은 그 천이었다. 가을에 크고 작은 옷을 지어 집 앞에 펼쳐놓자 동물들이 와서 입고 하얗고 토실토실하게 변해서 갔다.

얼마나 긴 시간이었는지 알지 못했다. 하루가 몇 분 같기도 하고, 한 계절이 하루 같기도 했다. 금빛 화살 한 대가 날아가듯 시간이 흘렀다. 호숫가에는 은방울꽃이 피었고, 떡갈나무 잎이 우거졌고, 단풍이 불탔고, 마침내 흰 담요 같은 눈이 내렸다.

곧 다시 봄이었다. 뒤뜰에서 앵초가 꽃잎을 열 준비를 할 무렵 줄리앙이 할말이 있다며 리라를 불러냈다.

리라도 할말이 있었다.

"이제 돌아가야 해."

"왜?"

"넌 이 땅의 대공이 되어야 하니까."

줄리앙은 얼떨떨한 표정으로 그 말을 들었다. 그는 그사이 아버지와 어머니, 동생들, 제 신분조차 까맣게 잊어버리고 있었다. 그러나 대공이라는 말을 듣는 순간 썰물이 빠져나간 바닷가처럼 기억이 드러났다. 그 바닷가는 언젠가 보았던 반쯤 풍화된 사슴 사체 같았다. 추하고 너저분하고, 볼 필요가 없는 온갖 것이 드러나 있었다.

그곳이 자신이 왔던 곳이었다. 그는 대공이 되어야 할 소년이었다. 줄리앙은 몸서리를 치며 고개를 저었다.

"싫어. 안 가. 난 여기를 더 사랑해."

"그럴 수 없어."

"왜?"

"너의 나라, 오를란느는 내가 사랑하고 축복한 땅이니까. 그 땅한테서 너를 빼앗을 수 없어."

"동생들이 있어. 그애들이 대공이 되면 돼."

"그럴 수 없을 거야. 먼 미래의 일이지만……"

리라가 일어섰다. 어디선가 바람이 불어오더니 앵초 꽃밭이 설탕처럼 바스러져 사방으로 흩날렸다. 그다음에는 집이 수천 개의 반딧불로 변해 하늘 위로 날아갔다. 사방은 곧 텅 비고 고요하고 캄캄해졌다. 아무때나 놀러오던 동물들도 간 곳이 없었다. 요정들이 다가와 두 사람을 둘러쌌지만 아무도 말하지 않았다. 줄리앙의 눈에서 눈물이 흘러내렸다.

"이러지 마, 리라. 나한테 이러지 마."

리라의 눈에서도 눈물이 떨어졌다.

"네가 괴로워하면 나도 괴로워. 내가 너무 욕심을 부렸어. 더 빨리 돌려보냈어야 했는데. 여기서 네 계절을 다 보내지 말았어야 했는데."

"아니야. 싫어. 난 너와 헤어지지 않을 거야. 난 아무데도 안 갈 거야. 이러지 말고……"

줄리앙은 숨을 깊이 들이쉬었다가 멈췄다. 하려 했던 말이 가쁜 숨이 되어 쏟아졌다.

"리라, 나와 결혼해줘."

"……"

리라는 대답 없이 아득한 눈빛으로 줄리앙을 보다가 그의 손을 잡았다. 몸이 서서히 허공으로 날아올랐다.

둘은 다시 초승달처럼 휘어진 섬 위를 날아갔다. 요정들은 따라오지 않았다. 바람은 올 때보다 따뜻한 것 같았다. 지평선에 해가 걸려 있었기에 세상은 발그레한 주홍빛으로 가득했다.

둘은 다시 처음의 바닷가에 내려섰다. 잔물결이 발을 간질이듯 찰랑거렸다. 줄리앙은 리라의 두 손을 꼭 잡고 눈을 들여다보았다. 반드시 대답을 듣고 말 작정이었다. 그게 거절일지라도.

이윽고 리라가 대답했다.

"응."

줄리앙은 기억을 더듬어 비밀 샛길을 찾아냈다. 미끈거리는 바위를 붙들고 타넘어가며 벼랑에 오르고 보니 말이 멀거니 서서 풀을 뜯고 있었다. 일 년 전 자신이 어설프게 마른 나무에 매어놓았던 말이었다. 어찌 된 걸까.

몽트루아 성으로 돌아가보니 성이 발칵 뒤집혀 있었다. 대공 전하의 첫째 아들이 축제 도중 사라져서 이튿날 저녁까지도 나타나지 않았기 때문이었다. 줄리앙에게 요정의 바닷가를 알려줬던 아이들은 혼이 날까 두려워 아무 말도 하지 않았기에 바닷가로 찾으러 간 사람도 없었다. 저녁때쯤 일곱 살 먹은 클레망이 겨우 지난밤 일을 떠올리고는 "형은 요정 보러 간댔는데?"라는 말을 해줘서 막 수색대를 조직한 참이었다.

"무사해서 정말 다행이다, 다행이야!"

대공 부부는 물론이고 곧 목이 매달릴 처지였던 유모, 이러다 전쟁이라도 나는 게 아닐까 하고 떨었던 몽트루아 백작 가문 사람들까지 모두의 눈물어린 환영을 받으면서도 줄리앙은 도무지 웃을 줄 몰랐다. 그저 넋이 나간 듯 멍하기만 했다.

리라와 함께 네 계절을 보냈는데 돌아와보니 고작 하루였다니.

얼마 후 정신을 좀 차린 줄리앙은 자신이 겪은 일을 설명했다. 그러나 주변 사람들의 반응은 한결같았다.

"요정에 홀려 하룻밤 꿈을 꾼 게지."

줄리앙은 도저히 받아들일 수가 없었다. 그건 절대로 꿈이 아니었다. 그러나 몽트루아 성을 떠나 오를리로 돌아가고, 익숙한 일상이 다시 시작되자 그도 점차 헷갈리기 시작했다. 꿈의 세부 사항도 조금씩 흐릿해졌다.

그건 정말 꿈이었을까?

리라가 해준 약속도?

약혼반지 대신 리라에게 주었던 회중시계도?

리라가 마지막으로 해주었던 말도, 그저 꿈일 뿐일까?

"……헤어지기 전에 리라는 말했다. 날 찾아올 거라고. 몇십 년 뒤가 될 테지만 반드시 약속을 지키겠다고."

'우리는 여기서 만나도록 정해져 있었어.'

'나의 기나긴 삶은 이 순간을 기다려야 했기 때문이었어.'

"그러나 그사이 너는 나를 잊어버리고 결혼하여 아들을 얻을 것이라더군. 나는 아니라고, 절대 그러지 않을 거라고 했지만 리라는 미소만 지었지."

그 말을 하는 아버지는 인간이 아니라 요정계에 속한 듯했다. 적어도 한 발을 들인 듯했다. 촛불 너머를 보는 눈에 아득한 빛이 흘렀다. 아주 먼 곳을 보고 있었다.

한 발짝 떨어진 곳에서 어둠에 잠긴 채 샤를로트는 아무 말도 못하고 아버지의 이야기를 들었다. 책에서 읽은 이야기였다면 아름답다 했을 것이다. 하지만 이것은 자신의 이야기였다. 갑작스럽게 자신의 삶에 뛰어들어와 지분을 주장하는 요정 세계가 두려웠다. 오를리 궁정을 냉정하게 다스려왔던, 누구보다도 현실적이라고 생각했던 아버지의 입에서 나온 이야기라 더 혼란스러웠다.

아버지의 목소리가 끊어지고도 한참이 흘러서야 가까스로 말이 나왔다.

"그럼 그 요정이……"

아버지가 갑자기 고개를 저었다.

"모른다. 모조리 내 꿈일지도 모르는 일이야. 델핀을 보았을 때도 난 리라를 바로 떠올리지 못했다. 내가 이 꿈을 되새기게 된 건 결혼을 하고도 한참이 흘러 델핀이 너를 갖고…… 어딘가 이상해진 뒤의 일이었다."

"이상해졌다고요?"

"자꾸만 물었지. 자신이 없어도 아이들을 지켜줄 수 있느냐고, 자신이 사라지더라도 너무 슬퍼하거나 흔들리지 않길 바란다고, 그런 말을 몇 번이나 하는 것이었다. 나는 출산 도중에 죽을까봐 두려워서 그러는 줄 알고 그런 일은 없을 테니 걱정 말라고만 했지. 그러다 너를 낳고 얼마 안 되었을 때 이 근처에 호수가 있느냐고 묻더군. 꿈에 보았다면서. 어떤 호수냐고 물으니 막연하게 설명을 해주었는데…… 듣고 있자니 그제야 어린 시절의 꿈과 리라가 했던 말이 떠올라 나는 아연히 놀랐다. 리라는 재회하기 전에 내가 먼저 결혼해 아들을 낳으리라 했는데 이것이 우연일까? 그럴 수가 있을까?"

하지만 그는 델핀에게 리라의 이야기를 꺼내지 못했다. 아이를 갓 낳은 아내에게 그런 이야기가 너무 당혹스러울 거라고 생각했기 때문이었다. 하지만 좀더 시간이 흐르고 안정이 되면 꼭 확인해보고 싶었다. 당신한테도 기억이 남아 있는지, 우리가 정말로 재회한 것이 맞는지……

그러나 그 무렵 아노마라드에 공화파 반란이 터지면서 오를란느도 그에 대응하느라 바빠졌다. 궁정에서는 온갖 의견이 쏟아졌다. 아노마라드로 구원군을 파병해야 한다거나, 어느 왕당파가 왕위를 차지하도록 지원해야 한다거나, 밀려드는 망명객은 어디까지 받아줄 것인지, 공화국을 적대할지, 묵인할지, 비공식 외교관계라도 수립해야 할지, 그런 논란이 날마다 벌어지는 가운데 열 살 시절의 꿈같은 이야기를 나눌 마음의 여유를 갖기란 쉽지 않았다.

그동안 델핀이 무엇을 생각했는지는 몰랐다. 본래도 말이 없던 델핀은 점점 더 조용해졌다. 친구도 없었고 사교모임에 가는 일도 없이 종일 딸하고만 시간을 보냈다. 보통은 아기를 유모에게 맡길 텐데 그러지도 않았다.

샤를로트가 두 살이던 가을, 델핀은 떠났다. 편지 하나 없이. 그러나 샤를로트의 베갯잇을 뒤집자 안쪽에 이런 글귀가 수놓여 있었다.

베르나르, 샤를로트
나의 줄리앙
머물고 싶었던 작은 세계들
하지만 폐허가 닥쳐오니
이 사랑만이 그대들을 지키리.

"결국 난 델핀에게 그대가 리라가 맞느냐고 물어보지 못했다. 왜 내게 왔고, 왜 떠났는지도 알지 못했다. 나로서는 아무것도 이해할 수가 없었다. 그저 괴롭고 요정에게 홀린 것만 같아 견딜 수 없이 화가 났었지. 내가 아무것도 할 수 없다는 것을 알아서 더더욱…… 그래서 델핀과 관련된 모든 것을 치우게 했다. 내가 견딜 수가 없어서. 그래도 시간이 흐른 뒤에 너에게만은 이야기해주었어야 했다. 내 잘못이다. 하지만……"

어둠이 없었더라면 아버지의 입에서 이런 이야기가 나오지 않았을지도 모른다. 물론 뒤늦은 사과였다. 그러나 이제는 사과보다 진실이 문제였다. 차라리 아버지가 여기서 말을 그쳐주었으면 했다. 그러나 한번 시작된 말은 거침없이 진실을 향해 달려가기 마련이다.

"난 근거 없이 두려웠다. 이 비밀을 지켜야만 너라도 내 곁에 남아줄 것만 같아서. 비밀을 아는 순간 너도 델핀처럼 인간 세상의 모든 것을 놓아버리고 요정의 땅으로 날아가지는 않을까? 너마저 보낼 수는 없으니 이 이야기는 나만 알고 있어야 한다고 다짐했지. 어린 네가 사뿐 날아오르는 발레를 좋아하고 바닥을 딛기는 하는가 싶을 정도로 팔랑거리며 뛰어올 때마다 나는 내심 겁을 먹었던 모양이다. 네가 에투알이 된다 했을 때 나는 반대했지만 실은 기뻤어. 아아, 이 아이는 인간이구나. 요정이라면 칼을 쥐고 뭘 베려 하지는 않겠지. 나의 딸, 너는 인간이라 날 버리고 가지 않겠구나."

샤를로트는 묵묵히 시선을 내리깐 채 그 말을 들었다. 아버지가 딸이 절반은 인간, 절반은 요정이 아닐까 두려워했다는 이야기를. 그런 생각을 한 사람은 아버지뿐이 아니었다. 알베르 공은 죽기 직전에 말했다. 요정의 딸, 너만은 막으리라.

샤를로트는 그 말을 부인했지만 오히려 아버지가 확인해준 셈이 되었다. 자신은 정말로 요정의 딸인가? 한 발을 다른 세상에 디뎠기에 이 나라를 지킬 수 없고, 그래서 대공이 되어서는 안 되는 존재란 말인가?

"실은 그후 딱 한 번 다시 가본 적이 있었다. 4월 말 몽트루아의 바닷가에. 혼자 밤새 기다린다면 요정들이 나타나주지 않을까 싶었지. 하지만 수행원들이 나를 혼자 두고 갈 리가 있을까. 결국 자정이 지나고 성으로 돌아오며 생각했지. 아, 나는 정말 아무것도 할 수가 없구나, 지금도 마찬가지구나…… 그간 나는 너를 지켜주지 못했다. 오히려 네가 나를 지켜주었지. 그리고 델핀은 어쩌면 여전히 너를 지키고 있는지도 모른다."

아버지가 손바닥을 펴 보였다.

"꿈속에서 델핀은 내게 사과를 줬어. 난 그 사과가 너라고 생각했다."

사과라는 말에 샤를로트의 미간이 움찔했다. 사과란 자신에게 기억이었다. 베르나르가 주었던, 에투알이 어딘가에서 따 왔다는…… 아!

그 사과는 꿈에서 보았던 호수 속 섬, 그곳에서 자라던 단 한 그루의 나무에서 따 온 것일까? 요정 리라가 집을 지었던 아름다운 호숫가가 그곳일까? 리라는 아버지와의 약속을 지키고자 이듬해 인간으로 태어났기에 스무 살이 되어서야 아버지를 찾아올 수 있었던 것이고……

어머니는 딸에게 사과와 기억과 임무를 물려주었다. 그리고 아마도, 블러디드의 힘마저 물려주고는 그들을 떠나갔다. 알베르 공이 말한 대로 요정 세상의 힘이 인간 세상의 대공 가문과 겹쳐졌다. 그렇다면 자신은 정말로 대공이 될 순 없는지도 모른다. 오를란느를 지키는 대신 요정에게도 인간에게도 두려운 적과 싸우는 것이 자신의 임무가 아닐까?

하지만 어머니는 왜 자신에게 이 어려운 임무를 넘겨준 것일까? 어머니 자신은 어디로 가고서? 곁에서 직접 설명해주고 함께해주면 안 되었던 것일까?

혼란에 빠진 샤를로트에게 아버지의 목소리가 들려왔다.

"이제는 내가 너를 지키련다. 난 너를 이 땅의 대공으로 만들 것이다. 네가 누구일지라도, 인간이든 무엇이든, 알베르뿐 아니라 전 오를란느가 나서서 반대할지라도 반드시 관철할 것이다."

아버지의 눈에 깃들었던 요정 세계의 혼란은 서서히 사라졌다. 평소대로 침착한 눈빛을 한 대공이 샤를로트를 보고 있었다.

"그러려면 반드시 가야 할 길이 있다는 것을 아느냐?"

샤를로트는 고개를 끄덕였다.

아버지는 그동안 샤를로트를 어린 딸로 놓아두었다. 성년이 지났건만 아무런 책임도 지우지 않았다. 스무 살까지만 후계자로서의 책무를 유예해달라는 청을 받아들여주었기 때문에. 그들 둘 다 베르나르를 너무 사랑했기 때문에.

이번 반란은 그 결과였다. 아무리 대공이 굳건히 버틴들 후계가 불분명해 보인다면 적들에게 틈을 주게 된다. 샤를로트가 대공녀의 이름도, 후계자에게 필수적인 정무 경험도, 사교와 혼약도, 모두 미뤄둔 지 오 년째가 되었다. 처음 한두 해까지는 대공자에 대한 추도였을 것이다. 그러나 이제는 빈틈이었다. 적어도 한 해 전에는 그런 유예를 거두었어야 했다. 어쩌면 샤를로트도, 그리고 대공도 알았을 것이다.

그러나 그러지 못했다.

그때 샤를로트는 그간의 노력 끝에 아이언페이스가 오토마톤을 모은다는 실마리를 막 잡았던 참이었다. 놓칠 수 없다고 생각했지만, 어쩌면 사 년간의 자유로 현실을 다소간 잊고 있었는지도 모른다. 오토마톤을 찾아낸 네냐플 학생 이야기를 듣고 거기까지 직접 갔을 때, 네냐플에 대한 호기심이 전혀 없었다고는 말하지 못할 것이다. 켈티카에서 탐정 노릇을 하며 지내던 시절엔 부인할 수 없이 그 생활을 사랑했다. 본국의 복잡한 정세를 알았지만 굳이 들추려 하지 않았다. 아버지가 있으니까, 아직은 스무 살이 되지 않았으니까……

그건 현실도피였다.

오빠가 없고, 오빠가 없는 대공국을 짊어질 당사자가 자신이라는 사실에 대한 도피.

반란 진압의 고삐를 잡고자 결심했을 때부터 예상했던 결론이 눈앞에 있었다. 이제는 더이상 물릴 수 없는 잔이었다. 자신은 오를란느의 후계자였다. 후계자는 후계자다운 힘을 보여야 한다.

어둠 속에서 대공이 말했다.

"반란 세력에 대한 처결을 맡아라, 샤를로트."

처결

겨울 궁전의 접견실에 사람들이 모였다. 알레망 단장, 나탕송 백작, 근위대장 포세 남작, 수도방위군 파견대의 카신느 중장, 블라스 백작의 아들 앙투안 경, 그리고 십여 명의 에투알.

겨울 궁전은 왕이 휴가를 보내는 곳이었기에 이 방은 응접실에 가까운 구조였고 규모도 크지 않았다. 여러 사람이 들어오려니 테이블과 의자는 대부분 치워지고 두 개만 남았다. 금빛 물결 모양의 장식을 두른 옥좌, 그리고 그 옆에 놓인 붉은 벨벳 의자였다. 벨벳 의자에는 샤를로트가 앉았고 옥좌는 비어 있었다.

"들여보내라."

문이 활짝 열리고 병사들이 밧줄에 묶인 네 명을 끌고 들어와 바닥에 꿇어앉혔다.

반란 세력의 수괴였던 알베르 공은 포도주 저장고에서 죽었으므로 끌려온 건 상리스 후작과 후작부인, 알베르 공의 부인인 바이유 공작부인 베르트, 그리고 필리프였다. 문밖에는 다른 자들이 묶인 채 순서를 기다리고 있었다.

좌우로 도열한 사람들의 면면과 저만치 앉은 샤를로트를 본 그들은 저들의 운명을 직감한 듯 별다른 말을 하지 않았으나 한 명만은 달랐다. 공작부인 베르트는 전투복 차림의 공녀를 힐끗 올려다본 뒤 더듬더듬 입을 열었다.

"고, 공녀 연하…… 제, 제가 연하의 십육 세 생신 축하연을 위해 보내드렸던 드, 드레스와…… 티아라를 기억하실는지요."

샤를로트도 기억하고 있었다. 바이유 공작부인이 보내준 드레스는 흠잡을 데 없이 훌륭했다. 다만 그걸 입고 결혼 시장에 나설 사람이 없었을 뿐이다. 일반적으로 데뷔 무도회로 여겨지는 십육 세 생일 연회에서 샤를로트가 입었던 건 에투알 휘장만을 뺀 예장 제복이었다. 자신에게 청혼할 생각은 말라는 뜻을 누구라도 분명히 알도록.

"일곱 살 생신 때 보내드렸던 빨간 드레스는…… 무척 좋아하며 자주 입으셨던 기억이 납니다. 그, 그리고 탄생하시고 처음으로 새해맞이 테라스에 오르시던 날 입으셨던 흰 드레스도 제가 지어 보내드렸었지요. 그, 그때 연하께서 어, 얼마나 어여쁘고 귀여우셨는지…… 온 백성이 연하를 사랑하지 않고는 못 배길 거라고 저는 생각했답니다.”

샤를로트의 입가에 쓴웃음이 감돌았다. 돌이켜보면 바이유 공작부인은 늘 사교계의 유행을 선도했고 옷차림을 중시했다. 탈출하려다가 붙잡혀 끌려온 지금도 망토 아래에 우아한 드레스를 입고 있었다. 다른 사람에게도 그런 게 중요하리라고 생각했던 걸까. 아니, 그냥 그렇게 옷이나 즐겁게 지어 입었더라면 이런 모습으로 마주칠 일도 없었을 텐데.

샤를로트는 공작부인에게 대꾸하는 대신 필리프를 보았다.

“자칭 섭정께선 어머님이 무슨 말씀을 하시는지 알고 있나?”

“……”

반쯤 얼어붙어 있던 필리프는 갑자기 샤를로트가 자신을 부르자 흠칫해서 고개를 쳐들었다. 심지어 자칭 섭정이라니. 그러자 옆에 있던 구스타브가 쥐고 있던 검집 끝으로 그의 뒷덜미를 꾹 눌렀다. 반역 도당 주제에 어디서 고개를 든단 말인가.

“허흡!”

놀란 필리프가 이마가 바닥에 닿도록 머리를 수그렸다. 섭정이라니 당치 않은 말씀이라고 발뺌할 생각조차 잊은 듯했다. 검집 끝인데도 검이 닿은 양 기겁하는 걸 보며 에투알 몇 명이 한심해하는 눈빛을 보냈다.

그러나 공작부인은 샤를로트가 한 말을 희망의 불씨로 이해하고서 열심히 말하기 시작했다.

"서, 섭정이라니요. 송구하오나 이애는 그게 뭘 하는 자리인지도 모를 겁니다. 제, 제 아들이지만…… 필리프는 머, 머리가 나쁜 아이입니다. 욕심 많은 제 아비가 시키니 생각 없이 따랐을 뿐이었고, 영명하신 공녀 연하와 맞설 야심은 가, 감히 단 한 번도 품어본 적이 없었을 겁니다. 어려서도 늘 대공자 연하의 뒤를 따라다니며……"

그때 알레망 단장이 샤를로트를 보았다.

"연하, 변명이 필요한 자리가 아니니 바로 처결하시지요."

시시한 말에 마음이 흔들릴 공녀가 아닐지라도 어쨌든 공작부인은 공녀의 숙모였다. 이것저것 끄집어내자면 얽혀 있는 옛 추억이 많을 수밖에 없었다. 괜히 마음을 괴롭힐 이야기를 들어줄 필요가 없다.

샤를로트는 알레망 단장의 말뜻을 잘 알았다. 하지만 동시에 알레망 단장의 동생을 생각했다. 공녀가 친족에게조차 온정을 베풀지 않는다면 단장의 동생인 알레망 백작이 맞게 될 운명도 정해지는 셈일 텐데.

다 알고도 하는 말이겠지.

"반역자들은 들어라."

비스듬히 기대앉았던 샤를로트가 몸을 바로하자 신하들도 모두 자세를 가다듬으며 바르게 섰다.

"죽은 알베르 공과 이 자리에 끌려온 반역자들은 대공 전하의 병환을 이용하여 랑부아즈 백작 필리프를 섭정으로 세우고 나와 혼인케 한 뒤 그가 대공위를 잇게 하고자 획책했다. 이상은 너희가 오를리로 보낸 문서들을 통해 분명히 밝혀진 사실이다."

샤를로트는 옆의 작은 테이블에 놓여 있던 문서 몇 장을 들어올려 거기 찍힌 그들의 인장을 보였다.

"그, 그 문서는…… 필리프는 그걸 제대로 본 적도……"

더듬대는 변명을 샤를로트의 차가운 목소리가 둔기처럼 찍어눌렀다.

"또한, 대공 전하의 혼수상태가 계속되도록 비밀리에 약물을 처방하고, 필리프가 섭정이 된 연후에는 시해하고자 획책하였다. 이와 같은 역모를 꾸민 전말을 알베르 공은 죽기 전에 내게 모두 털어놓았다. 너희에게는 다행스러운 일이지. 진실을 뱉도록 뼈를 부러뜨리고 인두로 지질 필요가 없어졌으니까."

"……"

더이상 샤를로트의 눈을 보는 자가 없었다. 다음 말을 잇기 전, 샤를로트의 주먹이 꽉 쥐어진 것도 본 자가 없었다.

"이러한 연유로 반역자 필리프 드 랑부아즈, 바이유 공작부인, 상리스 후작, 상리스 후작부인은 감히 대공 전하를 억류하고 시해하려 획책한 죄, 대공국의 후계에 대한 대공 전하의 명을 조작하고 군대를 일으켜 대공위를 찬탈하려 한 죄를 물어 참수될 것이다. 훗날의 경계로 삼고자 이들의 머리를 겨울 궁전의 성벽에 효수토록 하라. 이들의 재산과 영지는 모두 몰수될 것이며, 이들의 자식들은 세습 작위 및 귀족 신분을 상실할 것이다. 혹여 자식들 중 반란에 가담했음이 밝혀지는 자가 있다면 로슈 섬에 유배할 것을 명한다."

어렴풋이 상상하던 것 이상으로 단호한 처결에 몇몇 귀족이 놀란 눈빛으로 공녀를 보았다. 그때 알레망 단장이 대답했다.

"삼가 공녀 연하의 명을 받들겠습니다."

이어 나머지도 대답했다.

"명을 받들겠습니다!"

"준엄한 명을 즉시 받들라!"

이어 단장이 명령했다.

"반역자들을 오래된 탑에 한 명씩 따로 가두어라. 그리고 형장을 준비하라. 형은 내일 정오에 집행될 것이다."

겨울 궁전에는 제대로 된 감옥이 없었지만 그 대신 '오래된 탑'이라고 불리는 좁다란 방어용 첨탑이 있었다. 저지대를 내려다보고 선 그곳에는 창문이 없었다. 오직 십자형으로 뚫린 화살구멍 뿐이었다. 궁전에는 물론 형장도 없었다. 그러나 이럴 경우 형장은 모두가 볼 수 있는 중앙 광장에 세워지기 마련이었다.

끌려나가는 반역자들은 더이상 말이 없었다. 두려움으로 몸이 굳어 평소처럼 우아하게 걷지는 못했지만 살려달라고 울고불고 추한 꼴을 보이는 자는 없었다. 문밖의 다른 귀족들이 그들을 보고 있는 한, 마치 그곳이 오를리 사교계인 것처럼 당당히 끌려가 죽어야 하는 것이다.

샤를로트는 무표정하게 그들의 뒷모습을 보고 있다가 말했다.

"다음 반역자들을 들여보내라."

지스카르 드 나탕송 백작은 오래전, 공화파가 아노마라드의 수도 켈티카를 장악했던 때를 떠올렸다. 며칠 동안 연달아 수백 명을 처형하고 나자 당스부르크를 비롯해 모두가 얼굴이 굳어지고 말이 없어졌다. 입맛도 웃음도 농담도 사라졌다. 말은 하지 않았지만 당시 지스카르는 잠도 거의 자지 못했다. 이게 옳은 길이라고, 이럴 수밖에 없다고 굳게 믿으면서도 그랬다.

세월이 흐르고 지금의 지스카르는 비록 신념은 변치 않았지만 어떤 방법론도 반드시 옳다고는 믿지 않았다. 죽음은 피할 수만 있다면 피하는 편이 좋은가, 아니면 소수의 죽음이

다수의 죽음을 막아주는가. 반드시 죽어야만 하는 소수는 존재하는가. 그런 자들이 있다면 그건 복수인가 본보기인가.

만약 반드시 죽어야 하는 자들이 있고 그들의 죽음이 더 큰 희생을 막아주며 그것이 사적인 복수만은 아닐지라도…… 그걸 열아홉 살의 손에 맡겨도 되는가.

다음 사람이 들어오고 끌려나가고, 다시 새로운 자들이 자리를 바꾸는 동안 지스카르는 샤를로트의 얼굴에 익숙한 표정이 나타나는 것을 지켜보았다. 눈이 쌓이듯 한 겹 한 겹 덮여갔다. 뺨에 핏기가 사라지고, 눈가가 붉어지고, 턱에 힘이 들어간다. 눈에서 빛이 사라져가고, 대신 탁한 안개 같은 것이 서린다.

그가 잘 아는 피로였다.

연애편지

사흘 뒤, 샤를로트의 군대는 오를리로 귀환했다. 대공 전하를 호위하면서.

소식이 미리 알려졌기에 시민들 수천 명이 도시 바깥 반나절 거리의 들판까지 마중을 나와 있었다. 그 사실을 안 샤를로트는 군대에게 천천히 행진하도록 명령했다. 행렬이 가까워지자 시민들이 환호를 지르며 발치에 꽃을 흩뿌렸다. 아직 겨울이었기에 꺾어올 곳도 없으니 돈을 주고 사 왔을 꽃이었다.

"대공 전하 만세!"

"대공녀 연하 만세!"

"위대한 오를란느는 영원하리라!"

샤를로트는 아직 대공녀가 아니었지만 시민들의 입장에서

호칭쯤이야 아무래도 좋은 일이었다. 아닐지라도 곧 대공녀가 되시겠지. 반란군을 평정하고 대공 전하를 구출했는데!

행렬의 형태는 마차를 탄 대공을 안전하게 둘러싸는 것에 중점을 두었지만 말을 탄 샤를로트가 선두에서 나아가고 있다보니 시민들이 보기에는 공녀의 승전 행진처럼 보였다. 누군가는 조금쯤 의도했을지도 모른다. 샤를로트의 뒤로 승리에 기여한 귀족들이 따르고 에투알은 마차를 둘러싼 채 조금 뒤쪽에서 오고 있었다.

들판에는 귀족들도 제법 나와 있었다. 마차도 없이 말을 타고 와서, 그조차도 종자에게 맡기고 서서 기다리고 있었다. 먼지 날리는 겨울 들판에서 신분 낮은 시민들과 뒤섞여 있기가 불쾌했겠지만 대공 전하의 귀환을 시민들이 앞장서서 축하하는데 오를리에서 팔짱 끼고 기다릴 순 없는 일이었다. 그러다가 반란 세력과 잠재적인 한패거리로 찍힐지도 모르는 일 아닌가?

공식 환영단은 조금 뒤에 당도했다. 환영단 대표는 의외의 인물이었다. 오귀스트 드 캉페슈 후작이 대공의 마차 앞에서 허리를 잔뜩 굽혀 절하며 외쳤다.

"오오, 존귀하신 대공 전하의 무사하심을 참으로 감축드립니다! 천 년을 이어온, 이 땅에서 가장 성스러운 대공 가문은 하늘의 가호를 받아 다시 천 년이고 만 년이고 건재할 것입니다! 그까짓 반란 도당 따위가 감히 실금인들 낼 수 있겠습니까?"

태도며 말투가 평소와는 각오가 달라 보였다. 어찌 보면 후작은 워낙 평판이 나빠서 겨울 궁전에 초대를 받지 못했던 것이 생존의 비결이었을 가능성이 높았다. 굳이 분류하자면 반란 도당과 꽤나 가까웠을 텐데, 그걸 덮기 위해서라도 분투할 필요가 있긴 했다.

마차 창을 연 대공이 가볍게 고개를 끄덕였다.

"다시 보니 반갑군, 후작."

캉페슈 후작은 곧 샤를로트를 보았다. 그가 감격한 얼굴로 외쳤다.

"오오, 공녀 연하! 저 태양조차 오늘은 연하를 위해 빛나는 듯하옵니다! 대공가의 적통답게 위엄 넘치는 모습이 참으로 찬란하고 늠름하십니다! 대공 전하를 구하고자 달려가신 결단은 어느 신하도 고개를 못 들 충정이었고, 반란 도당을 단숨에 쓸어버리신 무용은 위대하신 샤를 1세 대왕의 현신이라 해도 지나치지 않을 것입니다. 연하와 같은 분께서 장차 이 땅을 다스리실 테니 대공국에 이보다 큰 홍복이 있겠습니까? 보십시오! 저 어리석은 백성들조차 기쁨을 이기지 못하고 연하를 우러러보고자 급히 달려나오지 않았습니까?"

샤를로트는 다소 어처구니가 없어 캉페슈 후작을 빤히 보았지만 자리가 자리인 만큼 받아주는 것이 예의일 터였다. 샤를로트가 고개를 끄덕여 인사를 받자 캉페슈의 얼굴에 환한 빛이 번졌다.

그러더니 한술 더 뜨기 시작했다.

"제 입으로 말씀드리려니 송구하지만 얼마 전, 저는 대공 전하의 명을 받들어 킵에 부임했다가 연하의 충직한 종인 카스티유 경을 만났습니다. 마침 경은 연하께서 하사하신 검을 갖고 있었지요. 저는 그 검을 보자마자 머나먼 땅에서 연하의 모습을 뵌 듯한 감격을 이기지 못하고 검에 새겨진 작약에 입을 맞추며 충성을 맹세한 바 있었습니다. 연하, 저의 영원한 충정을 받아주십시오!"

샤를로트는 그 사건에 대해 아무 이야기도 듣지 못했기에 고개만 갸웃거렸다. 들은 말만으로 상황을 그려보려 해도 뭔 소린지 모를 기괴한 이야기였다. 캉페슈 후작이라면 이름만 들어도 얼굴이 굳어질 정도인 로랑과 하필 킵에서 마주쳤는데, 다짜고짜 덤벼들어 로랑이 차고 있는 검에 입을 맞췄다니…… 그게 뭐하자는 짓이람?

아무리 상상해보려 해도 너무나 이상한 그림이라서 적당한 대꾸를 찾지 못한 샤를로트가 말했다.

"그렇군요. 저도 경의 충정에 놀랐습니다."

칭찬인지, 의외라 놀랐다는 건지 모를 말이었지만 캉페슈는 그런 뉘앙스쯤에 굴하지 않았다.

“저의 진심을 알아주시니 감격스럽습니다! 자, 계속 행진하시지요! 근사한 승전 연회를 준비해놓았습니다! 저희 모두의 마음을 모아……”

행렬이 다시 움직이기 시작하자 뒤쪽에서 구스타브가 조안느에게 속삭였다.

“허리에 찬 검에다 대고…… 뭐? 저게 뭔 소린지 이해가 가냐?”

조안느가 어깨를 으쓱했다.

“로랑이 저 인간의 대가리를 오려버리고 싶은 심정을 제법 잘 참은 모양이지.”

오를리는 대공과 공녀의 귀환으로, 그리고 반란을 평정했다는 기쁨으로 들떴다. 승전 연회는 사흘 동안 계속되었다. 궁에서뿐 아니라 거리도 사실상 축제나 다름없었다. 그대로라면 열흘이고 보름이고 계속될 기세였지만 샤를로트가 대공 전하는 안정을 취해야 하니 마무리하는 것이 좋겠다는 뜻을 전해 그쯤에서 끝내게 되었다.

그날 밤, 지스카르는 대공 전하를 뵙고 그만 로사 알브로 돌아가고자 한다는 뜻을 밝혔다. 대공과 대화를 마치고 방으로 돌아가자 곧 시종이 찾아왔다.

"공녀 연하께서 나탕송 백작을 잠시 뵙자 하십니다."

가기 전에 한 번쯤은 독대해야겠다고 생각하던 차였다. 시종을 뒤따라가 공녀의 응접실에 앉자 시종이 내실로 들어갔다가 나오며 말했다.

"안쪽으로 드시지요."

안내된 곳은 공녀가 친밀한 손님을 만날 때만 쓰는 작은 거실이었다. 샤를로트는 먼저 와 있었다.

"말씀 전해들었어요. 쉬셔야 할 늦은 시각인데 내 욕심으로 힘든 걸음 하시게 했네요. 내일 아침에 바로 떠나버리실까봐 걱정이 되어서 그랬습니다."

"저야 밤낮으로 편안히 지내고 있는데 힘들 것이 뭐가 있겠습니까? 그보다 연하께서 무척 피로하시겠습니다. 그리고 연하께 인사도 올리지 않고 궁을 뜨다니, 그럴 리가 있겠습니까?"

연회 도중에 빠져나왔는지 샤를로트는 이브닝드레스 차림이었다. 첫날 연회에서는 예전처럼 흰 예장 제복을 입었지만 둘째 날에는 스스로 드레스를 택했다. 보랏빛이 감도는 은청색 태피터 드레스를 입고, 검은 머리에 진주와 연보라색 장미로 만든 머리장식을 올린 공녀의 얼굴에 지난날 황야에서 투구를 벗어들던 모습을 겹쳐보기란 쉽지 않았다. 고작 십수 일 전인데도.

샤를로트가 고개를 저었다.

"대공 전하께 말씀 올리셨으니 나한테까지 반드시 보고하실 의무는 없는걸요."

지스카르가 빙그레 웃었다.

"그 말씀도 맞지만, 이젠 저 아니라 오를리의 어떤 귀족도 그렇게 생각하지 않을 것입니다."

직접 군대를 일으켜 반란 세력을 제압하고 시민들의 환영을 받으며 개선한 공녀는 이제 단순한 후계자가 아니었다. 사실상 실세였다. 모두가 공녀의 눈치를 살피기에 여념이 없었다. 거기에 대공 전하의 건강 문제까지 더해지니 이대로라면 대공녀 책봉 발표도 곧 날 것이고 어쩌면 빠른 승계가 있을지도 모르겠다고, 연회장에서도 그런 소곤거림이 끊이지 않았다.

"대영주께서 내게 그런 말씀을 하시다니요. 그대의 너그러운 도움이 없었다면 불가능했을 승리였습니다. 이번 승전의 공로자를 꼽자면 당연히 첫번째가 되셔야 할 분이 아니십니까?"

"그런 황공한 말씀을 들으니 몸둘 바를 모르겠습니다. 저는 그저 전하의 신하로서 마땅히 해야 할 의무를 다한 것뿐입니다."

샤를로트가 눈을 지그시 내리깔며 말했다.

“대공 전하께서 조금 더 회복하시면 이번 승전의 논공행상을 정식으로 의논할 생각이었습니다. 그러니 며칠 더 궁에 머물러주시면 어떨까요?”

“연하의 말씀은 진심으로 감사합니다만, 아시다시피 제가 워낙 시골 사람이라 모든 것이 근사한 오를리에 오니 휘황스러워 정신을 차리기가 어렵습니다. 갓 사교계에 나온 아이처럼 만사를 근심하고 있자니 이 기쁜 축하연도 편히 즐길 수가 없군요. 전하와 연하께서 날마다 돌보고 배려해주시는데도 제 집의 허름한 거실로 돌아가 요양하고 싶은 마음을 이기지 못하는 것은 저라는 사람의 바탕이 워낙 앙상스러워서겠지요. 허허……”

승전의 수훈자라는 걸 생각할 때 지스카르가 이르게 돌아가고자 하는 것은 사실이었다. 자리를 비우면 존재감도 흐려지기 마련이고 따라서 공을 세운 만큼의 상을 받기도 어렵다. 물론 지스카르에게는 나름대로 이유가 있었지만 공녀에게 말할 수 있는 성질의 것은 아니었다.

그랬기에 오히려 분명히 말해둘 필요가 있었다.

“그리고 다시 말씀드리지만 공을 세우고자 한 일이 아니니 상과 같은 말씀은 부디 거두어주십시오. 저는 단지 전하와 연하께서 그간 내려주신 치하의 말씀만으로도 감읍할 따름입니다.”

"음, 나라에 공을 세운 분을 소홀히 대하는 것은 주위에 좋은 본보기가 아니기도 합니다. 사람들은 장차 내 눈이 어둡다 할 것이고요."

"오를리에 당당히 귀환하신 연하의 모습 자체가 저에게 얼마나 큰 상이 되는지 모르시는군요. 국운을 걸 만한 뛰어난 후계자가 위기를 이겨내고 성장하는 모습을 곁에서 지켜볼 기회를 얻다니, 이것만으로도 제가 노년의 운을 다 쓰지 않았나 싶습니다."

예법의 테두리 안에서 말재주를 겨루는 것으로 이 점잖은 대영주를 이기기란 쉽지 않다. 미묘한 실랑이가 길어질 조짐을 간파한 샤를로트가 불쑥 표정을 바꾸며 말했다.

"아, 알았어요. 내가 재상이 되어달라 청할까봐 도망가시는 거죠?"

"……"

일단 지스카르의 말문이 막혔다는 점에서 1점은 확실히 땄다. 샤를로트가 생긋 웃어 보였다.

"하지만 아무리 도망가더라도 영영 편히 살도록 놓아줄 리가 없다는 걸 알아두셔야겠어요. 비록 내일은 보내드리겠지만 다음에 다시 뵐 때 두 배로 갚도록 하세요."

두 배로 상을 주겠다는 통보를 아무렇지도 않게 해버린 샤를로트가 다소 자세를 편하게 하며 손깍지를 꼈다.

"하지만 그날이 언제 올지 모르겠으니까 이야기는 오늘 들어둬야겠어요. 괜찮으시겠죠?"

재상이 될지 말지 대답하라는 말로 이해한 지스카르가 난처한 표정으로 머뭇거리자 샤를로트가 명랑하게 웃음을 터뜨렸다.

"그거 말고요. 전에 해주시기로 한 이야기 있잖아요."

"……샤를 1세와 로사리아의 귀부인 이야기 말씀입니까?"

"네, 그거요. 지금까지 얼마나 궁금했는지 아세요? 반란군하고 싸우는 동안에도 내내 궁금했는데. 이래서야 언젠가 알빈느 요새를 재건해서 초청받을 때까지 기다릴 가망은 없겠어요."

십여 일 전만 해도 공녀는 그날이 너무 가까울 것을 두려워하고 있었다. 하지만 지금은 가벼운 표정으로 덧붙였다.

"설마 얘기도 안 해주고 가버릴 생각은 아니셨겠죠. 그런 원한은 오래가거든요?"

샤를로트는 응접실 쪽으로 난 자그마한 쪽창 앞으로 가더니 거기 놓인 촛대의 첫번째 촛불을 껐다. 그러자 기다렸다는 듯 밖에서 노크 소리가 들리더니 포도주와 잔 두 개, 세 종류의 치즈, 몇 가지 과일을 차린 은쟁반이 들어왔다. 시종이 나가자 샤를로트가 잔을 들어 보이며 눈을 반짝였다.

"이 정도면 재미난 옛날이야기 들을 준비로는 충분하죠?"

단지 옛이야기를 듣자고 이 정도의 준비성이라니, 지스카르도 웃을 수밖에 없었다. 동시에 공녀가 옛이야기 속으로라도 도피할 필요가 있다는 생각을 했다. 한때 웃으며 대했을 수많은 사람을 향해 참형을 선고하던 무표정한 얼굴이 처음 보았던 날처럼 생기 있는 젊은이의 얼굴로 돌아올 수 있다면.

하지만 그것도 결국 가면이었지.

샤를로트를 조금쯤 알게 된 지스카르는 저 가면이 필요하기도 하지만 동시에 안타깝다는 생각도 했다. 승전 연회가 공녀에게 휴식일 리 없다. 아버지를 구하고자 목숨을 건 전투를 끝내자마자 또다른 업무를 소화하고 있는 셈이다. 공녀 자신은 가면을 바꿔 쓰는 피로를 느낄 겨를도 없을지 모른다. 하지만 가끔은 긴장을 풀고 멀리서 들려오는 뜻 모를 가락에 귀를 기울여보는 시간도 필요하다. 어쩌면 공녀도 그 점을 알아서 이제 와서 대수로울 것도 없는 옛이야기를 해달라고 졸라대는지도 모른다.

이 순간 공녀가 들을 마음만 있다면, 그건 지나간 사랑 이야기일지라도 좋으리라.

지스카르가 두 잔에 술을 따랐다. 부딪치고 한 모금 머금어보니 제법 독주의 향이 났다. 공녀가 직접 골랐을까.

“휴, 오늘 연하께서 하신 말씀 때문에 심장이 떨어져서 아무래도 어디론가 요양을 가긴 해야겠습니다.”

지스카르는 요양이 아니라 켈티카에 갈 일이 있었다. 오를란느에 대체 무슨 일이 일어난 것인지 망명 의회가 무척 궁금해하고 있기 때문이다. 그렇게 적당히 연막을 깐 뒤 입을 열었다.

"혹시 연하께서는 로사리아에 최후의 날이 밝기 전날, 샤를 1세가 흰 장미의 귀부인 비안카 데 토렐리에게 보낸 편지에 대해 들어보셨습니까?"

"지금까지 두 사람은 모르는 사이였다는 것이 정설이었죠. 샤를 1세는 비안카가 죽은 뒤에야 처음 얼굴을 보았노라고 읽었고요."

"하지만 샤를 1세가 비안카의 얼굴을 몰랐을 수는 없었을 겁니다. 비안카는 쌍둥이였으니까요. 비안카의 언니인 아가타는 남편이 일찍 죽은 뒤 홀로 아이들을 키웠는데, 나중에 알려진 바로는 샤를 1세가 왕자 시절에 그녀에게 구혼했다가 거절당한 적이 있었던 모양입니다."

샤를로트가 포도주를 한 모금 마시더니 고개를 갸웃했다.

"왕자의 구혼을 거절한 것도 놀랍긴 하지만…… 설마 그런 일로 원한을 품고 로사 알브를 공격했단 말인가요?"

"글쎄요. 그것까지는 알 수 없습니다만 거절한 것이 그리 놀라운 일은 아니었습니다. 그때 샤를 1세는 고작 열여섯 살이었으니까요. 아가타는 서른 살을 앞뒀으니 말이 거절이지

실은 아이를 좋게 타일렀다고 봐야 맞겠지요."

그후 아가타는 죽었고 십오 년이 흘러 샤를 1세는 로사리아 정복에 나섰다. 저항하는 자는 한 명도 살려두지 않기로 악명 높은, 오를란느의 사나운 왕을 두려워한 로사리아 사람들은 왕이 나아가는 곳마다 수없이 투항했다. 알빈느 요새에 마지막으로 남은 저항자들은 수백에 불과했다.

샤를 1세는 그들의 지휘자가 비안카라는 것을 전해듣자 그의 정복 역사상 처음으로 먼저 대화를 제안했다. 비안카는 제안에 응했다.

"그러나 비안카는 죽은 아버지와 남편을 애도하는 상복이라며 검은 베일로 얼굴을 완전히 가리고 나타났습니다. 무의미한 평행선을 그은 끝에 회담은 결렬되었지요."

요새에 남은 다른 사람들을 떠올린 샤를로트가 말했다.

"얼굴을 보여주는 것으로 협상이 가능했더라면 보여주는 편이 낫지 않았을까요."

"맞는 말씀입니다만 비안카에게도 이유는 있었지요. 앞선 전투에서 샤를 1세는 투항하려 하는 비안카의 아버지와 남편을 직접 죽였으니까요. 자존심을 지킨 결과는 전멸이었지만 어쩌면 끝내 투항하지 않고 요새에 남았던 사람들 다수가 비안카와 같은 의견이었을지도 모를 일입니다. 고작 수백 명이 샤를 1세의 대군과 싸워 이길 수 있다고 생각해서 버텼을 것 같지는 않지요."

일단 살아야 미래가 있다는 말은 늘 현명하지만 어떤 사람들은 끝내 무릎 꿇기를 거절하곤 한다. 그날 그 자리에 있지도 않고서 무엇이 옳고 그르다고 말하긴 어렵다. 샤를로트가 고개를 끄덕이며 물었다.

"그래요. 그런데 그래놓고 샤를 1세는 대체 무슨 편지를 보냈던 건가요?"

"일종의 연애편지였습니다."

"네?"

샤를로트의 놀란 얼굴을 본 지스카르가 겸연쩍게 웃었다. 미간을 찡그린 샤를로트가 허공을 향해 두 손을 펴 보이며 중얼거렸다.

"아, 전혀 이해가 안 가네요. 쌍둥이 언니를 한때 좋아했던 것뿐인데, 회담장에서 처음 마주친 귀부인에게 뜬금없이 연애편지라니. 위대한 대왕인 줄 알았더니 좀 제정신이 아니잖아요?"

술을 두어 모금 마셔서 그런가, 샤를로트의 말투가 너무 직설적이어서 지스카르는 얼른 포도주를 한 모금 마시는 것으로 직접적인 대답을 피했다. 그런데 어찌된 술인지 고작 두 모금만으로도 희미하게 취기가 올라왔다.

"그게 꼭 그런 건 아니었고…… 사실 이 이야기는 지금껏 알려져 있지 않았는데, 이유는 그 편지가 상당히 늦게 발견됐기 때문입니다. 편지의 내용대로라면 두 사람은 모르는 사이가 아니었습니다. 소년 시절 샤를 1세는 성격이 거칠고 제멋대로여서 제어할 사람이 없었는데, 연회장에서 만난 비안카에게 따끔한 일침을 당하고는 그럼 당신이 직접 예법과 화술 수업을 해달라고 청했다 합니다. 일침까지 해놓고 거절할 순 없어 실제로 몇 달 동안 궁에 머무르며 가르쳤던 모양이고요. 따라서 샤를 1세가 구혼했던 상대도 애초에 아가타가 아니라 비안카였습니다. 어차피 거절해야 하는 구혼이니 서로의 명예가 손상되지 않도록 비안카 대신 아가타가 상대였던 것으로 상황을 조작했던 거지요."

"왜죠? 쌍둥이라면 나이는 같았을 텐데……"

"당시 아가타의 남편은 죽었지만 비안카는 아니었기 때문입니다. 즉, 샤를 1세는 열여섯 살 나이에 남의 아내인 비안카를 이혼시켜서라도 차지하겠다고 결심했던 건데…… 샤를 1세의 성격으로 보아 그때는 나이가 어려서 좌절되었지 스무 살만 됐어도 정말로 실행하지 않았을까 싶지요."

샤를 1세는 사납고 무자비한 만큼 추진력도 엄청났던 왕이었다. 그러니 충분히 가능했을 법하다는 생각이 들었지만 그런 관점으로 바라보니 로사리아 정복이 기괴한 치정극처럼 보여 더욱 기가 막혔다.

"사실 그 편지가 비안카에게 전달이 되긴 했는지, 그런 건 불분명합니다. 내용으로 보아 함락 전날 밤에 쓰인 것은 맞는 듯하지만, 발견된 장소가 요새의 성돌 틈이었기 때문입니다."

한때 알빈느 요새의 돌을 모으는 놀이를 하던 지스카르는 어느 날 장미 문양이 새겨진 돌을 빼내려다가 맞닿은 성돌 안쪽에서 일부러 파낸 듯한 구멍을 발견했다. 그 안에 반쯤 삭은 가죽주머니가 끼워져 있었다. 언뜻 이끼 덩어리처럼 보이던 주머니의 한쪽을 조심스럽게 잘라내자 기름 먹인 종이봉투에 든 양피지가 나왔다.

……그대가 바라는 대로 내일, 그대의 목을 거둘 것이오.

그대의 백성들도 남김없이 죽일 것이오.

알빈느에는 쥐 한 마리 살아 있지 않게 될 것이오.

로사리아라는 이름은 영영 사라질 것이오.

하지만 그대를 존경하오.

그대의 자부심과 명예와 용기는 이 땅의 마지막 장미였소.

하지만 그대를 비난하오.

내가 왕국을 버리고라도 그대를 택하겠다 했을 때 그대는 받아주었어야 했소.

그랬더라면 오늘의 비극은 없었지.

하지만 아시오?

내가 후회한다는 것을?

로사리아를 떠나 먼 땅에서 살라는 제안을 그대가 거절했을 때 알게 됐소.

나 없이 행복하게 사는 그대를 바라보는 삶이 가장 끔찍할 줄 알았는데, 그대의 목을 거둬야 하는 내일보다 낫다는 것을.

흰 장미의 귀부인이여, 로사리아가 누린 영예여.

나는 그대의 장례를 치르고 명예로운 선택을 후대에 알리고 루이사와 에르네스타를 돌봐줄 것이오.

하지만 치졸하게도 그대의 남편과 한 무덤에 묻어주지는 않을 것이오.

알다시피 난 원래 그런 사람이 아니겠소.

지스카르가 기억을 되살려 적어준 편지 뒷부분을 샤를로트는 한참이나 들여다보고 있었다. 지스카르가 말했다.

"어쩌면 비안카가 죽은 뒤에 샤를 1세가 전하지 못한 편지를 그런 곳에 넣었을지도 모르겠고, 또는 비안카의 명예를 걱정한 누군가가 그곳에 편지를 숨겼던 것일지도 모르겠습니다."

그사이 둘은 모두 잔을 비웠다. 샤를로트가 턱을 괴며 중얼거렸다.

"아…… 정말 이상한 사람이네요. 좀 미친 사람 같기도 하고요. 난 이런 사랑 이야기가 사실 잘 이해가 안 가요. 남편도 있는 여자한테 왜 그렇게까지 집착해야 했는지, 열여섯 살에 열렬히 좋아했을지라도 십오 년이나 계속 좋아할 일인지. 사람의 마음이란 어떨 땐 쉽게 변하는데 어떨 땐 이상할 정도로 변하지 않네요."

지스카르도 쓴웃음을 보였다.

"그때 맺어졌더라면 오히려 십오 년쯤 흘러 사랑이 식었을지도 모를 일이지요."

"맞아요. 좀 그런 것 같아요. 그런데 그런 일에 휘말려서 로사리아 사람들은…… 하여튼 그냥 이야기였다면 흥미롭고 말 텐데 실제로 있었던 일이라 끔찍하네요."

두 사람 다 오를란느의 로사리아 정복이 단지 그런 이유만으로 벌어졌으리라는 생각은 하지 않았다. 작은 부족국가들이 큰 나라들로 재편되던 시기에 그런 형태의 정복은 필연적이었다. 하지만 지금은 그런 이야기를 하고 싶은 기분도 아니었다.

"그런데 연하께서는 지금껏 사랑에 관심이 없으셨습니까?"

얼굴이 살짝 발그레해진 샤를로트가 지스카르를 말끄러미

보더니 물었다.

"그래 보였나요?"

"이 이야기를 레몽드에게도 해준 적이 있는데 그 아이는 샤를 1세가 좀 무섭긴 하지만 사랑에 빠져 물불을 가리지 않는 모습 자체는 매력적이라 하더군요. 그런데 연하의 입에서는 이상하고 미친 사람이라는…… 대단히 상식적인 반응이 나와서 재미있었습니다."

"그게 바로 사랑을 모르는 사람의 반응인가요?"

"글쎄요, 저로선 알 도리가……"

"왜요. 대영주께선 나처럼 어리지도 않으니 당연히 아실 것 아닌가요? 경험 있는 분의 입장에서 볼 때 내가 그래 보이나 싶어서요."

지스카르는 샤를로트의 얼굴을 보고 술기운이 좀 있구나 판단했다. 동시에 공녀가 이 이야기를 집착적으로 묻는 이유가 있을까 생각해보았다. 사랑에 관심이 없었다면 단순히 없었다 답하면 그만일 텐데.

"제가 그런 쪽으로 별다른 지혜는 없습니다만, 그럴 만한 이유가 있다면 말씀하신 부분에 대해 궁금해지기는 합니다."

지스카르는 슬쩍 돌려서 말했지만 샤를로트가 단도직입적으로 되물었다.

"그러니까, 나한테 그럴지 말지 고민중인 상대가 있을 것 같다?"

공녀는 열아홉 살이니 그런 상대가 있더라도 이상한 일은 아니었다. 하지만 곁에서 지켜본 며칠 동안 누군가를 특별히 여기는 기색은 느끼지 못했다. 힘든 일을 겪은 공녀를 개인적으로 위로하려는 사람도 없었다. 그러니 정말로 그런 상대가 있다면 적어도 오를리 궁정에 있는 사람은 아닐 듯했다.

"그런 말씀을 들으니 저도 궁금해지는군요. 그런데 왠지 난관이 있는 상대가 아닐까 싶긴 합니다."

샤를로트가 고개를 저었다.

"어차피 내 선택은 그리 중요하지 않은걸요."

"지금은 전 오를리가 연하의 손끝만 바라보고 있지 않습니까? 그렇게 자포자기하실 필요까지는 없을 것 같은데요."

"그런 위험한 말씀을 하시면 어떡해요. 내가 샤를 1세처럼 굴면 어쩌시려고요."

"으음, 그런 상대라면 곤란하긴 하겠습니다. 흰 장미의 귀부인이 샤를 1세를 조금이라도 마음에 두었다는 증거는 없으니 말입니다."

샤를로트가 웃음을 터뜨렸다.

"맞아요. 아마 귀부인은 귀찮았을 거예요. 그분의 삶은 그대로도 평화로웠는데, 한 번도 필요하다고 생각한 적 없는 소년의 열정에 휘말려 모든 것이 무너졌으니까요. 괜히 제 욕심으로 남의 인생을 뒤흔든 거죠. 그런 짓은 절대로 하지 말아야겠어요."

지스카르는 말을 맺으며 샤를로트의 입술이 꼭 다물리는 것을 눈치챘다. 그가 빈 잔에 다시 술을 따라주며 말했다.

"만약 얘기를 들어줄 누군가가 필요하신 거라면 저도 조금은 도움이 될지도 모르겠습니다. 단순히 들어드릴 능력밖에 없긴 합니다만 입이 무거운 걸로는 나름 자신이 있습니다."

털어놓기만 해도 조금쯤 가벼워지는 비밀도 있는 법이다. 그리고 지스카르의 말은 사실이기도 했다. 지스카르 이상으로 무거운 비밀을 오래 간직한 사람이 세상에 몇이나 되겠는가.

샤를로트는 심각한 기색 없이 푸후훗 하고 웃었다.

"대단하게 할 얘긴 없어요. 그냥 궁금했어요. 사랑을 경험해본 사람들은 그런 이야기를 다르게 느끼는지. 사실 지금껏 남의 사랑 얘기에 큰 관심을 가져본 적이 없었어요. 그냥 나하고는 먼 얘기 같았거든요."

공녀가 어리다 하지만 귀족 사회에서는 충분히 혼담이 오가고 남을 나이였다. 공녀라는 신분을 생각한다면 오히려 늦은 셈이다. 귀공녀들은 이 나이에 대부분 약혼자가 있다. 그러니 공녀에게 혼담이 없었다면 그건 공녀의 뜻이었을 가능성이 컸다. 대공 또한 그런 공녀의 뜻에 동의해준 모양인데, 그건 왜였을까?

"에투알에 있을 때는 그런 얘기를 들을 일이 많았어요. 기본적으로는 금지지만 사실 연애하는 사람들이 꽤 있었거든요. 수련병끼리도 있었고, 고향에 두고 온 누군가가 있기도 했고요. 옆에서 보고 있으면 별것도 아닌 작은 일 때문에 사람 기분이 하늘 꼭대기로 올라갔다가 땅 밑으로 처박혔다가…… 구경하는 것만으로는 왜 저러는지 이해가 안 가서 나도 한번 해봐야 하나 싶기도 했는데 아무도 상대를 해주지 않았죠. 에투알을 나오고서는……"

말끝이 길게 끌리다 끊어졌다. 그때 대공자 실종 사건이 있었음을 알기에 지스카르는 고개를 끄덕여 보였다.

"그럴 기분이 아니셨겠지요."

"네, 그랬네요. 그렇게 살아오다보니 이런 나이에 그런 것도 모르고, 그게 뭐가 그리 재미나고 괴롭고 그런 건지. 무슨 신기한 마술에 홀려서 사람을 십오 년씩이나 좋아하고 그러는지……"

"그럼 연하께서는 어떨 때 행복하십니까?"

샤를로트는 갑자기 생각하는 표정이 되었다. 행복이라고?

예전에는 행복이란 과거에만 존재한다고 생각했다. 오빠가 사라진 후로 자신은 행복을 되찾기 위해 살았다. 하지만 지나간 행복을 되찾기란 불가능하다는 것을, 그리고 자신도 그걸 알고 있었다는 것까지도 서서히 깨달아갔다. 알고도 왜 그랬을까?

정답은 아닌, 우회적이고 기묘한 답은 얼마 전에 주어졌다. 자신은 새롭게 행복했었다. 켈티카의 망해버린 카페 3층 구석방에서. 그리고 당연하다는 것처럼 그 행복도 자신의 손을 빠져나가버렸다.

행복하고 싶어서 하는 것이 사랑이라면 자신은 해선 안 될 듯했다. 모든 행복은 시한부였다. 죽기 위해 태어나는 존재였다. 지려고 피는 꽃이었다. 피어 있는 동안을 즐기라는 말은 좋지만, 달리 보면 하루 동안 행복하자고 364일의 겨울을 견디라는 것과 같지 않나. 차라리 나머지 하루조차 겨울이라면 적어도 비교하는 고통은 없을 테지. 다른 생각 없이 분투했던 지난날처럼.

이 낙차가 싫었다. 평정심을 흔드는 손아귀를 떨쳐버리고 싶었다. 샤를로트는 저도 모르게 고개를 흔들어버리고 말했다.

"대공 전하께서 무사하심을 알았을 때가 아닐까요?"

"그런 건 행복이라기보다 안도라고 부르지요."

"오늘처럼 승전을 축하하는 사람들로 둘러싸였을 때도 좋겠죠."

"그렇군요. 그런데 행복한 사람 같은 표정을 짓고 계시진 않더군요."

샤를로트가 제 뺨에 손을 갖다댔다. 살짝 열이 오른 듯 따

끈했다.

"그래요? 너무 피곤해서 그랬나봐요."

"물론 그러셨을 것 같습니다. 그런데 제 사견입니다만, 연하께서 행복을 모르실 것 같지는 않습니다."

"그래요? 왜죠?"

"방금 말씀하신 것처럼 승전은 기쁜 일이고 승전 연회도 충분히 행복할 수 있는 행사였습니다만…… 연하의 마음은 어딘가 다른 곳에 있는 듯하더군요."

그래 보였단 말인가?

샤를로트가 고개를 기울이는데 머리장식에서 꽃잎 하나가 테이블 위로 툭 떨어졌다. 겨울이라 꽃이 오래가지 않았다. 지스카르가 동그랗게 말린 꽃잎을 힐끗 내려다보는데 샤를로트가 물었다.

"그럼 대영주께선 어떠신가요? 대영주께서 행복했던 순간을 말씀해주시면 내 답을 찾는 데도 도움이 될 것 같은데요."

"제 나이에는 하루하루 아프지 않으면 행복한 법입니다만……"

샤를로트가 말 돌리지 말라는 뜻으로 살짝 눈을 흘기자 지스카르가 웃었다. 실은 그도 어떤 말을 할지 조금 고민하는 중이었다. 공녀에게 밝힐 수 없는 사연이 그에겐 너무나 많았다.

"음, 나이들어 이런 이야기를 하자니 연하께서 놀리실 것 같지만…… 열아홉 살 무렵에 어떤 아가씨를 좋아했던 적이 있었습니다. 결국 잘되지는 않았습니다만 어쨌든 그 아가씨와 반년 정도 떨어지게 되어 재회를 기다려야 했는데, 당시에는 괴로웠지만 돌이켜보니 그때가 행복이었구나 싶습니다."

샤를로트는 놀리는 대신 생각하는 표정으로 지스카르의 얼굴을 바라봤다.

"재회할 날짜가 정해져 있었던 건가요?"

"그렇지는 않았습니다."

"그래도 언젠가 재회할 걸 알고는 계셨나요?"

"아니었습니다."

"그럼 실은 무척 고통스럽던 반년이 아니었을까요? 만약 재회하지 못했더라도 그때의 기억을 행복으로 돌이켜보셨을까요?"

지스카르가 고개를 끄덕였다.

"그 말씀이 맞습니다. 만약 재회하지 못했더라면 저 역시 한동안은 그 시절을 고통으로만 기억했을 것입니다. 하지만 이 나이에 이르러 멀리서 돌아보니 재회했든 못했든 감상이 크게 달라지진 않았을 것 같습니다."

"재회하지 못했더라도 그때를 행복한 시절로 기억하실 것 같다…… 그런 말씀인가요?"

"그렇습니다."

한참 동안 말없이 떨어진 꽃잎을 들여다보던 샤를로트가 말했다.

"나도 오래 살아야겠네요."

세월이 흐르면 감정이 희석된다는 뜻에서 한 말이 아니었건만 공녀는 그렇게 받아들인 듯했다. 하지만 굳이 정정해주지는 않았다. 아마 말한들 소용이 없으리라. 얼마나 영리하든, 수십 년 전의 자신을 돌아보는 감각을 열아홉 살에 진짜로 알지는 못한다. 열아홉 살의 감정이란 하나하나가 폭풍이기에.

다만 한 가지만은 어렴풋이 느껴져왔다. 공녀는 무언가를 잃었고, 되찾을 가망이 없다고 느끼고 있으며, 되찾으려 시도하지도 않을 작정이다. 그렇기에 누구에게 말하지도 않으려는 것이다.

새삼 느끼지만 공녀의 가면은 쉽게 뚫고 들어갈 수 없다. 하지만 이번엔 두렵기보다 애처롭게 느껴졌다. 누구든 가망 없는 사랑에 빠질 때가 있다. 그런데 그걸 포기하는 것보다 누구에게도 말하지 않는 것이 더 독한 결정일지도 모른다.

하지만 공녀는 이미 많은 것을 포기하지 않았던가. 지난 전투에서 승리하고 적들을 처형하면서. 그런 공녀에게 이제 와서 열아홉 살 소녀다운 감정을 포기하지 말라고 권한들 무슨 의미가 있겠는가.

"아 참, 그걸 돌려드려야죠."

샤를로트가 문득 생각났다는 것처럼 일어나더니 뒤쪽의 책상에 달린 덮개를 젖히고 상자를 꺼내왔다. 지난번에 지스카르가 딸의 반지를 넣어서 주었던 그 상자였다. 상자를 연 샤를로트가 반지를 꺼내 매만지며 미소를 지었다.

"그날 대영주께서 내게 주셨던 신뢰는 나 한 사람은 물론 대공 가문의 역사 속에서 영원히 기억될 것입니다."

"그날의 대화는 제 인생에서도 손꼽히는 기쁨이었습니다. 미래에 대공이 되신 연하와 함께 근사한 추억으로 돌아보게 된다면 그 이상의 영광이 없겠습니다."

"나탕송 영애께도 안부 전해주세요. 잠시나마 아름다운 반지를 빌리게 되어 즐거웠다고요."

"레몽드도 이 일을 알면 틀림없이 반가워할 겁니다. 그 반지에는 대공자 연하와의 추억도 깃들어 있으니 여러모로 사연이 깊은 물건이 된 것 같습니다."

그러고 보니 베르나르와 레몽드는 비슷한 또래였다. 만날 기회도 있었을 법했다. 둘은 잘 아는 사이였을까? 별생각 없이 물어보려던 샤를로트는 문득 이상한 느낌을 받았다.

손에 쥔 상자 때문이다.

처음 받았을 때부터 이 상자가 반지 상자가 아니라는 것은 알았다. 그보다 큰 물건이 들어 있었던 듯 조금 길쭉했고, 벨벳 안감도 반지 상자다운 형태는 아니었다. 그런데 테이블에 놓인 촛불의 너울거림 때문이었을까. 주름진 벨벳 안감 위로 그림자가 드리워지며 생각지도 못했던 형태가 마술처럼 머릿속에 떠올랐다.

혹시…… 이건 권총 상자가 아닐까?

그래야만 할 이유는 없었다. 단지 크기가 비슷할 뿐이다. 틀림없이 베르나르의 이름을 들었기 때문에 떠오른 연상이겠지. 지나친 억측이라 생각하면서도 샤를로트는 조심스럽게 떠보았다.

"그러고 보니 이 상자도 본래 반지 상자는 아니었던 것 같네요."

"아, 맞습니다. 그날 제가 연하의 밀서를 받고 다급히 준비하느라 맞는 상자를 찾지 못해서 들어 있던 그대로 가져오게 되었군요. 알아보시니 송구합니다."

"무슨 말씀을요. 상자가 중요하진 않지요. 그런데 반지에 얽힌 사연이 궁금하네요."

"그러시겠군요. 대공자께서는 어려서 제 딸아이와 친구로 지내셨는데 언젠가 반지를 교환한 적이 있었던 모양입니다. 그런데 그때 레몽드가 멋모르고 문장 반지를 빼어서 건네주는 바람에 나중에 그 사실을 안 대공자께서 사과의 뜻을 담아

선물과 함께 돌려보내주셨습니다. 이후 성장한 레몽드는 로사 데이메르 성주의 인장 반지를 끼게 되었기에 옛 반지는 선물이 들어 있던 상자 안에 같이 넣어두었던 모양입니다."

그렇다면 이 상자 안에는 베르나르가 보낸 선물이 들어 있었다는 말이다. 샤를로트의 맥박이 한층 빨라졌다. 하지만 얼굴에는 호기심어린 미소만 나타나 있었다.

"그 선물은……"

샤를로트가 정확히 집어 묻지 못하고 머뭇거렸다. 그런데 지스카르도 마찬가지였다. '선물이 무엇이었느냐'라는 질문으로 충분히 알아들었을 텐데도 바로 대답이 나오지 않았다.

"……어떤 물건이었는지요?"

결국 샤를로트의 입에서 말이 떨어지자 지스카르의 표정이 묘해졌다. 몇 가지 생각이 뇌리를 스치는 중이었다. 대화가 여기까지 올 줄은 그도 예상하지 못했다. 반지에 대한 사연에서 끝났어야 했는데 상자에 관심을 가질 줄이야. 무엇보다 타인의 선물에 대해 이러쿵저러쿵 논하는 것은 예법에 크게 어긋났기에 그게 무엇이냐고 캐물을 줄은 몰랐다.

공녀가 이런 예법을 모를 리는 없다. 그렇다면 왜 이렇게까지 호기심을 보이는 것일까?

지난번, 한밤중에 찾아온 손님은 바로 그 선물을 요구했었다. 이유를 밝히지 않으려 버티던 손님에게 마침내 대답을 이

끌어내긴 했으나 그건 그 자체로 기괴한 의문덩어리였다. 지스카르가 이해한 건 조금뿐이었으나 명확했다. 모든 나이트워커의 적인 아이언페이스, 그자가 이 선물을 원한다. 무자비하게, 세상의 어떤 성벽과 무기와 피도 개의치 않고 그걸 가질 것이다.

그러니 내놓고 도망쳐라. 한 번도 본 적이 없던 것처럼.

그 이야기가 당혹스러웠던 것처럼 공녀의 태도도 마찬가지였다. 상례에 어긋났다. 그날의 손님은 평소 어리석거나 막무가내로 구는 사람이 아니었다. 샤를로트 공녀도 마찬가지다. 무엇이 그들을 이렇게 만드는 걸까?

그건 혹시…… 같은 문제는 아닐까?

여기까지 순식간에 떠올렸던 지스카르는 성급하게 앞서간 제 생각을 다시 다잡았다. 공녀는 단지 오빠가 주었다는 선물이 뭔지 너무 궁금했던 것뿐인지도 모른다. 아직은 어리니까 그럴 수도 있다. 물론 이런 생각이 안이한 건 사실이다. 그렇다면 어느 쪽이 진실인지 알아내는 방법은…… 하나밖에 없다.

"보석과 금으로 세공된 아름다운 권총이었지요."

'권총'이라는 말이 떨어졌을 때 샤를로트는 순간 얼굴이 새파래져서 손까지 떨었다. 상자가 손에서 미끄러지며 달칵 소리를 냈다. 지스카르가 의아한 표정으로 물었다.

"왜 그렇게 놀라십니까?"

"그건…… 아니, 저, 너무…… 옛날 생각이 나서요."

"괜히 슬픈 기억을 떠올리시게 했군요. 죄송합니다. 그런데 알고 계셨던 물건인가요?"

"……"

샤를로트는 적절한 대답을 떠올릴 겨를이 없었다. 점점 호흡이 가빠졌다. 기색을 감추기가 힘들 정도였다.

"따님께서 선물을 받으셨던 건…… 어, 언제쯤의 일이었나요?"

"정확히 기억나진 않지만 육 년이나 칠 년쯤 전일 겁니다. 그런데 괜찮으십니까? 안색이 좋지 않으신데요."

"네…… 그런데 실례가 안 된다면…… 그건 지금 어디에 있는지……"

수년 전에 주었던 선물의 행방을 캐묻는 건 더욱 예의에 어긋났다. 상대가 질문이 집요하다 느끼리란 것도 뻔히 알았지만 방법이 없었다. 지스카르는 난감한 표정을 지어 보였다.

"말씀드리기가 조금 송구합니다만…… 지금은 로사 알브에 없습니다. 꼭 갖고 싶어하는 사람이 있어서…… 레몽드가 선물로 준 모양입니다. 대공자께서 주신 선물을 소중히 간직하지 못해 부끄러울 따름입니다."

갖고 있지 않다는 말에 간신히 가빠진 호흡을 누를 수 있었다. 그게 로잘린다의 권총이 맞는다면 애타게 찾던 물건을 손에 넣을 기회가 됐겠지만, 샤를로트는 그보다 대영주의 안위가 더 걱정스러웠다. 이만한 호의와 배려를 보여준 사람이 위험에 처하는 일은 상상만으로도 너무 두려웠다.

"아니에요. 잘하셨습니다. 괜찮아요. 정말로요. 그런데 실례가 안 된다면…… 그 사람이 누구인지 꼭 알았으면 싶은데…… 그게, 오빠와 관련된 물건이라 하니 한번 보고 싶은 마음이 들어서……"

지스카르는 눈썹을 올리며 기억을 더듬는 표정을 지었다. 그러나 실상은 조금 전 명백해진 사실을 어떻게 다룰지, 수많은 위기를 헤쳐온 판단력으로 거듭 확인하는 중이었다. 사실 답은 처음부터 나와 있었다. 공녀는 그 권총을 알고 있다. 그리고 그날의 손님, 나이트워커 리자와 똑같이 그걸 두려워한다. 그러므로 공녀는……

아이언페이스를 알고 있다.

리자는 평소 담대하고 명석했지만 그날만은 비상식적인 공포에 사로잡혀 있었다. 지스카르는 그걸 이해하지 못했지만 동료의 판단을 존중했기에 아이언페이스라는 자가 저 강력한 나이트워커 조직 전체를 파괴할 수도 있는 적이라는 사실을 받아들였다. 하지만 도망쳐야 한다는 판단…… 그것만은 동의해줄 수 없었다.

과거로부터 내려온 질서나 특권은 바로 그런 출처 모를 두려움에서 온다. 많은 사람은 그런 두려움이 거대하고 대적 불가능한 것이라 믿고 굴복한다. 하지만 지스카르는 그걸 해체하려고, 해체할 수 있다고 마음먹었던 사람이었다. 그런 그가 다시 고대의 공포를 보고 물러설 수는 없다.

그날 지스카르는 리자에게 권총을 건네주는 대가로 한 가지 제안을 했다. 그걸 들은 리자는 지스카르가 미쳤다고 생각하는 표정이었지만 마스터와 논의해보겠다며 일단 물러섰다. 리자는 그 제안이 터무니없고 무모하며 고려할 가치도 없다고 전했을 테지만 얼마 뒤, 마스터는 지스카르의 제안을 받아들이겠다는 답을 보내왔다. 지스카르가 굳이 편지로까지 써 보낸 뜻을 납득했다는 것처럼.

……한때 사람들은 온갖 것을 두려워했습니다. 지는 해조차 두려웠을 것입니다. 다음날 뜨지 않을지도 모르니까요. 여름이 끝나갈 때나 겨울이 길어질 때도 마찬가지였을 것입니다. 하지만 이제는 그러지 않는데, 그 이유는 우리가 해를 아무때나 뜨고 지게 만들거나 계절을 늘리고 줄일 수 있는 힘을 손에 넣어서가 아닙니다. 태양도 계절도 영원히 이기지 못할 우리가 예전 같은 두려움을 품지 않는 이유는, 우리가 그 두렵고도 강대한 힘의 원리를 알았기 때문입니다.

이유를 모를 때 세계는 두려움입니다. 그런 두려움을 한번에 없애기란 불가능하지만 우리는 그 두려움을 줄이는 법을 압니다. 세상 사람들에게 그걸 보게 하십시오. 밝은 대낮에 사람들이 오가는 자리에 비밀을 내놓아 빛을 받게 하십시오. 그러면 누군가가 알아볼 것입니다. 의견을 내놓을 것입니다. 또는 원리를 알아내려 덤벼들 것입니다.

또는 우리가 그토록 두려워한 비밀이 생각보다 앙상하다는 사실을 발견하게 될지도 모릅니다. 우리가 그의 정체를 모른다면 첫째로 할 일은 그를 정의하는 것입니다. 불가사의에도 이름을 붙일 수가 있습니다. 그림자 뒤에 숨은 강대한 지배자일지라도 시장에 나타난다면 그는 한 명의 고객이 됩니다. 모습을 드러낸 그를 보고 말문이 막혀 떨며 엎드리는 대신 우리는 첫 마디를 어떻게 떼야 할지 알게 될 것입니다. 아마도 '무엇을 찾으시나요, 손님'과 같은 것이겠지요……

샤를로트 공녀는 어쩌다가 아이언페이스를 알게 됐을까? 공녀가 나이트워커와 관계가 있을 리는 없다. 그렇다면 아이언페이스는 나이트워커만의 적이 아닐 것이다. 그날 '그자가 베르나르 대공자를 죽였느냐'고 물었을 때 리자는 긍정했다. 공녀는 혹시 그 사실을 아는 것일까?

그자는 왜 대공자를 죽였을까? 권총을 손에 넣으려고? 그렇다면 대공자는 어째서 그자가 노린다는 권총을 갖고 있었던 것일까? 그걸 레몽드에게 준 건 왜일까? 게다가 공녀는 대공자의 선물이라는 말만 듣고서 그게 권총이라고 예상한 듯하지 않았던가? 그렇다면 이러한 권총은 한 개가 아닐지도 모르고……

이쯤 되자 공녀에게 터놓고 물어보고 싶은 마음이 굴뚝같았지만 이 문제에 전 조직의 명운을 건 듯한 나이트워크와 논의하지 않고 독단적으로 그럴 수는 없었다. 지금은 변명으로 넘기는 수밖에 없다.

"듣긴 했는데 제가 그만 잊고 말았나봅니다. 답을 드리자면 레몽드에게 다시 물어봐야 할 것 같습니다. 이거 여러모로 부끄럽습니다."

샤를로트는 겨우 심호흡을 하고서 말했다.

"아닙니다. 오빠의 선물이었다는 말에 그만 다짜고짜 이것저것 묻고 말았네요. 결례를 용서하세요."

"아닙니다. 반지를 상자도 없이 드릴 수 없다는 생각에 함께 가져왔다가 괜스레 아픈 기억을 들추게 된 것 같습니다."

둘은 몇 마디를 더 주고받았지만 지스카르는 공녀의 정신이 다른 곳에 가 있음을 알았다. 정확히는 하고 싶은 말이 있는데 누르고 있었다. 해야 할지 말아야 할지, 위험을 감수해야 할지 안전하게 마무리해야 할지 고민하고 있었다. 어쩌면 지스카르와 똑같은 고민은 아닐까.

그러나 샤를로트는 지스카르와 달리 결단을 내린 듯했다. 갑자기 일어나더니 양해를 구했다.

"잠시만 기다려주세요."

샤를로트는 방을 나가 자신의 내실로 들어갔다가 상자 하나를 들고 돌아왔다. 처음의 상자보다 크고, 뚜껑에 팬지 문장이 새겨진 상자였다. 상자를 테이블에 내려놓은 공녀가 물었다.

"영애께서 가지고 계셨다던 권총 말씀입니다만, 오토마톤 장인이었던 누오보 공방의 작품이 아니었는지요?"

"그건 맞습니다만……"

"혹시 금색에 검은 진주가 박혀 있지는 않았습니까?"

지스카르의 얼굴에 당황한 빛이 나타났다.

"그걸 어떻게 아십니까?"

샤를로트가 손을 뻗어 상자의 잠금장치를 젖히고 뚜껑을 열었다. 안에 든 것을 본 지스카르는 놀라 눈을 크게 떴다. 그가 리자에게 주었던 바로 그 권총이었다. 금을 두른 외장, 길로슈 에나멜, 흑진주. 이것이 어째서 샤를로트 공녀의 손에가 있단 말인가?

샤를로트가 나직이 말했다.

"카나리아."

대륙 반대편의 아침

루그란 성벽 근처에 자리한 주점 '올리브나무 그늘'의 아침이 밝았다. 평소라면 창을 열고 청소를 시작할 시각이겠지만 주인의 모습은 보이지 않았다. 이웃의 약방과 목욕탕도 문을 열지 않기는 마찬가지였다. 문턱에 자란 나무만 아무 일 없었다는 듯 햇빛을 받고 있었다.

가장 먼저 일어난 사람은 로랑이었다. 평소와 똑같은 시간에 잠에서 깼지만 입이 마르고 머리가 지끈거렸으므로 습관적으로 제복을 갖춰 입는 내내 미간을 찌푸리고 있었다. 이상할 정도로 몸이 무겁고 여기저기가 쑤셨다.

다비드와 막시민도 같은 방에 있었지만 일어날 기색은 전혀 없었다. 정비도구를 갖고 내려가 뒤뜰에서 물통을 찾아 씻고 돌아오니 비비엔이 막 내려오는 참이었다. 눈을 마주친 둘은 서로를 불쌍히 여기는 눈빛을 보내며 인사했다.

"일어나셨군요, 마담."

"일어나고 말았네요. 버릇이 무섭지."

익숙하지 않은 숙취로 인상을 찌푸리고 있는 건 비비엔도 똑같았다. 비비엔도 씻고 돌아오자 둘은 이러자 저러자 의논도 없이 자연스럽게 어젯밤 술자리의 잔해부터 치웠다. 남의 가게를 이 꼴로 어지럽혀놓고 그냥 자러 갔다니 믿을 수 없다고 생각하면서. 어제는 뭐에 홀리기라도 했나.

마지막으로 행주를 빨아다가 테이블까지 닦아놓고서야 마주앉아 물 한 잔씩 마실 여유가 났다. 비비엔이 먼저 입을 열었다.

"이제부터 우리가 킵으로 돌아가는 것이 맞을까요?"

"아뇨. 본국으로 갈 겁니다."

그건 공녀가 내린 임무와도, 킵 사령부의 명령과도 무관한 자의적 결정이었다. 비비엔은 반론하지 않고 대신 물었다.

"연하께선 지금쯤 본국으로 돌아가셨을까요?"

"가는 도중에 슈니발트 백작께 연락을 취해 확인할 생각입니다."

"하지만 대륙 반대편에서 아무리 서두른들 한 달 이상은 걸리겠죠. 그러니까, 일반적인 방법으로는요."

"비서관님한테 방법이 있을 거라고 생각합니다."

루그란에도 어딘가 전이문이 있을 것이다. 어디로 연결해 놓았을지는 모르지만 루그란의 고위 관리들과 접촉하면 알아낼 수 있으리라. 추밀원 비서관쯤 되면 루그란 주재 오를란느 대사도 협조해주겠지.

"그럼 리프크네 씨는 어떻게 하실 겁니까?"

"루그란을 빠져나가는 것까지는 책임져야 하겠죠. 그다음은 방향이 같다면 동행하고, 아니라면 헤어집니다."

공녀가 내린 명과는 달랐지만 더 큰 위험이 대두된 지금은 우선순위를 바꾸어야 한다고 판단했다. 회의장에서만 해도 중대한 결단을 홀로 내리려니 어렵고 부담스러웠고 때론 자괴감에 빠지기도 했었다. 그러나 지금은 망설임이 없었다. 무슨 수를 써서든, 가장 빠르게 샤를로트 공녀 곁으로 돌아갈 것이다.

그런데 비비엔이 로랑을 보는 눈이 좀 이상했다.

"그래요? 어제랑은 다르네."

"무슨 말씀입니까?"

"아뇨. 뭐 어젠 술을 마셨으니까."

마음이 급해서 그런가 이상하게 목이 탔다. 로랑이 물을 두 잔째 가져와 앉는데 비비엔이 말을 이었다.

"어쨌든 어젯밤에 리프크네 씨가 한 얘기 말인데요. 그간 우리가 엄청 제대로 못했다는 거잖아요."

로랑은 물을 마시며 바로 대꾸하지 않았다. 막시민이 한 말이 되살아나자 숙취보다 훨씬 불편한 감각이 밀려와 절로 이가 악물어졌다. "참 한가로워서 좋겠습니다" "주변에 아무도 없었네요" "왜 도움받지 않고 그놈과 혼자 맞서려 하는지 아주 잘 알겠네요……"

이런 걸 뭐라고 불러야 할까. 막시민이 해준 이야기를 통해 잘못을 알고 위기를 깨닫고 결단을 내리게 된 것은 감사할 일이지만 그게 전부가 아니었다. 뭔가 부조리한 기분이 든다. 고작 어제 안 사람의 입을 통해 자기가 수년간 힘껏 해온 일이 모조리 부정된 것만 같은 어처구니없는 심정을 떨칠 수가 없다.

사과의 섬에서 공녀를 섬기기로 결심한 뒤로 지금까지 자신은 무얼 알았더란 말인가. 샤를로트 공녀는 사과가 준 꿈을 통해 오빠를 해친 자를 보았기 때문에 그자를 찾아내겠다고 했다. 아이언페이스라는 별명으로 불리는 그자는 아마도 공녀처럼 프시키를 다루는 힘을 가져서 프시키의 심장을 수집하는 모양이었지만, 그 심장으로 할 수 있는 일은 마법 실험 정도였으니 미친 마법사쯤으로 생각했던 것도 무리한 상상은 아니었으리라. 마법사 정도라면 그들에게 그리 위협적인 적은 아닌 셈이다. 공녀도 평소 그 정도로 가볍게 언급하곤 했다. “프시키라면 이제 나도 잘 다루니까, 내 눈앞에 나타나기만 하라고 해.” 유일한 문제는 그자가 숨어 있다는 점뿐인 것처럼.

하지만 그자는 어제 같은 일을 벌일 수 있는 자였다.

그자는 사실상 인간도 아니었다.

그리고 공녀도 그 사실을 알고 있었다.

그걸 다 알고도, 제 목숨 던질 생각으로 그자를 찾고 있었다.

“……”

왜 숨겼을까. 왜 자신은 알아차리지 못했을까. 몇 년이나 가까이 있었으면서. 막시민 리프크네라는 자는 고작 한 달 남짓 만에 알아차린 사실인데.

무엇보다 공녀에게도 실망감이 든다는 것을 가장 받아들이기 힘들었다. 자신이 비밀을 공유할 만큼 대단한 존재는 아닐지도 모르지만 그렇더라도 도움을 청할 정도도 되지 않더란 말인가. 그만큼조차 믿어주지 않아서 이 머나먼 대륙 반대편에 뚝 떨어지고서야 그런 사실을 깨닫게 만들다니.

그때 줄곧 로랑의 얼굴을 보고 있던 비비엔이 불쑥 말했다.

“그거, 질투심이에요.”

“…… 뭐라고요?”

눈이 마주치자 비비엔이 얕은 한숨을 내쉬더니 말했다.

“기분 상하셨네요. 죄송해요.”

"그게 아니라, 그런……"

"그냥 기분을 알 것 같았어요. 연하의 신변에 중대한 위험이 닥쳤다는 사실을 외국인의 입에서 듣게 되니 기가 막히시겠죠."

"그게 질투심입니까?"

저도 모르게 어린애처럼 따지고 있었지만 비비엔은 특유의 무표정으로 차분히 말을 이었다.

"질투심이 뭐 별건가요. 공녀 연하한테 우리보다 가까운 사람이 생겨서 화가 나시잖아요. 하지만 우리는 연하를 지키는 에투알일 뿐입니다. 그분의 가장 가까운 친구여야 하는 임무는 없어요. 물론 연하께서 우리한테 위험을 공유하지 않아서 화가 나시기도 하겠죠. 실은 저도 화가 나요. 그런데 그 이유가 뭔지 생각해보니까 화낼 의욕이 사라졌네요. 게다가 이런 먼 곳에 와 있고……"

"연하께서 위험을 공유하셨더라면 우리가 이런 곳에 와 있을 일도 없었을 겁니다."

막시민을 구해오라는 임무는 공녀가 내린 명령이었지만 공녀 본인을 지키는 일의 중요성과는 비교할 수 없었다. 아니, 알았다면 애초에 킵으로 부임하지도 않았을 것이다. 지금도 누구든 공녀 곁을 지키라고, 연락할 방법만 있다면 그러고 싶어 애가 탔다. 하필 여기라니. 또 지금이라니.

그러자 비비엔이 컵을 내려놓더니 테이블 쪽으로 몸을 기울이며 로랑을 똑바로 봤다.

"경도 인정하셔야 합니다. 우리한테는 그분을 지켜드릴 능력이 없었어요. 어제 일을 돌이켜보세요. 그 난장판에서 우리 몸도 간신히 건져서 나온 판이잖아요. 물론 경께선 리프크네 씨를 보호하는 데 성공하셨으니까 도벨 비서관님을 놓친 저하고는 수준이 달랐지만 말입니다."

"그런 건 아니고……"

비비엔이 얼른 손을 흔들어 로랑이 하려는 말을 막았다.

"저의 무능을 치장하실 필요는 없고요. 그러니까 경한테 어제 같은 상황에서 연하 한 분은 탈출시킬 능력이 있다 쳐요. 하지만 연하께서 그걸 원치 않으시면? 냉정히 생각해보세요. 경이 아니라 그 어떤 에투알이든 아이언페이스라는 자와 맞싸우시려는 연하 곁에서 끝까지 그분을 지켜드릴 능력이 있다고는 생각되지 않습니다. 그래서 연하께서 우리한테 아무것도 알려주시지 않은 거라고요. 죽지 말라고."

말문이 막힌 로랑의 시선이 혼란스럽게 흔들렸다. 비비엔의 말이 정말로 공녀의 뜻이라면 그건 세상에서 가장 이상한 생각이었다. 에투알은 대공 일가를 지키다 죽으면 훈련된 가치를 다한 것이다. 가장 적절한 죽음이다. 적과 맞닥뜨렸는데 칼이 상할까봐 맨손으로 싸우려는 사람이 없듯 싸움을 앞둔 공녀가 에투알을 등뒤로 감출 필요도 없다. 그런데……

비비엔이 말을 이었다.

"오늘 아침 깨자마자 생각해봤습니다. 카스티유 경이 이 사실을 몰랐다면 연하 곁의 누구도 몰랐을 거고, 이를테면 슈니발트 백작 같은 분도 모르셨다는 건데 연하께선 왜 그러셔야 했을까요? 운신만 까다로워지잖아요? 뭘 할 때마다 이런저런 변명으로 감추려면 얼마나 수고로워요? 연하께선 일국의 공녀이시고 일을 시킬 사람이라면 얼마든지 있는데, 가신들도 에투알도 다 놔두고 혼자 고군분투하다가 하필 리프크네 씨 같은 외국인의 손을 빌리시다니 정말 이상한 일이잖아요."

어젯밤에는 그게 연애 감정 때문이었을 거라고 쉽게 결론 내렸지만 아침이 되어 건조하게 생각해보니 그건 말 그대로 이상한 일이었다. 연애 감정 때문에 막시민을 끼워주고 싶더라도 에투알이나 슈니발트 백작을 배제할 이유는 전혀 없지 않나?

비비엔이 쐐기를 박듯 덧붙였다.

"어차피 도움도 안 되니까, 우리라도 죽지 않았으면 하는 것이 연하의 뜻인 겁니다."

덧창 틈새로 들어와 얼룩지던 햇빛이 어느새 홀을 가로질러 그들의 발치까지 밀려왔다. 슬슬 아침 여덟시가 가까웠다. 로랑이 주먹을 꽉 움켜쥐며 고개를 흔들었다.

"그런 뜻은 받들 수도 없고 받들어서도 안 되는 겁니다. 연하께서 가진 힘이 그자를 쓰러뜨릴 만큼인지, 그런 것도 아직 모르거니와 만약 아니라면 더더욱 한 발짝이라도 그분 앞에 서야죠. 마담은 우리한테 연하보다 일 초라도 먼저 죽는 것 말고 다른 임무가 있다고 생각하십니까?"

"물론 아니에요. 하지만 그런 상황에서만 할일이 있는 건 아니니까요. 어제의 경험이 없었다면 저도 이렇게까지 확신하진 못했을 테죠. 연하께서는 언젠가 아이언페이스라는 자가 이번 같은 끔찍한 학살을 벌일 거라고 예상하셨던 것 같습니다. 저희가 거기 휘말려 무의미하게 죽어나갈 것을 생각하니 겁이 나셨던 거고요."

"그럼 그 사람은……"

"리프크네 씨는 외국인이니까, 도움을 받다가 적당히 손을 떼게 하기 좋다고 판단하셨겠죠. 저 사람은 얼마 전까지 연하의 신분도 몰랐던 모양이던데 그러다가 연하께서 오를란느로 돌아가버리면 어떻게 찾겠어요? 그리고 그 사람한테는 능력도 있었잖아요. 어제 보셨듯이."

막시민은 자기가 한 게 아니라고 다섯 번쯤은 말했지만 비비엔한테는 전혀 먹히지 않은 모양이었다. 비비엔이 짧은 한숨을 내쉬었다.

"하지만 저희는 그저 아이언페이스가 보낸 쇳조각 몇 개를 벨 수 있을 뿐이죠. 그러다가 죽더라도 무슨 대단한 도움이 되겠습니까?"

"하지만 그게 저희가 존재하는 이유입니다."

"네, 저도 압니다. 에투알은 대공가를 지키는 칼이지만 동시에 소모품이라는 걸. 하지만 연하께선 망각하고 계신 모양이네요."

'소모품임을 망각했다'는 말을 듣는데 문득 삼 년 전, 강에 빠져 흠뻑 젖은 채 울음이 터지려 하던 샤를로트의 얼굴이 되살아났다. 로랑은 미간에 힘을 주며 생각했다. 공녀는 그날 왜 울려 했던가? 죽을 뻔한 공포와 충격으로? 또는 쇼몽 백작부인에게 배신당한 것이 분해서? 그런데 뒤이어 공녀는 덜덜 떨리는 입술로 이렇게 말했었다. "너한테, 다시는……"

그때 자신은 '다시는'까지만 이해하고 '다시는 이런 일이 없도록 하겠다'고 맹세해 공녀를 안심시키려 했었다. 그런데 지금 돌이켜보면 그 말 앞에는 '너한테'가 있었다. 즉, 이런 일이 없어야 하는 대상은 공녀가 아니었다. 로랑 자신이었다.

이런 일이란 무엇이던가. 로랑이 샤를로트를 구하려고 목숨을 건 것이다.

그후 기사 작위를 받고 나서 다시 만난 샤를로트는 한번 더 "당신도 죽지 마, 카스티유 경"이라고 말했다. 그건 그저 덕담이 아니었다. 진심이었다. 샤를로트가 진정 악몽처럼 느낀 것은 자신이 죽을 뻔한 일이 아니었다. 자신이 흉계에 휘말리는 바람에 로랑이 죽을 뻔한 것이었다.

오빠를 잃은 뒤로 샤를로트가 주변 사람들의 안전에 민감하다는 것은 알고 있었다. 콜레트가 구혼자의 음해로 위기에 빠졌을 때도 제일 먼저 감옥에 갇히지 않은 채로 조사를 받도록 손을 썼고, 이어 빠르게 증거를 모아 닷새 만에 누명을 벗겨냈다. 가신들의 충성을 얻기 위한 주군의 행보로도 볼 수 있겠지만 그보다는 두려웠던 게 아닐까? 누군가를 또 잃을까 봐? 남겨진 자가 되는 고통을 참을 수가 없어서?

심지어 심볼리온에 끌려간 막시민도, 가신의 범주로 봐도 좋을지 모르겠지만 다소 과할 정도로 철저한 계획을 세워 구했다. 그렇게 전부 다 안전한 데 데려다놓고 자신은 혼자 싸우러 갈 생각이었다고? 상대가 될지 안 될지도 모르는 적에게?

흠뻑 젖어 울던 얼굴을 되새길수록 속이 상했다. 기가 차고 화가 나서 참을 수가 없었다. 로랑은 입술을 짓씹으며 생각했다. 이제 다 알았으니 혼자 싸우러 가실 수 있다는 생각은 접으시죠. 보내드릴 일 없을 테니까. 연하를 세번째 구하는 영광을 못 누린대도 좋습니다. 칼도 방패도 못 된다면 연하께서 몸 한 번 감출 지형지물이라도 되어야겠으니까.

그때 비비엔이 나직이 중얼거렸다.

"연하께선 강단 있는 분이라 생각해왔는데 어쩌면 보기보다 마음이 여리신지도 모르겠네요."

로랑이 고개를 흔들었다.

"전 오늘처럼 그분께 배신감을 느낀 날이 없군요. 이 빚을 갚기 위해서라도 최대한 빨리 돌아가야겠습니다."

그렇게 말하며 일어나려던 로랑은 현기증을 느끼고 멈칫했다. 뭐지? 그때 비비엔의 손이 다가와 로랑의 이마를 짚었다.

"열이 있으신데요."

"뭐라고요?"

열 살 이후로 그런 이야기를 들어본 적이 없던 로랑이 기막힌 표정으로 눈썹을 올렸다. 비비엔이 안타깝다는 눈빛을 보냈다.

"처음 뵈었을 때부터 얼굴이 안 좋다 싶었는데 숙취만이 아니네요. 제가 어제 말씀드렸잖아요. 긴장을 풀지 않으면 다음날 고생하실 거라고. 제가 보기엔 몸살 나셨습니다."

로랑은 말도 안 된다는 표정이었다.

"그럴 리 없습니다."

"언제 마지막으로 몸살이 나셨든 사람이니까 일어날 수 있는 일이죠. 그런데 온 도시에 부상자가 많을 터라 몸살 같은 걸 봐줄 의사를 찾을 수 있을지 모르겠네요."

"의사라고요? 그런 건 전혀 필요하지……"

"어차피 못 찾을 테니까 약이나 드시는 게 낫겠습니다. 제가 좀 갖고 있어요. 방에서 가져다드릴 테니 그냥 여기 앉아서 물이나 더 드시고 계세요."

비비엔은 자리에서 일어났다. 그런데 가려다 말고 도로 몸을 돌리더니 테이블을 짚고 몸을 굽혀 로랑을 물끄러미 봤다.

"그런데 카스티유 경, 그거 진짜예요?"

"뭐가 말입니까?"

"약혼 깨졌다면서요."

로랑은 순간 말문이 막힌 채 어제 일을 머릿속으로 더듬었다. 무슨 말을 많이 하긴 했던 것 같지만 설마……

"내가…… 그런 얘길 했습니까?"

비비엔이 눈을 가늘게 뜨더니 어깨를 으쓱했다.

"어제 옆에서 가만히 보자니까 그런 거 같기에 찍어봤는데, 진짜였구나. 근데 왜 반지는 계속 끼고 다녀요?"

막시민의 길다면 긴 삶을 돌이켜볼 때 놀라운 일이 일어났다. 그는 열시에 일어났다. 전날 포도주를 잔뜩 마시고 새벽 두시가 넘어 잤는데. 악몽에 시달렸던 느낌이 들었지만 깨고 나니 아무 기억도 나지 않았다.

방에 일행은 아무도 없었다. 아래층으로 내려가자 엘리사벳이 홀 바닥을 걸레로 닦고 있다가 아침 인사를 건넸다.

"밤새 푹 주무셨나요? 좀 피곤하신 것 같긴 했는데."

"제가요?"

"그쪽 방에서 잠꼬대 같은 소리가 좀 나더라고요."

세 사람이 한 방에서 잤으니 그게 누구였는지는 모를 일이지만 누구였대도 이상한 일은 아니었다. 어제를 떠올리려 하자 저도 모르게 얼굴에 오한이 나서 막시민은 제 얼굴을 몇 번 쓸어 문질렀다.

엘리사벳이 말을 이었다.

"참, 그리고 일행분들이 나가면서 얘기 전해달랬어요. 점심 무렵에는 돌아올 거니까 여기서 기다려달라더라고요."

"어디들 갔습니까?"

"듣자니까 무슨 공무원을 만나야 한다든가, 그런 얘기들을 하더라고요?"

왜 갑자기 공무원인가?

막시민 인생에 공무원에게 도움받아본 기억은 없는지라 잠깐 의아했지만 생각해보니 이 사람들도 전부 오를란느 공무원이었다. 군인이랑 뭐 어딘가의 비서관이라 했던 것 같다. 그래서 남의 나라 공무원한테도 도움받을 거리가 있다고 생각한 건가. 막시민이라면 그런 귀찮은 일을 하느니 다짜고짜 출발해 국경부터 넘어갔겠지만……

잠깐, 그럴 수가 없겠는데. 통행증이 없잖아.

전이문을 타고 루그란으로 들어온 그들에게 통행증 같은

건 없었다. 있더라도 아노마라드나 트레비조 통행증만 있을 것이다. 뜬금없이 루그란으로 오게 될 줄 누가 상상이나 했겠냐고.

그제야 오를란느인들도 통행증을 구하러 갔으리라는 추측이 들었다. 어제 같은 일이 있었는데 통행증 없이 성문을 빠져나가기란 쉽지 않을 것이다. 공무원이 공무원을 만나는 거니 뭐 알아서들 해결할 테고, 그럼 자신은 뭘 해야 할까? 얌전히 기다리는 것이 그들이 바라는 바겠지만.

아니, 어쩌면 사라져주는 쪽이 나을지도 모른다.

잠시 후 엘리사벳이 차려준 아침을 먹으면서 막시민은 생각했다. 다비드도 살아 돌아왔고 하니 더이상 이들과 함께 다닐 이유는 없었다. 통행증이 없는 게 마음에 걸리지만 공무원들처럼 해결하는 방법만 있는 건 아니고…… 무엇보다 도보로 언제 켈티카까지 가고 앉았냐고.

한때 하늘을 나는 배를 타고 하이아칸에서 아노마라드 영토까지 날아갔던 경력자여서인지, 어쨌든 막시민은 걸어서 켈티카까지 갈 순 없다고 생각했다. 그렇다고 쥬스피앙을 찾아가고 싶은 건 당연히 아니다. 물론 그가 자신이 아는 사람중 가장 가까운 동네에 사는 사람인 건 맞지만 주소가 있는 것도 아니고, 문 두드리고 들어갈 수 있는 집도 아니고, 사람이 집에 있다는 보장도 없고, 게다가 그 배는 이제 쥬스피앙이 갖고 있지도 않고…… 사기꾼 같은 노인네가 그걸 어디다 가 숨겨놨을지 모르겠네.

그런 생각을 하고 있는데 머릿속에서 쥬스피앙의 호통이 불쑥 메아리쳤다. "길도 모르면서 너 혼자 가긴 어딜 가!"

너무 생생해서 순간 마법으로 목소리라도 보냈나 하고 흠칫했지만 그런 건 아니었다. 기억이 되살아난 것뿐이었다. 그런데 어디서 들었던 얘기지?

뒤이어 자신이 한 대꾸도 떠올랐다. "여기 제 머릿속이라면서요! 자기 머릿속에서 길 잃는 사람도 있습니까?"

머릿속이라는 말을 떠올린 막시민은 멍하니 생각했다. 혹시 대기실인가 거기서 들었던 얘기가 이건가? 그다음에는 뭐라 했더라. 네 머릿속에서 길을 잘 찾았으면 네가 이 모양 이 꼴이겠냐고……

막시민은 상추를 씹다 말고 고개를 수그리며 조용히 욕을 했다. 이 또라이 같은 대마법사님은 왜 막시민을 보기만 하면 막말이 폭발하느냐고. 이딴 미친 대화를 왜 했는지도 모르겠네. 생각난 김에 그 집 근처에는 얼씬도 하지 말아야지.

그럼 어디로 가야 한담.

막시민의 목표지는 켈티카였다. 이스핀이 아직 그곳에 있을지는 불분명했지만 거기서 다시 시작하는 것 말고 다른 수는 없어 보였다. 하지만 현실적으로 이스핀이 자기 나라로 돌아가버렸다면 오를란느인들과 동행하는 편이 더 나은 방법일 수도 있었다. 아니, 그러지 않고는 만날 방법도 없으리라. 대공국의 후계자라는 공녀를 이름 좀 안다고 만날 수 있는 건 아니니까.

하지만 공무원들을 따라 오를란느까지 가서 운좋게 공녀 연하라는 분을 알현한들, 그래서 뭐 어쩔 것인가? 얼굴 마주 보는 게 목표는 아니잖아?

막시민은 최대한 머리를 맑게 해서 생각해보았다. 어젯밤 그는 쓸모없는 오를란느인들 대신 자신이 이스핀을 구하겠다고 결심했다. 그런 소릴 했더니 오를란느인들이 좀 놀라는 것 같긴 했지만 뭐, 네까짓 게 무슨 수로 그럴 거냐는 뜻이었겠지. 카스티유 경이라는 사람이 나중에 그의 손을 붙들고 뭔 소릴 했던 거 같기도 한데, 그때쯤 포도주를 네 병째 비워선가 잘 기억나지 않으니까 넘어가고.

그러려면 어디로 가야 할까? 이스핀이 아이언페이스와 만날 전장은 어디가 될 것인가? 아니지, 전쟁이 벌어질 때까지 기다릴 필요는 없다. 벌어지기 전에 저지해야지. 하지만 막시민에게 아이언페이스와 맞싸울 힘은 없다. 그가 할 수 있는 건 추리뿐이니까.

추리한 결과를 이스핀에게 말해줄 수 없다면 막시민이 만나야 할 사람은 네냐플 교수들이고…… 더 가깝게는 결국 쥬스피앙이 아닐까. 네냐플보다는 아무래도 옆 동네지.

"……"

생각이 원점으로 계속 돌아오는 건 그게 정답이라서겠지. 정말이지 안 내켰지만 어쩔 수가 없었다. 심지어 자꾸 기억을 더듬다보니 쥬스피앙에게 이스핀 얘기를 하며 도와달라고 했던 것 같은 느낌까지 든다. 그래서 대답이 뭐였더라? 기억은 안 나지만 설마 거절했겠어?

마침내 막시민은 하이아칸으로 가는 길을 물어볼 결심을 하고 자리에서 일어났다. 그때 비비엔이 막 문을 밀고 들어오다가 막시민을 보고 반색했다.

"아직 계셨네요."

다른 둘은 보이지 않았다. 막시민은 의아한 눈빛을 보냈다.

"아직이라니 그건 무슨 뜻입니까?"

"혼자 뒀다간 도망가버리실지도 모른다 싶었거든요."

왜 그런 취급이냐고 따지기에는 실제로 그런 생각을 했었기에 할말이 없었다. 어젯밤에 보아하니 비비엔은 뭐랄까, 어떤 말은 아무리 해도 안 통하는 반면 어떤 판단은 이상할 정도로 빨랐다. 이런 사람들은 짐승처럼 타고난 본능을 따르기 때문에 어떤 문제는 깊은 생각을 할 필요도 없이 바로 짚어내는 반면, 자기 직관과 어긋나는 주장을 수용하게 만들기란 쉽지 않았다.

"……그래서 공무원이 뭘 해준다던가요?"

"공무원이요? 아, 그쪽은 카스티유 경이랑 비서관님이 가셨고 전 은행에 갈 겁니다."

"은행이요?"

막시민도 은행이라는 이름을 들어는 보았다. 켈티카에도 하나쯤 있다던가. 하지만 평범한 사람들이 은행에 갈 일이 있던가? 거긴 왕족이나 귀족, 아니면 큰돈 만지는 상인쯤은 되어야 드나드는 데가 아니던가.

비비엔이 고개를 끄덕이더니 안주머니에서 종이 한 장을 꺼내 펼쳤다.

"이걸 돈으로 바꾸려고요."

왕관과 방패 모양의 문장이 찍히고 테두리에는 근사한 무늬가 그려진 도톰한 양피지였다. 그 안에 적힌 잔글씨를 일일이 읽어보지 않고도 막시민은 정체를 알아차렸다. 어음이다.

저런 어음이 평민들의 손에 닿을 일은 좀처럼 없었다. 물론 평민들도 돈을 빌릴 일이 꽤 자주 있지만 그럴 때 그들은 근사한 종잇조각 대신 저당 잡힐 땅이나 물건 같은 것을 내놓는다. 어음이란 종이에 적을 수 있는 신용인데 평민에게 그런 신용이 있을 리 없기 때문이다.

그러므로 막시민의 인생과는 별 관련이 없을 것 같은 고급스러운 존재지만 어쩌다보니 예전에 단 한 번 인연이 닿았던 적이 있었다. 아마 지금도 네냐플에 놔둔 짐 어딘가에 끼여 있을 것 같은데. 그런데 이건 액면가가 무려 5만 엘소네. 요즘 들어 비싼 물건과 자주 마주치다보니 감각이 흐려지는 것 같은데 사실은 엄청난 금액이었다. 막시민네 동네에서 팔아서 5만 엘소가 나올 만한 물건이라면 수도원 건물 정도가 아닐까? 이런 게 어디서 잘도 튀어나온 거지?

그러다가 시선이 종이 맨 끝에 닿고서야 막시민은 갑자기 자세를 바르게 했다. 오를란느 상공부, 즉 대공국이 발행한 어음이었다.

“엄청난 걸 주머니에 넣고 다니시네요.”

“다 리프크네 씨 덕택이죠.”

왜 그게 막시민의 덕택인가? 비비엔의 논리는 이러했다. 아침에 세 오를란느인은 저들이 가진 돈을 점검해보았는데 크게 부족할 정도는 아니었지만…… 실은 좀 부족했다. 그들은 멀면 오를리, 가까우면 켈티카까지는 가야 한다는 계획을 막 세운 참이었다. 그러자니 여행 비용이 제법 필요해졌다. 전이문을 이용해 킵에서 트레비조까지만 왕복할 예정이었을 때는, 그리고 대륙 반대편에 떨어질 계획이 없었을 때는 딱히 필요치 않았던 돈이었다.

물론 그들에게는 막시민에게 지급하기로 한 공녀 연하의 사례금이 있었다. 그러나 그걸 건드려선 안 되었다. 막시민이 당장 돈을 내놓으라 하지는 않았더라도, 아니 안 받고 가버리더라도 뒤쫓아가서 반드시 줘야만 한다. 공녀 연하가 지급하기로 한 보수를 떼어먹다니 대공국의 위신상 있을 수 없는 일이다!

로랑이 이상과 같은 의견을 강력히 피력했을 때 다비드가 품속을 슬금슬금 뒤져보더니 갑자기 만족스럽게 웃으면서 말했다.

"그런데 말이야, 나한테 신용장이 하나 있네? 오, 자그마치 5만 엘소나 된다."

그러니까 정확한 정체는 어음이 아니라 신용장이었지만 막 시민에게 그것까지 구별할 능력은 없었다. 오를란느 상공부가 발행한 신용장에 적힌 금액은 대공국이 지불을 보증한다. 그러므로 몇몇 나라의 중앙은행 또는 돈이 많은 누구한테든 넘기고 돈을 선지급받을 수 있었다. 받은 사람은 그 신용장으로 대공국에 돈을 청구하면 되었으니까. 엘소로 적혀 있으니 환전도 편하다.

"이런 게 어디서 났습니까?"

들어보니 캉페슈 후작이 참사관으로 킵에 가게 됐을 때 발행된 석 장 가운데 한 장이라는데 그걸 다비드가 '공무에 필요할 것 같아' 자연스럽게 한 장 빼 들고 왔다는 것이었다. 로랑이 신용장을 받아들고 들여다보다가 이마를 짚으며 다비드를 쳐다봤다.

"이런 걸 혹시 횡령이라고 하지 않습니까, 비서관님?"

"넌 후작을 죽여버리려다 간신히 살려준 애가 후작 편을 다 들고 그러냐?"

"제 행동은 대공 전하께서 내려주신 특권에 의거한 것이었고, 이건 다르죠!"

"야, 후작은 막말을 했잖아! 그런데 네가 머리를 날려버리지도 않았잖아! 그러니까 후작은 너한테 빚이 있는 거지. 그리고 막말은 원래 돈으로 갚는 거야. 돈이 최고라고. 안 그래요, 마담?"

비비엔이 두 사람을 번갈아 쳐다본 다음 결론을 내려주었다.

"돈이 최고죠."

그렇게 이 대 일로 결론이 났다는 이야기였는데 그게 왜 막시민의 덕택인가?

"카스티유 경의 엄정한 기준에 따라 사례금을 건드리면 안 되는 분으로 판명되셨기 때문에 비서관님이 간직하시던 신용장이 빛을 보게 된 거니까요. 그래서 사례금은 언제 인수하시나요?"

"그건 또 어딨는데요?"

"카스티유 경의 소지품 속에 보석과 금괴 형태로 있는 걸로 알아요."

로랑한테는 여행 가방도 없는데 그런 걸 잘도 갖고 다닌다 싶었다. 자신은 뱃속에라도 넣지 않는 한 보관할 자신도 없고, 어쨌든 받을 생각도 없었으므로 막시민은 고개를 흔들었다.

"나 같은 놈은 하루도 못할 일이네. 수고 많으시고 계속 잘 갖고 다니시라고 전해주십쇼."

"네. 그럼 저희와 계속 동행하신다는 뜻으로 알겠습니다."

"아니, 잠깐……"

막시민이 반론하려는데 비비엔이 한 발짝 다가오더니 막시민의 얼굴을 유심히 살폈다.

"어제 술 드신 티가 전혀 안 나네요. 신기하다. 그것도 마법인가. 하여튼 지금은 저랑 같이 나가시죠."

그놈의 마법사 아니란 얘기는 대체 언제 수용할 거냐고.

"은행 가는 데 제가 왜 필요합니까?"

"마법사랑 같이 다니면 항상 든든하죠."

"마법사 아니라고 제가 어제 몇 번이나…… 아니, 됐어요."

말을 이으려다가 갑자기 포기하기로 결심한 막시민은 카운터 쪽으로 몸을 돌렸다.

"하이아칸으로 가려면 어느 쪽으로 가야 하는지 좀 알려주실래요?"

조금 전에 밖에 나갔다 온 엘리사벳은 불안한 표정이었다.

"남문으로 나가면 길이 있긴 한데요. 그보다 지금 밖에 나가는 게 좋은 생각인지 모르겠어요. 옆집 사람이 그러는데 지금 도시 외곽 상공에 뭔가가 떠 있다는 소문이 돈대요. 여기선 안 보이고, 성벽 망루에 올라가야 보인다나. 그런데 그게 아무래도…… 어제 그것들처럼 생겼다는 거예요."

탈출의 어려움

다비드와 로랑은 각국 대사관이 모여 있는 '대화의 정원'을 찾아갔지만 오를란느 대사는커녕 누구도 만날 수 없었다. 어제 같은 일이 발생했으니 모든 공무원이 바쁘리란 것은 예상했다. 하지만 그게 평소 스무 명쯤 만나줄 면담을 두 명으로 줄이고, 그 두 명을 자의적 기준으로 정한다는 뜻일 줄은 몰랐다. 방금 온 사람이 먼저 불려가는 것을 본 다비드가 로랑을 불렀다.

"야, 돈 있지? 좀 줘봐라."

"돈이 어디 있어요."

"그거 있잖아. 리프크네 씨 거. 마담이 신용장 바꿔오면 채워주면 되잖아. 일단 지금은 써야 해. 안 그러면 오늘이고 내

일이고 여기 못 들어간다."

이런 곳의 생리를 잘 아는 다비드의 판단에 따라 금괴 한 조각을 사용하자 곧 엄청난 효과가 나타나 그들은 다음 면담자로 당첨되었다. 외교 서기라는 사람 앞에서 다비드는 그들 넷이 기상천외한 방법으로 루그란에 들어오느라 통행증은 한 장도 없지만 수상한 자들이 아님을 유려한 화술로 설명했다. 하지만 상대는 그들의 사정에 조금도 관심이 없었다.

"국경은 모두 폐쇄됐습니다."

"네? 왜죠?"

"왜인지 그런 건 제가 말할 일이 아니고, 한동안은 아무도 국경을 넘지 못합니다. 통행증이 있든 없든 똑같아요."

외교 서기는 무척 피곤해 보였다. 비록 담당이 외교일지라도 그런 거대한 사고가 발생하면 모든 공무원에게 비상이 걸리겠지. 어쩌면 그는 지난밤 한숨도 자지 못했을 것이고, 나라가 이 지경인데 외국인들의 민원 따위가 대수냐고 생각하며 나왔을지도 모른다.

다비드는 다시 한번 확인해보았다.

"혹시 배를 타면……"

"항구도 폐쇄됐습니다. 그러니까 나중에 다시 오든지 하세요."

서기가 일어나려 하자 다비드가 허둥지둥 소리쳤다.

“아니, 잠깐만요! 그래도 국경이 열렸을 때를 대비해 통행증은 일단 발급해주셔야 바쁜 분들을 또다시 귀찮게 하지 않을 거 아닙니까?”

“언제 열릴지 몰라요. 유효기간도 없이 통행증을 발급해줄 순 없잖아요?”

“그, 그럼…… 오를란느 대사를 만나야겠습니다! 우리는 빨리 본국으로 돌아가야만 하는 중대한 사유가 있어요!”

“오를란느 대사께선 오늘 출근하시지 않았네요. 전갈도 없는 걸 보면 어제쯤 탈출하신 걸지도 모르겠군요. 다른 용건이 또 있습니까?”

서기가 시계를 흘끔거렸다. 금괴까지 써가며 만든 면담 기회를 이대로 날릴 순 없다는 생각에 다급해진 다비드가 외쳤다.

“시, 실은 대공국의…… 공녀 연하께서 저희를 보내셨습니다! 외교적 목적에 따른 전이문 사용 권한을 허가하시기 바랍니다!”

외교 서기는 당황한 눈빛이었지만 로랑도 흠칫해서 다비드를 돌아봤다. 설마 그걸 밝히려는 건…… 로랑의 눈빛을 느낀 다비드는 얼른 이야기의 방향을 바꾸었다.

“어, 그게, 예전에 대공국의 마틸드 공녀께서 루그란의 왕비가 되셨지 않습니까? 그후로……”

다비드는 예전원 시절의 지식을 총동원해, 최근 대공가의 어르신께서 돌아가시면서 루그란에 있을 대공의 먼 친족들에게 쥐꼬리만한 재산을 남겼는데 자신은 공녀의 명을 받고 그걸 전할 사람이 살아 있는지 알아보러 왔다는 이야기를 만들어냈다. 그렇듯 뛰어난 창의력을 발휘한 결과 뭔가 하나 알아내긴 했다.

"그게 참…… 미안하지만 전이문도 대부분 끊어졌습니다. 저쪽 나라들에서 끊은 것 같아서 저희가 어떻게 할 방법이 없습니다."

맥이 풀린 다비드가 뒤로 물러앉으며 천장을 올려다보는데 줄곧 말이 없던 로랑이 물었다.

"혹시 킵은 됩니까?"

"킵이라고요?"

외교 담당 서기가 킵이 어딘지 모를 리는 없었다. 그리고 킵으로 가는 전이문이 없을 리도 없었다. 그러나 서기는 곧 고개를 내저으며 한심하다는 것처럼 웅얼거렸다.

"킵은 말입니다, 아무나 가는 데가 아니에요. 물론 거기 가면 여기저기로 가는 전이문이 있긴 하겠지만 거기가 얼마나 위험한 곳인지 알긴 해요? 전이문이나 이용하러 갈 만한 곳이 아니고……"

"킵 근무자입니다."

"네?"

"지금 잠시 외근 나온 겁니다. 빨리 돌아가서 복귀 보고해야 합니다."

서기는 놀라 굳어진 채로 눈을 깜빡이며 로랑을 훑어봤다. 그전까지는 전혀 주의해서 보지 않았지만 잘 살펴보니 군인 느낌이 나긴 했다. 이윽고 그는 조금 전과 전혀 다른 태도로 조심스럽게 물었다.

"킵에서는…… 무슨 일을 하시죠?"

"오를란느 대공국군, 알리스 공녀 연대의 연대장 카스티유 대령입니다."

"그런 분이 루그란에는 무슨 일로……"

"기밀입니다."

서기가 열심히 고개를 끄덕였다.

"아! 물론 그러시겠죠. 그런데 잠시만 기다려보세요. 잠깐이면 됩니다!"

서둘러 뛰어나갔던 서기는 곧 다른 사람을 셋이나 데리고 돌아왔다. 입구에서 서기가 로랑을 가리키며 외쳤다.

"저분이 킵에서 근무하던 연대장이시라 합니다!"

그러자 그들이 우르르 들어와 로랑을 둘러쌌다. 마법사 같은 사람, 고위 관리 같은 사람, 어쨌든 귀족 같은 사람까지 모두 눈을 크게 뜨고 달라붙더니 자기소개도 하지 않고 일제히 물어왔다.

"대체 필멸의 땅에서 무슨 일이 벌어지고 있는 겁니까?"

"킵은 어떻게 됐소? 거기 사람들은 괜찮은 거요?"

"킵에서는 이런 끔찍한 일이 생길 줄 알고 있었던 거요? 아니까 여기로 왔던 거겠지? 그럼 대책은?"

로랑은 당황한 채로 생각했다. 끔찍한 일은 루그란에서 벌어졌는데 왜 이 사람들은 킵에서 무슨 일이 났냐고 묻는 거지?

"어제 루그란에서 벌어진 참사를 얘기하시는 겁니까?"

"물론 그런데, 그게 참사라니, 그렇게 부르긴 좀…… 사람이 약간 죽긴 했지만 앞다투어 도망치느라 부딪혀 다친 사람이 더 많았다던데."

기막힌 소리를 들은 로랑이 그들을 쏘아봤다.

"사람이 약간 죽긴 했다고요? 직접 보셨습니까?"

"그야 뭐, 그런 건 아니지만……"

"전 어제 그 자리에 있었습니다. 죽은 사람이 적어도 천 명은 될 겁니다. 자국민이 겪은 일을 그렇게 축소해서 얘기해도 됩니까?"

귀족이 말문이 막히자 고위 관리가 당황하며 인상을 찌푸렸다.

"아니, 지금 그런 걸 따지자고 온 거요? 그럼 우리도 좀 따집시다. 당신은 킵의 연대장이라던데, 킵이 애초에 왜 있는 거요? 필멸의 땅에서 생기는 문제를 선제적으로 막기 위해 전 대륙의 군대가 모여 있는 게 아니었소? 그걸 똑바로 못 막아 이런 사고가 벌어진 건 킵에 있던 당신들의 책임 아니오?"

이 이야기는 더욱 이상하게 들렸다. 이들은 그 쇳조각들이 필멸의 땅에서 왔다고 생각하는 모양이다. 하지만 그건 광장의 탑이 무너지면서 나왔는데?

"무슨 말씀인지 모르겠군요. 문제의 시작은 광장에 있던 탑이 무너진 것 아닙니까?"

"탑?"

그들의 표정을 보아하니 어제 광장에는 생존자가 없었거나, 또는 있다 하더라도 여기까지 진상을 알려주러 달려올 정신은 없었던 듯했다.

"탑도 무너졌다고 듣긴 했지만…… 탑 때문에 그럴 수가 있나? 그럼 그 날아다니는 쇳조각같이 생긴 놈들은 뭐야? 잠깐, 그놈들이 와서 탑도 무너뜨렸던 거 아니야?"

"그렇겠지요! 그래서 그것들을 막자고 킵에 군대를 보내놨던 것 아닙니까?"

"킵에서 군사작전을 서두르겠다고 하더니 지금껏 뭘 한 건지……"

군사작전이라는 말을 듣는데 불쑥 심의회에서 들었던 피스커 부사령관의 외침이 떠올랐다. "변종 프시키가 킵을 맴돌며 위협하고 있는데 우리가 구멍 속의 쥐처럼 숨어서 구경만

하고 있어야 하는가?"

변종 프시키의 위협 때문에 킵 주둔군이 결성된 건 맞았다. 하지만 군인들은 삼 년 내내 문제의 변종 프시키를 구경도 해본 적이 없었다. 마법사들이 군사작전을 벌이는 것을 한사코 막았기 때문이다. 로랑은 가끔 지평선에서 기묘한 무늬를 그리는 새떼인지 구름인지 모를 것들을 보며 의문을 품곤 했었다. 저것들은 뭘까.

그게 바로…… 어제 루그란을 휩쓴 쇳조각들인가?

깨달음과 함께 소름이 끼쳐왔다. 그놈들은 꽤 자주 킵 주위를 맴돌았다. 즉, 오늘 같은 일을 벌이려고 노리고 있었던 것이다. 성벽 위에서 일몰을 구경하며 물 탄 포도주나 마시고 있던 군인들 중 누구인들 그걸 알았을까?

그제야 마법사들이 왜 기를 쓰고 킵 밖으로 나가는 걸 반대했는지도 이해했다. 수만 명의 군대가 있은들 그런 적과 싸우면 열 중 아홉은 무의미하게 희생될 뿐이다. 다만 피스커 부사령관은 이걸 알았던 모양인데 그런데도 나가서 싸우자고 했단 말인가? 뇌물까지 써가며? 미친 거 아니야?

화가 나자 열이 있던 로랑의 얼굴이 더욱 달아올랐다. 킵에 남아 있는 군인들에게 한시바삐 이 사태를 알려야 했다. 무슨 계기로든 변종 프시키가 공격적인 움직임을 보이기 시작했다면 킵에서도 변화가 생길 가능성은 얼마든지 있었다. 그런 가운데 부사령관 같은 미친 인간이 선불리 군사작전을 시작했다가는 모조리 몰살이었다.

"당장 킵에 연락을 취할 방법이 있습니까?"

"우리도 연락을 취했지만 답이 오질 않더란 말이오. 대체 이 문제를 해결할 생각이 있긴 한 건지. 그 와중에 레코르다블은 이게 우리 탓이라는 것처럼 국경을 닫아버려서 직접 달려갈 수도 없고 말이야."

다비드가 고개를 저었다.

"그게 킵에서 해결할 문제 같지 않은데요. 그 쇳조각들은 광장에 있던 하얀 탑이 무너지면서 그 속에서 나왔잖아요."

그러자 귀족이 펄쩍 뛰며 소리쳤다.

"그, 그, 무슨 말도 안 되는 소리를! 필멸의 땅에 있는 변종 프시키가 어떻게 탑에서 나와? 그런 식으로 책임을 회피하고 우리 탓으로 덮어씌우려는 걸 모를 줄 아나? 레코르다블하고 작당해서 피해 보상을 요구하려는 수작인가? 아하, 당신들도 그럴 작정으로 먼저 루그란에 와 있었던 거로군? 외국인들이 하는 소릴 그냥 믿는 게 아니었는데!"

맞는 말이 하나도 없는데다 이들에게는 문제를 직시하는 것보다 누구 탓인지가 훨씬 중요하다는 것을 알자 기가 막혔다. 로랑이 고개를 돌리자 마침 다비드도 로랑을 보는 참이었다. 같은 생각을 담은 눈빛이 오갔다. 이런 자들을 설득하려

노력하는 건 무의미하다. 오해를 풀어줄 테니 킵에 돌아갈 수 있게 협조하라고 하는 정도가 최선이다. 이들에게 그 이상의 진실은 사치스러우니까.

그러나 이 말 한마디만은 해야 했다. 로랑에게 기다리라고 손짓하며 다비드가 말했다.

"되게 섭섭한 말씀을 하시는데, 어제 그 쇳조각들을 해결한 게 외국인이란 사실은 아십니까?"

평소 유들유들하던 그의 얼굴에 미묘한 냉소가 어렸다. 귀족이 어리둥절한 표정으로 되물었다.

"해결했다고? 당신들이?"

"해결했으니 끝났죠. 아니면 지금 문밖에 나가지도 못하셨을 텐데."

"어떻게?"

그걸 설명하는 건 좀 복잡했다. 마법사도 아닌 막시민이 바이올린 현 하나로 정체불명의 폭발을 일으켜서…… 그때 줄곧 말이 없던 마법사가 로랑을 봤다.

"혹시 어제 칸틸라 대로에서 칼 한 자루로 쇳조각들을 베어 떨어뜨리며 사람들이 도망칠 시간을 벌어줬다던 군인이 당신입니까?"

칸틸라 대로가 어딘지 로랑이 알 리 없었지만 쇳조각을 베어 떨어뜨렸다면 다른 사람일 가능성은 적었다. 다비드가 로랑을 건너다봤다.

"그런 것도 했냐?"

"내가 맞는 것 같긴 한데 그걸로 해결됐던 건……"

마법사가 자리에서 벌떡 일어나더니 몸을 굽혀 절을 했다.

"진심으로 감사드립니다. 거기서 도와주신 사람들 중에 제 제자들도 있었습니다. 당신이 아니었으면 많은 사람이 꼼짝 없이 죽었을 것입니다."

"……"

갑자기 분위기가 뒤바뀌는 바람에 귀족과 고위 관리도 입을 다물고 눈치를 살폈다. 외국인이 자국민을 구조했다는데 일단 감사를 해야지 다른 소릴 할 순 없는 일 아닌가? 로랑도 황당하긴 마찬가지였다. 사람을 살린 게 맞긴 하지만 갑자기 이런 상황에서……

마법사가 거듭해서 감사 인사를 퍼붓고 나머지 둘도 눈치껏 말을 보태면서 여파는 점점 커져갔다. 다시 말해 로랑은 문제의 쇳조각들을 칼로 베어 다 없애버린 사람이 될 위기에 처했다. 상대는 루그란의 궁정 마법사 디미트리스라고 했는데, 듣자니 그 자리에 있었던 사람들 상당수가 고위층 자녀들이었던 모양이었다.

"잠깐만요. 뭔가 오해가 있는 것 같습니다."

로랑이 참다못해 정정하려고 입을 열자 다비드가 눈짓하며 속삭였다.

“잠깐 그냥 있어봐. 일이 잘 굴러가려고 하잖아. 통행증보다 더 좋은 게 나올 것 같은데.”

로랑과 다비드는 정오 무렵 은행 앞 광장에서 비비엔과 다시 만나기로 했지만 한참 늦어졌다. 차례로 몰려든 온갖 관료에게 했던 말을 몇 번이나 되풀이해야 했기 때문이다. 그 과정에서 극도로 방어적이던 고위 관리와 귀족의 정체는 부시장과 내무대신으로 밝혀졌다.

루그란 사람들은 킵에서 이 사태를 알고 있는지, 대책은 있는지, 앞으로 또 발생할지, 온갖 것을 물어왔지만 로랑이 해줄 말은 거의 없었다. 아는 것이 있더라도 공개 가능한 정보인지 자의적으로 판단할 순 없었기 때문이다. 무엇보다 그들은 로랑이 쇳조각들을 베어서 없애버렸다면 어떻게 그럴 수 있었는지 알고 싶어했다. 로랑은 남의 공을 가로채는 취미가 없었으므로 난처하고 골치가 아파왔지만 결국 “칼로 베다보니 없어졌는데 이유는 모르겠다”라고 답할 수밖에 없었다.

그건 다비드의 귀띔 때문이었다. 다비드는 막시민이 한 일을 저들에게 알려주지 않는 편이 낫겠다고 판단했다. 칼로 베다보니 사라졌다고 하면 책임질 일이 없지만 마법 폭발 같은 걸 일으켜서 단번에 없애버렸다고 하면 어떻게 된 건지 조사해보고 싶지 않겠는가? 저들이 막시민을 쉽게 보내주지 않으면 빨리 본국으로 돌아가려는 계획에도 지장이 생길 게 뻔했다.

그럼에도 불구하고 일은 점점 커져갔고 루그란 국왕을 만나라는 엄청난 제안까지 나왔다. 하지만 국왕을 알현하려면 궁에 머물며 온갖 준비를 해야 하고 그러고도 내일 아침쯤에나 만날 수 있다나? 로랑은 그럴 시간이 어딨냐고 소리치고 싶은 마음을 꾹 누르며 대답했다.

"킵으로 돌아갈 일이 촌각을 다투는지라…… 분에 넘치는 영광을 사양할 수밖에 없어서 안타깝습니다."

국왕을 만난다면 상이라도 받을지 모르지만 샤를로트 공녀에게 먼저 달려가야 할지 킵에 먼저 가야 할지도 정하기 힘든 지금 그게 중요하겠는가? 심지어 제안을 받고, 거절하고, 그게 받아들여지는 데만도 두 시간이 넘게 걸렸다. 국왕과 관련되니 조율할 것이 왜 그리 많은지. 이 나라는 무슨 일을 급히 처리하는 것이 가능하긴 한 걸까?

설상가상으로 로랑은 약기운이 떨어지면서 몸 상태가 나빠졌다. 너무 오랜만에 아프면 인내심도 없는 법이다. 스스로의 연약함에 짜증이 치솟는 가운데 했던 말을 하고 또 하다가 그만 입 닥치고 놔달라는 소리가 목구멍까지 올라왔을 때, 중대한 소식이 날아들며 대화는 끝장났다.

"그것들이 다시 나타났다고 합니다!"

열 몇 명으로 불어났던 루그란 관리들이 순식간에 몰려나가자 로랑과 다비드의 곁에는 마법사 디미트리스만 남았다. 다비드가 벌떡 일어날 기세로 물었다.

"저거, 정말입니까? 그…… 쇳조각들이 다시 나타났다고요?"

"정말일 겁니다."

그렇게 말하는 디미트리스의 얼굴이 너무 침착해서 다비드의 표정이 오히려 기이해졌다. 뭔가 더 물으려는데 디미트리스가 로랑을 보았다.

"아까부터 보니까 몸이 안 좋으신 것 같은데 지금부터는 주무시는 체하세요. 아니면 진짜로 주무시던가요."

왜 그런 소리를 하는지는 곧 알게 되었다. 얼마 후, 나갔던 관리들이 다시 우르르 돌아오더니 로랑을 둘러쌌다.

"경험자시니까 가, 같이 좀 나가보십시다."

"도움을 좀 주셔야겠습니다. 군인들도 선뜻 가려 하지 않더라고요!"

"그놈들이 날아다니다 말고 갑자기 공격해옵니까? 빨라요? 얼마나?"

다비드가 아랫입술을 일그러뜨리며 대신 말했다.

"그건 어렵겠네요. 카스티유 대령이 좀 아파서요."

"네? 방금 전까진 괜찮으시더니?"

그들은 줄곧 떠들어대면서도 로랑의 얼굴은 전혀 살피지 않았던 모양이었다. 다비드가 말을 이었다.

"카스티유 대령이 좀 뛰어난 군인이긴 한데 그렇다고 오를란느에서 유일무이한 존재도 아니고, 루그란에도 그만한 군인들이야 얼마든지 있지 않겠습니까? 어차피 우리도 되는대로 대처한 거거든요. 갑작스럽게 닥친 일이라 현장에 우리밖에 없어서 그랬던 건데 이제는 왕궁에서도 아셨으니까 훨씬 잘 처리하실 수 있겠죠. 안 그래요?"

"……"

자국 군인들이 오를란느 군인만 못하다고 할 수도 없고, 그제야 살펴보니 실제로 아픈 것 같기도 했으므로 관리들도 더는 도와달라고 우겨대지 못했다. 디미트리스가 나서서 쉴 곳으로 안내하겠다고 하자 붙잡을 명분도 없었다.

디미트리스는 로랑과 다비드를 옆방으로 안내하고 잠깐 기다리라 하더니 손에 두루마리 한 장을 쥐고 돌아왔다.

"제가 드리는 감사의 선물입니다."

그가 준 것은 전이문 접근 권한이 담긴 두루마리였다. 한 곳도 아니고, 루그두넨스 연방 전역을 연결하는 십여 개의 전이문이 기억된 물건이라 했다. 여러 마법사가 함께 마력을 쏟아부으며 유지하는 이런 혜택은 내부인이 아닌 사람에게 공유하기는커녕 존재조차 알리지 않는 것이 보통이었다.

"이런 걸 저희한테 주셔도 괜찮으십니까?"

"제자들의 목숨을 생각하면 이 정도는 아무것도 아닙니다. 그런데……"

디미트리스가 로랑을 보더니 말했다.

"몸살이라 하셨으니 제 힘으로 치료해드리는 정도는 간단하겠지만, 갑자기 상태가 좋아지면 귀찮은 일만 생기실 테니 두 시간에 걸쳐 천천히 낫도록 해드리겠습니다."

디미트리스가 치유 마법을 시전한 뒤, 로랑은 묘하게 더 기운이 없어진 것 같다고 생각하며 물었다.

"여러모로 배려해주셔서 감사합니다만 루그란의 상황이 걱정스럽습니다. 이런 말씀 좀 그렇긴 한데…… 그 쇳조각들을 상대할 사람은 거의 없을 겁니다."

"그렇겠죠. 그래도 당장은 별일 없을 겁니다."

로랑과 다비드의 의아한 눈빛을 본 디미트리스가 희미하게 웃었다.

"저는 초기에 킵을 세웠던 사람이기도 합니다. 당신들이 쇳조각이라 부르는 변종 프시키도 삼 년 전부터 보았습니다. 저들은 웬만해선 공격성을 띠지 않습니다."

"하지만 어제는 달랐지 않습니까?"

"탑 속에 갇혀 있다가 나왔기 때문이겠죠. 하지만 오늘 루그란을 포위한 건 몇 년 동안이나 필멸의 땅을 떠돌던 변종들입니다. 이쪽으로 오고 있다는 소식을 오늘 아침부터 듣고 있었고요. 그걸 처리할 마법사들도 곧 올 겁니다."

마법사들이 올 거라는 말에 겨우 마음이 놓였다. 마법사들끼리 쓰는 대화 방법은 따로 있을 테고 그래서 디미트리스도 남들보다 먼저 소식을 알고 있었던 모양이다. 하지만 왜 다른 루그란 사람들에게는 알리지 않았을까?

이어진 디미트리스의 말은 더욱 뜻밖이었다.

"당장은 어떻게 될 테지만 장기적으로 결국 피할 수 없는 일이 될 겁니다. 지금까지 변경에만 피해를 끼치던 변종들이 드디어 루그란까지 올 마음을 먹은 모양이니까요. 그럴 때도 됐죠. 레코르다블 같은 인접국들의 피해를 남의 일 보듯 한 대가도 슬슬 치를 때가 됐고요."

로랑이 의혹을 감추지 못하는 눈빛으로 입을 열었다.

"그 대가란 것이 설마……"

"아, 어제 같은 일이 일어나면 안 되죠. 본래 변종 프시키가 차지한 지역은 사막화가 일어납니다. 느린 과정이라 수십 년 정도는 걸릴 겁니다. 그뒤에는 레코르다블처럼 되겠지만 그 사람들도 거기서 살고 있지 않습니까?"

"잘 이해되지 않는데요. 설마 루그란이 사막이 되어도 상관없다는 말씀입니까?"

"상관없지는 않지만…… 솔직히 말하자면 어쩔 수 없다는 말이 더 정확하겠습니다. 정말로 어쩔 수가 없어요. 변종 프시키의 증식은 불가역적입니다. 아직까지 누구도, 어떤 위대한 마법사도 단 하나의 변종 프시키도 없애지 못했습니다. 어제 프시키를 검으로 베셨다고 했죠? 그것들도 죽은 게 아닙니다. 일시적으로 사라졌다가 어디선가 다시 생겨납니다. 주로 필멸의 땅이죠."

"그럼……"

어제 막시민이 없앤 쇳조각들도 죽은 게 아니란 말인가? 하지만 막시민의 존재를 숨기기로 했기에 그걸 물어볼 순 없었다. 로랑이 말을 잇지 못하고 머뭇거리자 다비드가 대신 물었다.

"그렇게 서서히 전 대륙이 사막으로 변할 거고 막을 방법은 없다, 없으니까 받아들이는 수밖에 없다, 그런 말씀인 겁니까?"

"아직까지는요. 사람들은 마법이면 뭐든 되는 줄 아는데 마법사들은 노력해서 되는 것과 안 되는 것을 혼동하지 않습니다. 새로운 시약이나 주문은 계속 만들어지지만 우리는 죽은 사람을 살려내지도, 시간을 되돌리지도, 모래를 생명으로 만들지도 못하죠. 그리고 변종 프시키는 무한히 되살아납니다. 실은 일반적인 프시키도 마찬가지일지 모릅니다. 그전까지 일반 프시키는 마법으로 없앨 수 있다고 받아들여졌지만 변종 프시키의 무한한 부활이 알려진 후로 일반 프시키 또한 부활하는 장소를 우리가 발견하지 못한 것뿐이 아니냐는 의견이 상당한 신빙성을 갖게 되었거든요. 저도 그쪽이 더 합리적인 추측이라는 생각이 들고요."

다비드가 뒷머리를 긁다가 다시 물었다.

"방금 죽은 사람을 살려낼 수 없다고 하셨는데 그럼 프시키는 무슨 수로 계속 되살아나죠?"

"정확히는 모릅니다. 어떤 마법사들은 프시키가 생명이 아니어서 그럴 거라고 생각합니다. 이를테면 구름은 비가 되어 내렸다가 강이 되고, 다시 증발해 구름이 되지만 죽었던 적은 한 번도 없죠. 프시키도 마찬가지로 순환하고 있을 뿐이라는 겁니다."

"하지만…… 프시키가 그 정도로 개별성이 없습니까? 물방울처럼 작은 단위로 잘라졌다가 서로 뒤섞여 결합해도 상관없을 정도로요?"

"그 정도로 분해되는 것 같진 않습니다만 형태가 변해도 별문제가 없는 건 분명합니다. 멋대로 온갖 형태를 취하거든요. 어쨌든 불가피한 결과를 피해보려고 노력하는 마법사들도 있긴 하지만 크게 가망이 있는 건 아니기에 현실을 받아들이는 법을 배우는 편이 낫겠죠. 물론 보통 사람들이 그러기는 쉽지 않을 테니 당장은 알리지 않는 거고요. 진실은 뜨거운 쇳물 같은 것이라 많은 사람이 한꺼번에 손을 대면 무의미하게 다칠 뿐입니다. 대장장이들이 두드리고 형태를 잡아 식힌 뒤 사람들의 손에 닿아야 하는 법이지요. 그러니 얼마간이라도 쇳조각은 대령님 같은 뛰어난 군인들이 베어 없앨 수 있는 걸로 해두는 편이 좋을 겁니다."

디미트리스와 헤어져 대화의 정원을 나오면서 다비드가 말했다.

"두루마리는 고맙긴 한데 난 도대체 이해가 안 되어서 말이야. 마법을 배우면 인간적인 감정이 좀 없어지나? 그리고 심의회 때도 느낀 거지만 마법사들은 저들끼리 소속된 나라가 따로 있는 것 같단 말이지. 거참, 대공국의 마법사들은 믿어도 되는 거냐?"

로랑은 간신히 집중하던 대화가 끝난 뒤로 맥이 풀려서 깊은 생각을 하기가 힘들었다. 게다가 조금 전부터 몸 곳곳이 타는 것처럼 아파왔기에 자제력이 바닥나 저도 모르게 어렸을 때 같은 말투가 튀어나왔다.

"몰라요."

"으음, 너 많이 안 좋냐? 치유된 게 아니야?"

"고맙다더니 병을 준 건지 약을 준 건지 모르겠네요. 물론 저도 진짜로 고마울 일은 하지도 않은데다가 하여튼 간에……"

말까지 횡설수설 나오기 시작하자 다비드가 슥 눈치를 살피더니 말했다.

"한 적 없는 일로 칭찬받은 것도 아닌데 뭘 그래."

"아니긴 뭐가 아니에요. 하, 쪽팔린 일이 끝이 없네."

"다 샤를로트 공녀 연하를 위한 일이 아니겠냐."

"진짜, 형은 연하 이름이 무슨 만병통치약인 줄 알아요?"

다비드가 싱글거리며 양팔을 펼쳐 보였다.

"오우, 너한텐 그런 거 아니었냐? 슬슬 병도 낫고 있진 않고? 근데 얼굴까지 빨개질 건 없지 않았냐?"

둘이 그렇게 티격태격하며 은행 앞까지 와보니 분위기가 수상했다. 은행 문은 닫혔고 앞에는 '무기한 영업 중단'이라 적힌 종이가 붙어 있었다.

"어라? 은행도 닫은 거야? 그럼 마담은 여관으로 돌아가셨나?"

혹시 근처에서 기다리고 있을지도 모른다는 생각에 주변을 한 바퀴 돌아보려고 그들은 은행 뒷골목으로 들어갔다. 그리고 의아한 광경과 마주쳤다. 다비드가 중얼거렸다.

"저게 뭔 일이다냐."

저만치 문 닫은 주스 가게 앞에 테이블이 하나 있었는데 중

년 남녀 네 명이 그 밑에 쪼그리고 앉은 자세로 틀어박혀 있었다. 비비엔이 그 앞에 팔짱을 끼고 서서 묻는 중이었다.

"그래서 얼마라고?"

"시, 십삼 퍼센트……"

비비엔이 테이블 위를 한 대 치더니 말했다.

"감히 대공국의 신용장에 십삼 퍼센트? 턱부터 한 바퀴 돌리고 시작할까?"

"죄, 죄송합니다! 시…… 십 퍼센트로 해드리겠습니다."

비비엔이 코웃음을 치더니 한 발짝 옮겨 다음 사람 앞에서 물었다.

"여긴?"

"저도 십 퍼센트 이상은……"

"닥쳐. 대공국이 내년에 망할 것 같니?"

"그건 아니지만 오를란느는 너무 멀어서……"

"넌 설마 대공국까지 직접 가서 돈을 받아올 생각이었어? 요즘 사채업자들은 되게 한가롭네. 웃기지 말고, 다음."

세번째가 머뭇거리다가 말했다.

"그럼 구 퍼센트로 해드릴게요."

비비엔이 상대의 말을 자르듯 선언했다.

"육 퍼센트."

그자가 눈알을 굴리며 눈치를 보았다.

"저, 잘 몰라서 그러시는 것 같은데요. 만기가 너무 길게 남아서 그런 할인율로는 거래가 될 수가……"

"모르긴 뭘 몰라. 내가 우리 할머니 서랍에서 아노마라드 귀족이 발행한 삼 퍼센트짜리 어음도 본 사람인데. 한 장도 아니고 묶음으로 있더라? 설마 대공국의 신용이 그만 못하다는 소릴 하려거든 한 번만 더 깊이 생각해볼래? 그럴 생각이 싹 사라질 거야."

"그, 그야 그런 할인율도 세상에 있긴 하지만 하필 어제 그런 사고가 있었으니…… 그런 일이 있으면 아무래도 시장이 불안한 법이라……"

그제야 비비엔이 고개를 끄덕였다.

"좋아. 거기까진 인정해주지. 그럼 팔 퍼센트로 하자. 이의 없겠지?"

"……"

그들은 무척 이의가 많아 보였지만 감히 말할 용기는 없었다. 비비엔이 무슨 짓을 했기에 그렇게 겁을 먹었는지는…… 저기 골목 한구석에 쭈그리고 앉아 말린 문어 다리를 씹고 있는 사람한테 물어보는 게 좋을 것 같았다.

"대체 어떻게 된 겁니까? 그리고 당신은 뭘 하고 있죠?"

막시민이 다비드에게 가까이 오라고 손짓했다. 다비드가 허리를 굽히자 종이 봉지에서 말린 홍합을 꺼내 쥐여주는 체하며 말했다.

"당신들 동료가 이폴레트 같은 걸 사칭한 거 같은 데 모르는 척하는 중이요."

"이폴레트가 뭡니까?"

"그 나라에는 이폴레트가 없어요? 그거 오를란느 말 아니었나? 하여튼 그쪽 동료분이 은행 닫힌 거 보고 뒷골목에 들어와 저 양반들한테 갑자기 시비를 트더니 적당히 해먹었어야지 그렇게까지 해 처먹으면 어떡하냐고 막 머리도 한 대씩 때리고 그러더라고요? 그러다가 오를란느 상공부의 어음인지 신용장인지가 니들 때문에 십오 퍼센트 할인받게 됐으니까 너희가 책임지고 제대로 해서 내놓으라나, 그러면서 먹던 간식도 뺏더니 저한테 줬는데 이거 이상하게 맛있네."

다비드가 고개를 끄덕이고 허리를 펴며 로랑에게 말했다.

"마담이 알아서 잘하고 계신 거 같은데."

"뭔가 사칭했다는데 그건 괜찮은 겁니까?"

"이폴레트? 몰라. 추심업자 같은 건가본데 그 정도는 괜찮겠지."

잠시 후 비비엔은 사채업자들에게 신용장을 건네고 대신 루그란 은행이 발행한 어음과 금화가 든 묵직한 주머니를 건네받았다. 우수리로 남은 은화 몇 닢을 사채업자들에게 나눠주는 전문가다운 행동도 잊지 않았다. 허름한 차림으로 주스 가게 테이블에 옹기종기 모여 있던 사람들이 안주머니에서 4만 6천 엘소를 잘도 꺼내주는 뒷골목의 마법을 본 로랑이 황당한 얼굴로 중얼거렸다.

"주머니를 뒤졌는데 도시락 대신 4만 6천 엘소가 나오다니."

"먹던 빵 쪼가리랑 치즈도 아니고."

돌아보니 또다른 시골뜨기였다. 웬일인지 의견이 일치했지만 둘은 눈을 오래 마주치지 못하고 딴 데를 쳐다봤다. 서로의 얼굴을 보니 뭔가가 켕겼는데 그게 뭘까? 아무래도 어젯밤에 무슨 일이 있었던 것 같은데. 둘을 본 비비엔이 말했다.

"두 분은 왜 또 데면데면해지셨어요. 어제는 의기투합 잘하시더니."

이게 무슨 소린가 싶어 막시민과 로랑은 물론 다비드까지 비비엔을 쳐다봤다. 다비드가 먼저 물었다.

"어제 그런 일이 있었나?"

"비서관님이 중간에 잠들었을 때라 못 보셨을 겁니다."

"아이쿠, 내가 또 구경거리를 놓쳤나?"

"그게 무슨 뜻입니까?"

로랑이 참다못해 묻자 비비엔이 로랑을 빤히 봤다.

"무슨 뜻이라니요? 진짜 기억이 안 나십니까?"

막시민도 그게 무슨 소리냐고 묻기 직전이었지만 그들은 이야기를 이어갈 틈이 없었다. 골목 바깥쪽에서 동시다발적으로 비명이 터졌다.

"저, 저걸 봐!"

"으아악!"

이어 사방팔방으로 뛰는 발소리와 비명이 뒤섞였다. 그들은 하던 말을 잊어버리고 각각 알게 된 정보를 떠올렸다. 쇳조각들이 근처에 왔다지 않던가?

확인하러 골목 밖으로 나갈 필요는 없었다. 바로 하나가 골목을 타고 빠르게 날아왔기 때문이다. 비비엔의 검이 먼저 뻗어가 허공을 그었다. 쇳조각은 두 동강이 났지만 그냥 둘로 분화된 것처럼 날아올랐다가 다시 그들을 노리고 달려들었다.

그때 로랑의 검이 두 번 움직여 허공을 갈랐다. 그제야 하얀 불티가 번지며 쇳조각이 바닥으로 떨어졌다. 본능적으로 해내긴 했지만 그러고 나니 몸 곳곳이 더욱 아파와 이를 악물어야 했다. 몸살이 이렇게까지 아픈 게 맞나? 아무리 오래전 기억뿐이라지만 믿어지지 않는데. 로랑의 기색을 본 비비엔이 막시민을 불렀다.

"뭐 다른 마법은 없어요? 방어막이라든가?"

막시민이 고개를 흔들었다. 있으면 나부터가 좋았겠다. 아는 건 '아나보'뿐인데 지금은 대낮이라고!

뒤이어 골목으로 뛰어들어온 남자는 다짜고짜 은행 뒷문을 열려 했다. 문이 잠겨 있자 그는 발을 구르며 문을 걷어차기 시작했다.

"열어! 열란 말이야!"

로랑이 살펴보니 은행은 이 근처에서 가장 튼튼해 보이는 석조 건물이었다. 뭘 해야 할지 떠오르긴 했지만 기력이 없어 비비엔을 부르며 눈짓했다.

"저기로 들어갑시다."

비비엔이 검을 홱 뽑아들고 다가가자 남자가 놀라 물러섰다. 비비엔은 빗장이 있으리라고 생각되는 곳을 단번에 베어버리고 말했다.

"들어가세요."

문을 열려던 남자가 제일 먼저 뛰어들고, 세 사람이 뒤따른 뒤 로랑이 마지막으로 들어가며 문을 닫았다. 이어 결정방벽을 시전하려 했지만 체력이 달려서 도저히 할 수 없었다. 이마에 땀만 송골송골 맺힌 채 빈주먹을 움켜쥔 로랑이 내뱉었다.

"젠장, 미치겠네."

안쪽은 좁다란 현관이었다. 불빛도 없이 어두컴컴한 가운데 보이는 건 올라가는 계단뿐이었다. 빗장이 망가져버린 문은 잠글 방법이 없었기에 먼저 들어간 남자는 문고리를 움켜잡고 매달리다시피 했다. 다비드는 다리가 풀렸는지 비척비

척 계단에 주저앉아버렸다.

막시민은 벽에 기대섰지만 손이 떨리는 것을 멈추기 힘들었다. 어제의 악몽이 파도처럼 밀려와 이성적 판단력을 쓸어가버리자 동물적인 공포만이 젖은 암초처럼 솟아올라 위협적으로 번뜩이고 있었다. 죽는 거야, 도망칠 수 없을 거야, 여기서……

그런 상황에서 표면적으로나마 제정신으로 생각할 수 있는 건 군인들뿐이었다. 로랑이 말했다.

"마담, 잘 들으세요. 아까 대화의 정원에서 전이문을 이용할 수 있는 두루마리를 받았습니다. 그런데 장소가 여기서 도보로 삼십 분은 떨어져 있습니다. 씨앗의 예배당이라는 곳입니다."

"바깥 상황을 살펴보고 이동 계획을 세워야겠네요. 제가 여길 지킬 테니 경은 위층을 살펴보세요."

로랑이 무슨 소리냐는 듯 쏘아보자 비비엔이 무표정하게 고개를 갸웃했다.

"이럴 땐 한 명이라도 살아 나가야 한다는 걸 모를 분이 아니신데. 그리고 여긴 둘이 싸울 공간도 안 나와요."

"그럼 제가 남겠습니다."

"왜요? 멍청한 짓거리를 만회할 기회를 한 번은 주셔야 공평하거든요? 개같은 것들, 어디 한번 와보라지."

한 손을 폈다가 꽉 쥐어 보이는 비비엔의 눈빛이 사나웠다. 또한 그건 전략적으로 옳은 분업이기도 했다. 지금은 로랑보다 비비엔이 더 나은 전력이었다. 그러니 지키는 것은 비비엔, 정찰은 로랑의 몫이다. 판단을 내린 로랑은 제 검을 뽑아 비비엔의 손에 쥐여주었다.

"이게 나을 겁니다."

대신 비비엔의 검을 뽑아든 그는 혼자 계단을 뛰어올라갔다.

검은 덩어리

계단을 한 바퀴 돌아 올라설 때마다 실내로 들어가는 문이 나타났다. 그러나 문은 모조리 잠겨 있었다. 2층, 3층……

조금 전처럼 문을 망가뜨려 열 수도 있었지만 로랑은 일단 더 올라갔다. 높이 올라갈수록 상황이 한눈에 들어올 것이다. 하지만 갈수록 다리가 쇳덩이처럼 무거워져 뛰지도 못하고, 비척거리지 않으려고 난간을 붙들어야 할 지경이 되었다.

계단 꼭대기에 이르러 마지막 문이 나타나자 이건 열어야겠다고 생각했지만 어찌된 셈인지 그 문은 잠겨 있지 않았다. 무심코 반 뼘 남짓 열다 말고 로랑은 급히 도로 문을 닫았다. 밖은 실외, 즉 지붕 위였다.

문고리를 꽉 잡은 채 심호흡을 몇 번 했다. 쇳조각들이 나타난다면 이 꼬라지를 하고는 어제와 비슷하게라도 해낼 가망이 없었다. 상황만 살피고 도망쳐 들어와야 하는데, 그게 과연 가능할까?

로랑은 복잡한 생각이 떠오르기 전에 그냥 문을 밀치며 밖으로 나갔다. 어둠 속에서 갑자기 나와서인지 주위는 지나치게 환했다. 사방으로 주황색 기와들이 이어지는 가운데 이상한 것이 보였다. 허공에 뭔가가 떠 있는데 쇳조각이 아니었다.

사람이었다.

마법사의 로브도 아니고, 평범한 시민처럼 재킷 차림인 남자가 허공에 뜬 채 두 팔을 기묘하게 벌리고 있었다. 그가 이윽고 팔을 앞으로 쭉 뻗자 안개 같은 금빛 광채가 솟아올라 사방으로 느리게 뻗어갔다.

이어 왼쪽에서도 한 사람이 떠올랐는데 이번엔 구면이었다. 심의회에서 보았던 블랑슈 로셰트였다. 그녀가 손을 뻗자 역시 마찬가지로 금빛 안개가 뻗어나가 하늘을 뒤덮었다. 여기저기에서 뭔가 작은 것들이 금빛 안개에 닿더니 짧게 번쩍이며 사라져버리는 것도 눈에 띄었다.

그제야 주위를 자세히 살피니 거리 저 먼 곳까지 대략 십여 명이나 허공에 떠 있었다. 이들이 디미트리스가 말한 마법사들임을 깨닫자 안도의 한숨이 나오며 간신히 버티던 몸이 휘청거렸다. 그때 블랑슈가 은행 지붕 쪽을 돌아보더니 말했다.

"뭐야, 여기 있었네?"

로랑을 보고 한 말이 아니었다. 로랑이 뒤를 돌아보니 막시민이 문손잡이를 생명줄처럼 부여잡은 채 엉거주춤하게 서 있는 것이 아닌가? 당황한 로랑이 미간을 찌푸리며 소리쳤다.

"여기까지 따라오시면 어떡합니까?"

"상태가 안 좋아 보여서요."

로랑이 상태가 좋든 나쁘든 막시민이 뭘 해줄 수 있는 건 아니었다. 하지만 로랑이 혼자 올라간 직후 막시민은 어제 일을 떠올리며 생각했다. 혹시 프시키들과 말이 통하지는 않을까.

로랑이 어제처럼 싸울 수 없을 듯 보였던 것도 사실이었다. 아픈 데 익숙하지 않은 로랑과 달리 막시민은 여러 가지 병을 주변에서 자주 봤고, 걸려도 봤고, 직접 돌봐도 봤다. 보아하니 서 있는 게 용하다 싶은 지경인 것도 아까부터 알았다. 어제 제 목숨을 살려준 사람을 가서 죽든 말든 놔둘 순 없다는 생각이 들었지만 그렇다고 대신 싸울 만큼 대단한 용기를 짜낸 것도 아니었다. 문 뒤에 숨어서 시도만 해보는 거다. 사람 노릇이 별거냐고.

그렇게 슬금슬금 따라 올라왔다가 문 너머로 블랑슈가 보이는 바람에 밖으로 나오게 된 것뿐이었다. 하지만 로랑은 그런 점을 모르거니와 막시민이 마법사일지도 모른다고 생각했으므로 침을 한 번 삼킨 다음 애매하게 대꾸했다.

"거참…… 고맙네요."

막시민은 이어 악의 없는 한마디를 내뱉었다.

"근데 술 고작 그거 마시고 무슨 술병이 그렇게까지 나셨대. 체력도 좋은 양반이."

"아니……"

그때 블랑슈가 슬슬 지붕 쪽으로 날아와 한쪽 발로 기와를 딛더니 막시민에게 가까이 오라고 손짓했다. 뭘 또 오라고 난리야, 거기서 말하지 하고 대꾸하는 대신 막시민은 애매하게 상체만 내밀며 할말 있으면 그냥 하라는 턱짓을 했다. 블랑슈도 개의치 않고 하늘 위를 가리키며 소리쳐 물었다.

"네가 왜 여기 있는진 모르겠다만 혹시 쟤들이 너 따라온 거니?"

블랑슈가 가리키는 대로 머리 위를 뚫어져라 본 막시민은 머나먼 하늘에 곤충떼 한 줌처럼 뭉쳐서 움직이고 있는 까만 점들이 쇳조각들임을 깨닫고 흠칫 놀랐다. 본능적으로 목을 움츠리며 머리를 감싸쥐려다가 다시 고개를 빼며 물었다.

"쟤들이 왜 저를요?"

"그야 모르지. 네가 알아야지. 내가 아는 건 네가 걸어다니는 메타모르포시 제조기라는 것뿐이잖니!"

"이상한 혐의 씌우지 마십쇼. 전 평범한 퇴학 예정자일 뿐이라고요!"

"야, 심의회 끝났거든? 이제 그만 정직하게 너만의 비결을 밝혀. 프시키들이 좋아하는 진딧물 즙 같은 게 나온다든가?"

기가 막힌 막시민이 그럴듯한 대꾸를 못 찾고 있는데 로랑이 대신 반박했다.

"우리와는 아무 상관 없습니다. 전이문 오류가 나서 이쪽으로 오게 된 것뿐이니까. 무례한 말씀은 그만두시죠."

블랑슈가 로랑을 알아보고 고개를 갸웃했다.

"아, 그 에투알 분이시구나. 그런데 전이문이 오류가 났다고요? 그게 더 수상한데. 사실 전이문이라는 물건은 드물게 제 뜻이 있는 것처럼 굴 때가 있긴 해요. 그런데 나중에 알고 보면 꼭 그럴 만한 이유가 있더란 말이죠. 오류 때문에 왔다가 하필 탑이 무너지는 것을 봤다는 건데……"

블랑슈도 탑이 무너진 것을 알고 있었다. 막시민이 급히 물었다.

"이거 지금 네냐플에서도 다 압니까? 대마법사께서도?"

"그럼 당연히 알지. 근데 대부분은 킵에 가 있을걸. 그쪽도 지금 문제가 터져서 말이야."

그때 지붕 맞은편에서 다른 마법사가 내려오며 블랑슈에게 외쳤다.

"아무래도 우리 힘만으로는 다 못 덮을 것 같은데! 몇 명 더 오고 있나?"

"난들 알겠어? 근데 루그란 사는 마법사들은 다 어디 갔대? 왜 우리뿐이야?"

"그게 말이다, 왕궁에서 아직 재가를 안 내주셨댄다!"

블랑슈가 분노하며 소리를 질렀다.

"뭐? 어제 같은 꼴 날까봐 허둥지둥 달려왔더니 재가 같은 소리를 하고 앉았어? 어제 죽을 걸 안 죽어서 염병이 났나보다! 왕궁 지붕 위만 딱 뚫어놓으라 그래! 옥새 들고 뛰쳐나오게!"

듣자니 이들은 루그란을 지키려고 일종의 방어막 같은 것을 둘러치고 있는 듯했다. 그제야 막시민은 생명줄처럼 쥐고 있던 문고리를 놓으면서 몇 발짝 더 다가가 물었다.

"그럼 왕궁 빼곤 안심해도 되는 거죠?"

블랑슈가 회의적으로 어깨를 움츠렸다.

"글쎄다."

"글쎄라뇨?"

"정확히는 담요가 작아서 어느 쪽으로 당겨야 할지 모르는 상태야. 이리저리 잡아당기다가 구멍이 날 수도 있고. 그게 루그란 국왕 머리 위일지도 모르고, 그렇다는 거지. 게다가 머리 위의 저것들이 전부가 아니야. 계속 오고 있어."

막시민은 즉시 돌아가 도로 문고리를 잡으려 했다. 그런데 안쪽에서 사람들이 밀려나오는 바람에 그럴 수 없었다. 옷차림을 보니 은행원들인가?

"도, 도와주세요!"

나온 사람들은 수십 명이나 되었다. 막시민은 혹시 비비엔이 뒤에서 칼을 들고 쫓아나오나 유심히 봤지만 그런 사태는 아닌 듯했다. 은행원들은 바깥도 겁이 나는지 나오지도 못하고 들어가지도 못하고 문가에 끼인 채 호소했다.

"은행 정문이 부서져서…… 그놈들이 안으로 들어왔는데……"

막시민이 물었다.

"쇳조각들이? 은행 안으로 들어왔다고요?"

"그, 그것도 그런 것 같고……"

대답을 듣자마자 로랑이 검을 뽑으며 다가갔다.

"비키세요."

크게 말하고 싶었지만 그럴 기운도 부족했다. 은행원들은 놀라 허둥거렸지만 나가고 싶지 않다보니 입구를 막은 채 저들끼리 밀치락거리기만 했다. 칼 든 인간이 지나갈 틈을 만들어주고 싶어도 안쪽에서 계속 사람이 올라오고 있었다. 그리고 곧 그럴 필요도 없게 되었다.

"저쪽 좀 봐요!"

한 명이 하늘 너머를 가리키자 곧 다른 사람들의 눈도 쏠렸다. 처음엔 가느다란 회오리바람처럼 보였다. 작지만 맹렬한 속도로 돌고 있었다. 점차 기다랗게 늘어나더니 루그란 상공과 머나먼 하늘을 연결하는 대롱처럼 변했다. 그대로 점점 커졌다. 굵은 바람기둥이 되었다. 먼발치에 솟은 탑 같기도 했다. 사람들이 수군대고 있었다. 저게 뭐야? 왜 갑자기 회오리바람이?

막시민이 가장 먼저 눈치챘다. 저건 통로였다. 무얼 위한?

하나뿐이다.

"저기…… 마법사님!"

블랑슈를 부르려 했지만 이름이 생각이 안 났기 때문인데 블랑슈가 아니라 다른 마법사가 먼저 돌아봤다. 어쨌든 막시민은 소리쳤다.

"빨리 가서 저거 막으세요! 쇳조각들이 회전력을 이용해 저기로 침투하려는 겁니다!"

그 마법사가 블랑슈를 불렀다. 곧 도시 곳곳의 상공에 흩어져 있던 마법사들이 회오리 쪽으로 움직이기 시작했다. 그들이 일제히 날아가는 광경은 꽤 장관이었지만 막시민은 그런 감상을 느낄 겨를도 없이 다시 손이 떨려왔다. 몸 곳곳이 잘리고 베이는 환상이 일어나며 호흡이 진정되지 않았다. 저들은 마법사들이니까 알아서 잘하겠지만, 그렇지만……

"아악!"

은행원 한 명이 눈을 가리며 바닥에 주저앉았다. 뭐가 보인 것일까? 막시민은 혹시나 싶어 로랑을 돌아봤다. 입을 꾹 다문 로랑도 입술이 떨리고 있었다. 곧 막시민의 눈에도 들어왔다. 회오리가 한 명을, 이어 세 명을 한꺼번에 삼켜버리는 광경이.

"저거, 어, 어, 어떻게 된 거예요?"

대부분의 은행원들은 어제의 학살을 보지 못했는지 떨면서도 반신반의했지만 막시민과 로랑은 아니었다. 저 속도로 돌고 있는 쇳조각들은 사람을 말 그대로 갈아버릴 수 있다. 막시민이 지푸라기라도 잡고 싶은 심정으로 중얼거렸다.

"마법사들인데…… 혹시 방어막 같은 거라도……"

로랑이 입술을 짓씹으며 대꾸했다.

"방어막도 무한하지 않습니다. 반복 공격을 받으면 찢겨나갑니다."

힘을 합쳐 루그란 상공에 보호막을 칠 정도로 강한 마법사들이었다. 그런 그들이 당하지 못한다면 누가 이 사태를 막지?

다시 또 한 명이 삼켜졌다. 막시민은 문득 의문을 품었다. 아까는 보이지 않던 것이 왜 이렇게 잘 보이지? 뒤이어 깨달은 그가 소리쳤다.

"다가오고 있어!"

회오리는 움직이고 있었다. 내려오면서 동시에 다가오는 중이었다. 맨 끄트머리는 곧 어느 지붕의 꼭대기에 닿으려 했다. 아니, 닿았다. 기왓장이 부서지고 굴뚝 같은 것이 부러지는 게 희미하게 보였다.

이제야 은행원들은 서로 미친듯이 밀치며 문 안쪽으로 도로 들어가려 했다. 내부에도 쇳조각이 있다더니 그쯤은 이제 아무것도 아니란 생각이 드는 모양이었다. 그러나 통로 안쪽은 상황을 모르는 사람들로 가득한지, 아무리 밀고 당겨도 쉽사리 틈이 나지 않았다. 묻고, 외치고, 화내고, 밀쳐대는 아비규환이 벌어지는 사이 죄 없는 문짝만 시달리다 떨어져 밟혔을 뿐이었다.

반면 로랑은 아까와 달리 이젠 내려가려 하지 않았다. 은행원들을 보고, 다시 회오리를 본 다음 막시민을 돌아보며 물었다.

"뭐하다가 죽고 싶습니까?"

막시민이 기묘한 표정으로 대꾸했다.

"그건 또 무슨 소립니까?"

"도망치다 죽고 싶다면 도와드려야 하니까요."

그 말에서 생존 가능성이 없다는 판단을 읽은 막시민의 시선이 흔들렸다. 동시에 내면에서 저 말이 맞는다는 목소리가 들려왔다. 회오리는 점점 더 커졌다. 지붕들을 찢고 박살내며 다가왔다. 커질수록 더 빨라지는 것 같다.

여기 모든 사람의 힘을 모아도 아까 간 마법사들 중 한 명묶도 하지 못할 것이다. 근처에는 건너뛸 만한 지붕조차 없다. 벽을 타든 저 은행원들을 끌어내든 해서 먼저 내려간들 저토록 빠른 회오리보다 먼저 씨앗의 예배당이라는 곳에 도착할 가망은 없겠지. 이 도시는 어차피 끝장이다.

"왜 당신이 날……"

물으려다 말고 막시민은 갑자기 미간을 찌푸리며 고개를 흔들었다.

"아니, 뭐. 어차피 당신네 공녀님의 부탁 때문이라 하겠지. 됐어요. 어디서 어떻게 죽을지 같은 거, 아무리 미리 상상해 봤자 모르는 거지. 누구랑 죽는지 그것도 마찬가지고. 그러는 당신은 뭐하다가 죽고 싶은데요?"

하필 이런 데서 너 같은 인간하고 죽게 될 줄은 몰랐다는 소리인 걸 다 알아들었지만 그건 이쪽도 마찬가지다. 아무 애착도 없는 사이여서 그런지 너라도 살아남으라는 둥 울고불고 할 필요도 없었다. 로랑은 그냥 검을 한번 쳐 보였다.

"할 줄 아는 게 이뿐이라서."

이번엔 그리 잘 싸울 수도 없겠지만 어쨌든 싸우다 죽는 길뿐이었다. 검을 비비엔과 바꾼 건 역시 잘한 판단이었다. 여기선 무슨 검을 가졌든 일 분의 차이도 낼 수 없을 테니까.

둘은 나란히 서서 이제 완연히 가까워진 회오리를 보았다. 하나는 에투알 기본자세 1번으로, 다른 하나는 그냥 얼굴을 찡그리고 팔짱을 낀 채로. 가까워지자 규모도 잘 보였다. 폭은 열 걸음쯤, 높이는 사 층짜리 건물의 두 배쯤 된다. 닿는 곳마다 부서져나가는 건물들의 모서리와 서로 부딪치는 잔해도, 여기저기에서 울리는 비명도 지나치게 생생했다. 너무 빨리 돌고 있어서인지 회오리 안쪽은 그저 회색이었다. 쇳조각들도 형태를 알아보기 힘들다.

이제 삼십여 걸음.

막시민은 마지막으로 해보고 싶은 것이 있었다. 주머니로 들어간 그의 손이 타버린 바이올린 현을 끄집어냈다. 그걸 들여다보며 말했다.

"우리의 이름을…… 녹여다오……"

로랑이 막시민을 힐끗 봤다. 뭘 하려는 거지? 마법?

하지만 당장은 아무 일도 없었다. 현은 막시민의 손끝에 볼품없이 구부러진 채 매달려 있을 뿐이었다.

"흠, 크흠. 시체를 먹고……"

뭔 말이 이렇게 쓸데없이 거창한지 모르겠지만 곧 죽을 마당인데 어색할 게 뭐 있겠나. 일단 하기로 했으니 끝까지 할 생각이었지만 어쩐지 점점 말이 빨라졌다.

"……자라난 아이들아 너와나는소멸되어야한다룬은……"

거기까지 말했을 때, 겉옷 안쪽에서 뭔가가 배어나왔다. 처음엔 검은 얼룩처럼 보였지만 옷감을 통과하며 부풀어오르더니 물방울처럼 맺히는 게 아닌가?

놀란 막시민은 황급히 겉옷을 젖혀보았다. 그러자 이미 구멍이 뚫린 하얀 꾸러미가 툭 떨어져 굴렀다. 이게 뭔가 생각하다가 한 박자 늦게 심의회장에서 프리실라가 주었던 꾸러미를 떠올렸다. 무심히 받아들고 안주머니에 쑤셔넣었던 작고 별 무게도 없는 주머니를 기억해내기엔 어제 하루 너무 많은 일이 있었다.

거기서 나온 저건 뭐지? 나한테 대체 뭘 준 거야?

검은 물방울은 계속 부풀어올랐지만 터지지도 흐르지도 않고 그냥 옷깃에 매달려 있었다. 막시민이 현을 쥔 손을 가까이 가져가자 그리로 훽 옮겨붙었다. 주먹보다 작던 물방울은 세 배로, 열 배로 커졌다. 너무 검다보니 덩어리가 아니라 허공에 난 검은 구멍 같기도 했다.

"지금 뭘 하시는 겁니까?"

마법일 거라고 생각한 로랑이 조심스럽게 물었지만 막시민은 대꾸할 수가 없었다. 그도 전혀 몰랐기 때문이다. 왜 손끝에서 떨어지지 않는지, 왜 스스로 뭉쳐지고 물결치는지, 이제부터 자신이 무엇을 해야 하는지도.

그때 머릿속 깊은 곳에서 정체 모를 영감이 섬광처럼 솟아올랐다. 이건 꼭 초콜릿 같지 않나?

막시민은 발끝을 뻗어 바닥에 떨어진 꾸러미를 툭 차보았다. 절그럭대는 소리와 함께 기계장치 부속처럼 생긴 것들이 튀어나오고…… 그는 한눈에 알아보았다. 왠지 백 년 전쯤으로 느껴지는 네나플 아랫마을 술집 구석 탐정 시절에 멀베리 파이크라는 인간한테서 입수했던 권총, 그것의 일부다.

그걸 빤히 보던 막시민은 기묘한 예감에 사로잡혀 말을 맺었다.

"……아이들만의 것이기에."

슈욱, 기묘한 바람소리가 울렸다. 마치 숨을 길게 빨아들이는 듯한 소리였다. 막시민은 초콜릿 덩어리를 보고 있었지만 로랑은 앞을 보고 있었기에 오히려 먼저 알아차렸다. 저만치, 약 열 걸음 앞으로 다가왔던 거대한 회오리바람이 부분적으로 흐트러지기 시작했다. 안쪽에서 새로운 흐름이 생겨나 바람기둥을 뚫고 나오려 했다. 잠시의 투쟁 끝에 승리한 그것은 기다란 덩굴손 같은 것을 뻗어내더니 막시민을 향해 쏜살같이 다가왔다.

로랑이 막시민의 앞을 막아섰다. 그러자 그 흐름은 두 줄기로 갈라지며 로랑을 피해 막시민의 손끝에 매달린 검은 초콜릿 덩어리를 향해 쇄도하고, 그대로 빨려들어갔다.

"흡!"

둔중한 충격이 막시민의 팔과 어깨를 뒤흔들었다. 다른 손으로 받쳐 지탱해보려 했지만 어림없었다. 휘청거리다가 뒤로 넘어지자 로랑이 달려가 뒤에서 몸을 떠받치며 팔을 붙들었다. 그러는 바람에 로랑도 눈앞에서 똑똑히 보았다. 막시민의 손에 매달린 검은 덩어리 속으로 빨려들어가는 회오리의 정체를. 그 속에 쇳조각 같은 것은 없었다. 그냥 작디작은 잔해들일 뿐인 그것은 그냥…… 모래바람이었다. 모조리 분쇄되어버렸단 말인가?

그러는 가운데 회오리 자체는 지붕에 가까워졌다. 강한 바람이 주변을 휩쓸자 기와들이 일제히 깨지며 날아올랐다. 그걸 본 로랑은 중대한 마법을 시전중인 마법사를 보호해야 한다고 판단했다. 기왓장 조각 하나라도 와서 부딪친다면 머리가 박살날지도 모르고, 그러면 마법을 망치겠지.

"……"

막시민을 둘러싼 허공에 흐릿한 결정 형태가 번져가기 시작했다. 남은 기력을 모조리 짜내느라 평소보다 느렸지만 어쨌든 되는 중이었다. 제 생존은 포기한 거나 다름없지만 당장 필요한 일은 하는 수밖에 없다.

초콜릿 덩어리 쪽으로 내용물이 뽑혀나가자 회오리는 둑이 터진 듯 뒤흔들리며 형태가 흐트러졌다. 일정한 방향을 잃고 미친듯이 날뛰는 힘에 사방의 건물이며 나무가 찢겨나갔다. 바람이 내는 굉음이 너무 강해 귀가 세상과 차단되자 막시민은 오히려 아무 소리도 들리지 않는 듯한 착각에 사로잡혔다.

아니, 들린다. 소리가 아닌 지워짐이.

갓 태어난 아이들아
세상은 너희 것이었다.
탐욕스러운 자들을
침묵케 하라.
영원히.

소음이 지워진 부분을 소리로 인지하는 것과 함께 소음 그 자체도 목소리임을 깨달았다. 수백만, 수천만의 입이 소리치고 있었다. 살려줘, 살려줘, 살고 싶어, 죽기 싫어, 살아야 해, 살 거야, 살아남고 말 거야……

점점 더 많은 것이 쏟아져나온 끝에 마침내 회오리는 갈기갈기 찢어졌다. 대부분은 초콜릿 속으로 빨려들어갔지만 일부 흩어진 것들은 저항했다. 저들끼리 모이고 뭉쳐지다가…… 쇳조각으로 변했다.

수십 개쯤일까? 멀찍이 떠서 결정 방벽 아래 누워 있는 두 사람을 굽어보는 것이 느껴졌다. 생각이라도 하듯 멈춰 있었다. 그걸 보며 로랑은 손을 뻗어 검을 잡긴 했지만 그뿐이었다. 검을 쓰긴커녕 일어날 기력조차 없었다. 약간 헛웃음이 나려 했다. 항상 아주 약간 모자라는 이유가 뭘까.

쇳조각은 오래 망설이지 않았다. 곧 그들을 향해 쇄도해왔다. 그때 곁에서 싸악 하는 익숙한 소리가 났다. 사람 하나가 뛰어들어 연달아 쇳조각을 베는 것이 결정 방벽 너머로 흐릿하게 비쳐 보였다. 잘린 조각이 결정 방벽에 연달아 부딪쳐왔다. 쨍!

혼자서 십여 개의 쇳조각을 모조리 베어 떨어뜨린 비비엔이 로랑에게 다가왔다. 한쪽 무릎을 꿇고 로랑이 다쳤나 먼저 확인하더니 얼굴을 들이대며 살짝 광기가 어린 눈빛으로 속삭였다.

"이 검 되게 좋네요. 아, 너무 탐나는데."

이어 막시민의 손에 매달린 검은 덩어리를 보더니 눈이 동그래졌다.

"그건 뭐예요? 썩은 호박?"

'썩은 호박'은 막시민의 겉옷으로 둘둘 말리고, 다시 비비엔의 겉옷으로 덮어씌워졌다. 직경 약 삼십 센티미터로 호박치고는 작았지만 무게는 대략 호박과 비슷한 정도로……

"썩은 호박 본 적 없으신 것 같네요."

막시민이 어쩐지 불쾌한 기색으로 내뱉었다. 호박이 썩는다고 이런 색깔이 될 리가 있냐고. 이래서 도시 출신들이란.

"없긴 해요. 그럼 뭐라 하죠?"

"초콜릿이라든가."

비비엔이 고개를 끄덕였다.

"그거 현대적이네요. 왠지 기분도 좋아지고."

네 사람은 마차를 타고 전이문이 있다는 씨앗의 예배당으로 가는 중이었다. 누군가가 버리고 달아난 마차가 좁은 골목 틈새에 끼여 있는 걸 말을 달래가며 끄집어내느라 시간이 많이 들었지만 마차는 꼭 필요했다. 마지막 결정 방벽을 만드는 데 모든 기력을 다 써버린 로랑이 몸을 가눌 힘도 없었기 때문이다.

루그란 거리는 텅 비어 있었다. 지나가는 사람은커녕 질서를 유지하러 나온 군인이나 공무원조차 없어 막 버려진 폐허처럼 보이는 풍경이었다. 거리 곳곳에 조금 전 회오리가 부순 잔해가 어지럽게 흩어져 있었다. 쉽게 옮길 수도 없을 무거운 돌들이 포석을 부숴놓았고 때로는 건물 옆구리나 낮은 지붕 같은 곳에 박혀 있기도 했다.

어딘가에 사상자도 있을 테지만 당장은 보이지 않았다. 어제 일로 대부분 집안에 숨어 있어서 다치지 않은 거라면 다행이지만 그뿐만은 아니리라. 막시민은 줄곧 마법사들을 생각하고 있었다. 그들은 아무도 돌아오지 않았다. 어디론가 도망친 걸지도 모른다. 마법사들은 순간이동 같은 걸 잘하니까. 그랬길 바란다. 물론 아니라 해도 그가 해줄 수 있는 건 없다.

그들 모두가 가루가 되어 이 시커먼 덩어리 속에 들어 있다 해도.

예배당에 도착하자 호박, 아니 초콜릿은 막시민이 옆구리에 끼었고 비비엔은 먼저 내려 예배당 주변을 정찰했다. 다비드가 막시민의 도움을 받아가며 로랑을 들쳐업고는 말했다.

"나 백 걸음 이상은 못 간다. 너 엄청 무거워. 내가 어제 한 번 업어봤지 않겠냐. 넌 기억 안 나겠지만."

그런 꼴로 겨우겨우 내려서 비척대며 예배당 안으로 들어갔다. 곧 비비엔이 뒤따라 들어와 다비드를 보더니 박수 치는 시늉을 해 보였다. 다비드가 어깨 너머를 턱짓하며 물었다.

"얘 조용한데 뭐해요?"

"쪽팔려서 자는 척하시는 것 같은데요."

막시민이 로랑을 보니 핏기가 없고 고개가 떨어진 것이 진짜로 의식이 없어 보였지만 비비엔의 표정을 보고 사정을 이해했다. 상황이 안 좋은 걸 뻔히 아니까 일부러 더 농담을 하는 것이다.

예배당 안에도 사람은 없었다. 그들은 좌우로 나란한 기둥들 사이를 걸어 제단 앞까지 갔다. 제단 뒤에 디미트리스가 말해준 아치가 보였다. 그곳이 전이문을 불러내는 장소였다.

로랑을 제단에 기대앉도록 내려놓은 다비드가 두루마리를 주섬주섬 꺼내들더니 막시민에게 물었다.

"마법사님이 하실래요?"

"아뇨."

마법사가 아니라는 둥, 이제 그런 소리도 시간 낭비였다. 마법이나 마법사를 뭐라 정의해야 할지는 모르지만 조금 전 막시민에게 벌어진 일을 달리 부를 말이 있을까? 지나가다 얻어걸린 이적?

아는 게 없고 할 줄 아는 것도 없다는 점은 여전히 똑같았으므로 이름을 받아들이고 말고가 중요한 것도 아니었다. 다비드는 이게 겸양일까 생각하며 눈치를 힐끔 봤지만 곧 두루마리를 짚어가며 가야 할 곳을 찾아냈다. 하이아칸. 다비드가 그 옆에 아름다운 장식 글자로 적힌 글귀를 가리키며 말했다.

"이걸 읽으면 된다더라고요."

본래 가려던 곳과 정반대 방향인 하이아칸이 목적지로 정해진 이유는 막시민이 쥬스피앙을 찾아가야겠다고 마음먹었기 때문이다. 다비드와 비비엔도 로랑에게 의사가 필요한 지금 상대적으로 안전할 것 같은 나라가 나은 선택이라 생각했다.

"그런데 이게, 하이아칸의 어디쯤으로 가는 겁니까?"

막시민의 질문에 다비드가 어깨를 으쓱해 보였다.

"그야 모르죠. 음, 글귀를 보니까 바다 위에 떨어지진 않을 것 같네요. 그럼 갑니다."

하긴 그게 어디였든 루그란에는 한시도 더 머물고 싶지 않았다. 다들 고개를 끄덕이자 다비드가 글귀를 읽었다.

"푸른 바다가 내다보이는 흰 언덕 위에 한 그루 레몬나무가 자란 곳."

직후, 그들은 눈앞이 한 차례 흔들리는 것을 보았다. 지난번의 경험이 있어서 전이문이 나타났음을 알아차린 그들은 서로 눈짓을 주고받았다. 비비엔이 말했다.

"위험할지도 모르니 제가 먼저 가겠습니다. 조금 기다렸다가 따라오세요."

"마담도 조심하세요."

비비엔이 먼저 사라지자 다비드는 막시민의 도움으로 다시 로랑을 들쳐업더니 말했다.

"저희가 먼저 가죠."

"제가 먼저 가는 게 나을 것 같은데요."

사람을 업고 가는 다비드에게 돌발 상황에 대처할 능력이 있진 않을 듯했다. 그러나 다비드는 고개를 젓더니 평소와 다른 어조로 말했다.

"보아하니 이 끔찍한 상황에서 뭘 해낼 힘이 있는 건 리프크네 씨밖에 없는 것 같네요. 그러니 살아남으셔야죠."

어제까지만 해도 애써 농담을 하며 분위기를 풀어보려 애쓰던 다비드의 입에서 그런 말이 나오자 막시민도 대꾸할 말을 찾지 못했다. 다비드와 로랑이 먼저 사라지고, 혼자 남은 막시민은 전이문을 노려보고 있다가 손에 든 꾸러미를 내려다보았다. 기껏 두 겹으로 쌌는데 어느새 겉옷에 거무스레한 얼룩이 번져가는 중이었다.

이것은 무엇일까.

한 도시를 부술 기세였던 거대한 규모의 변종 프시키들을 빨아들여 녹여버린 이 검고 끔찍한 덩어리는 뭘까.

왜 그런 것이 그의 손에 있을까.

14

장

REPRIEVE

비 오는 밤의 손님

하이아칸 앞바다에 솟은 블루코럴섬은 쾌적한 날씨로 이름난 휴양지였다. 크지 않은 섬의 중심가에는 좋은 식당과 의상실 같은 고급스러운 상점도 즐비했다. 그중 하나인 미랭게트 의상실의 수석 재봉사 리체 아브릴은 사흘째 야근중이었다. 밖에서는 겨울비가 부슬부슬 내렸다.

몇 년 전만 해도 의상실의 막내였던 리체가 단 세 명뿐인 수석 재봉사 자리에 오르게 된 데는 각가지 우여곡절이 있었다. 그중 가장 직접적인 원인을 찾자면 최근 미랭게트의 가장 큰 고객 중 하나인 어느 귀족일 것이다. 그 사람은 오직 리체가 만든 옷만 찾으면서 디자인까지도 리체가 직접 해야 한다는 조건을 달았다. 업계에서 널리 지켜지는 원칙에 따르자면 디자인은 의상실의 대표인 미랭게트 선생, 또는 수석 재봉사들만 할 수 있었다. 원칙을 바꾸든가 고가의 의뢰를 거절하든가, 두 가지 길밖에 없는 상황에서 두어 번의 예외를 두던 미랭게트 선생도 결국 결정을 내릴 수밖에 없었다. 그간 리체가 디자인한 옷들이 뛰어났다는 것도 과감한 결정을 내리는 데 한몫했다.

평균적으로 이십 년쯤은 경력을 쌓아야 오를 수 있는 자리였기에 고작 열아홉 살짜리 수석 재봉사의 존재는 널리 이야깃거리가 되기에 충분했다. 동시에 유명세를 타기에도 좋았다. 그후로 미랭게트 의상실에는 나이 어린 신입이 유난히 몰렸고, 호기심에 새로 의뢰하는 귀족도 늘었다.

반면 나쁜 소문도 눈덩이처럼 불어났다. 예쁜 얼굴 덕택에 얻은 자리라더라, 미랭게트 선생에게 아첨을 그렇게 잘한다더라, 선생의 숨겨둔 딸이라더라, 실은 어느 귀족이 낳은 사생아여서 뒷배를 보아준다더라…… 그중에서도 가장 참을 수 없는 소문은 문제의 고객과 사귀는 사이라는 헛소리였다. 상대방은 리체보다 스무 살이나 많았다!

하지만 리체가 뭐라 해명하든 악의적인 소문을 깔끔하게 잠재울 방법은 없었다. 그건 근거가 아니라 질투가 낳은 것이었기 때문이다. 자존심만 생각하면 수석 재봉사고 뭐고 당장 그만둬버리고 싶지만 현실적으로 미랭게트를 나가면 이만한 일자리를 얻을 방법이 없었다. 그런 소문이 난 리체를 받아줄 다른 의상실을 찾기도 쉽지 않을 테고, 재봉일이 아니라면 이런 큰돈을 벌 방법도 없다.

수석 재봉사가 된 뒤로 열 배로 오른 급료만이 이 역겨운 상황에서 유일한 위안이었다. 그 돈으로 얼마 전에 이사도 했고, 동생도 괜찮은 학교에 보내고 있다. 리체만큼 돈을 버는 열아홉 살은 블루코럴섬 전체를 뒤져봐도 찾기 힘들 것이다. 그저 눈도 감고 귀도 막고 계속 일하는 것만이 최선이겠지.

"수석 재봉사님, 나 그만 퇴근해야 할 것 같은데. 혼자서 괜찮겠어?"

"저도 한 시간이면 끝날 거예요. 먼저 가세요, 선배."

"응, 비 오는데 이따 조심해서 들어가고."

경칭에 반말이라는 기묘한 대화는 상대가 선배고 나이도 많은데 직위는 리체가 높은 상황을 나름대로 정리한 결과였다. 미랭게트 선생이 있을 때는 깍듯하게 존대를 해야 하지만 선생이 없을 땐 평소대로 해달라고 리체가 먼저 부탁했다. 그나마도 친한 선배들이나 이렇게 해주었지, 몇 사람은 비꼬듯 존대를 하는 걸로 저들의 불쾌한 심기를 표현하곤 했다. 대화로 풀어보려 몇 번 노력해보았지만 결국 포기하고 미움받는 존재로 살아가는 법을 익히는 수밖에 없었다.

마지막 남은 선배 재봉사까지 떠나자 혼자 남은 리체는 스케치와 옷본을 점검한 다음 옷감을 고르러 갔다. 다른 수석 재봉사들은 이럴 때 심부름할 직원을 한 명쯤 곁에 둘 테지만 리체는 아직 그런 것이 서툴렀다. 남한테 정확하게 명령하는 것도 힘들고, 시킨 대로 안 되었을 때 성질을 눌러가며 타이르는 것도 힘들었다. 실수를 안 할 만한 직원은 다들 선배고, 어린 직원들은 늘 실수 연발이고, 어느 쪽에게든 버럭 소리치며 닦아세울 깜냥이 안 되니 그냥 직접 하는 쪽이 속 편했다.

1층 창고에서 옷감 몇 장을 잘라내어 둘둘 말아 옆구리에 끼고 2층으로 돌아가려 했을 때였다. 창문 너머에서 시선이 느껴져 돌아보자 누군가가 안쪽을 보고 있었다.

누구지?

불이 꺼진 1층은 어두웠다. 리체가 든 기름 램프와 2층에서 흘러내려온 흐릿한 빛뿐이었다. 빗줄기 때문에 창도 흐렸다. 아마 저쪽도 리체가 잘 보이지 않았을 것이다. 리체는 얼른 고개를 돌리고 계단을 올라갔다. 거리가 어두워진 시각에 불 켜진 집안을 들여다보고 선 사람한테 여자가 혼자 일하고 있는 걸 보여줘서 좋을 일은 없었다.

2층 작업실으로 돌아온 리체는 작업대에 옷감을 펼쳐놓고 만지작거리다가 고개를 갸웃했다. 혹시 무슨 용건이라도 있었던 건 아닐까. 그렇다면 문을 두드리거나 벨을 울릴 것이지 왜 그냥 창밖에 서 있담.

그런데 그 실루엣, 어딘가 낯익었는데.

좀더 기다려도 문 두드리는 소리는 나지 않았다. 그냥 가버렸겠거니 싶었지만 괜히 뭔가가 마음에 걸렸다. 그렇다고 확인하러 도로 내려가고 싶진 않았다. 리체는 2층 안쪽의 불 꺼진 상담실을 떠올렸다. 골목 쪽으로 난 쪽창을 열면 그 사람이 서 있던 곳이 살짝 보일 것이다.

상담실로 들어가 불을 켜지 않은 채로 쪽창을 밀어 열자 차가운 빗방울이 섞인 바람이 훅 들이쳤다. 고개를 내밀어봤지만 창문 앞에는 예상대로 아무도 없었다. 역시 가버린 것이리라. 한숨을 내쉬며 창을 닫으려 하는데 거리 건너편에 우뚝 서 있던 그림자가 움직였다. 한 남자가 불 켜진 2층 창문을 올려다보고 있었다. 우산도 없이, 이 계절에 어울리는 코트도 없이.

"……"

리체도 그를 바라보았다. 하필 가로등과 가로등 사이여서 윤곽 말고 보이는 건 거의 없었다. 치마를 입지 않았으니 남자겠구나 하는 정도만 알았다. 왜지? 이렇게 비 오는 날, 지나가다 말고 의상실 같은 곳을 올려다보고 있을 이유가 있을까.

어쩐지 오싹해진 리체가 그만 창을 닫으려 했을 때였다. 남자가 몸을 돌리더니 거리 저편으로 걸어내려갔다. 가는 걸까? 리체의 마음이 바뀐 건 그 남자가 안경을 벗어 옷깃에 닦던 순간이었다.

"저기!"

상대에겐 들리지 않았을 것이다. 리체는 창 닫는 것도 잊고 잰걸음으로 아래층으로 내려갔다. 문가에 걸어뒀던 망토를 휙 두르고 커다란 우산 하나만 집어들고 밖으로 뛰어나갔다. 철벅이는 소리를 내며 거리를 따라 가 남자를 따라잡았다. 정확히는 앞질러가서 돌아섰다.

"……막시민?"

멈춰 선 막시민은 리체를 물끄러미 보다가 인상을 찌푸리며 한숨을 뱉었다.

"아, 봤으면 갈걸. 쓸데없이 더 있어가지고."

상담실 테이블에 놓인 찻잔에서 김이 올랐다. 젖으면 곤란한 소파 대신 나무의자를 끌어다놓고, 그 위에 리체가 꺼내준 수건을 깔고 앉아서 남은 수건을 머리에 덮어쓴 막시민은 차를 한 모금 마시더니 부르르 떨면서 불평했다.

"여기도 겨울 날씨는 영 꿀꿀하네. 어쩐지 귀족들이 여름에만 오더라."

"그런 것도 모르고 그 꼴로 왔니? 맨날 입고 다니던 코트는 어쩌고?"

"그거라면 태워먹었다."

태연한 대꾸에 리체만 기가 막힌 표정이 됐다.

"태웠다고? 대체 무슨 짓을 하고 다니는 거야? 여긴 또 어쩌다가 왔고?"

"볼일은 없었다고 말했잖냐. 그냥 지나는 길에 잘 있나 살짝 보고 가려 했던 것뿐이야."

한때는 목숨걸고 함께 도망다니던 사이였지만 이제 다 지난 일이었다. 그들 사이에 남은 볼일은 없었다. 피차 국적도 다르고 집도 멀고 생업도, 앞으로 이어가야 할 삶도 무관하다. 있다면 옛친구로서 공유하는 약간의 추억담 정도.

다 알지만, 약간 서운해지려는 감정을 재빨리 누르며 리체가 말을 이었다.

"애초에 하이아칸에는 뭐하러 왔는데?"

"그냥 지나가는 길이라니까."

"말 되는 소리 좀 할래? 어딜 가는데 여기가 지나가는 길이야? 바다 한가운데 빠지러라도 가니?"

"글쎄다. 그것도 괜찮았겠는데."

뜬구름 잡는 대답에서 수상쩍은 느낌을 감지한 리체는 옛친구의 옷차림을 다시 훑어봤다. 셔츠, 조끼, 크라바트와 모직 재킷은 모두 질 좋은 옷감에 재봉 상태도 수준이 높았다. 비에 젖고 구겨져 엉망이긴 했지만 그렇다고 최고급 의상실의 재봉사인 리체의 눈을 속일 순 없었다. 예전의 막시민이라면 일부러 사다 안겨줘도 이렇게 갖춰 입게 만들기 힘들었을 것이다. 그렇다면 그에게도 평소와 다른 일이 벌어진 것이 틀림없었다. 그게 좋은 일이든 나쁜 일이든.

그리고 말투도 어딘가 딱 집어 말할 순 없지만 평소와 달랐다. 전처럼 퉁명스럽게 말하려고 일부러 애쓰는 느낌이었다.

"바다에 가고 싶었으면 여름에 왔어야지 겨울에 무슨 헛소리야. 그리고 네냐플 개학할 때 안 됐어?"

"어, 나 이제 네냐플 안 다녀."

그 목소리에서 한번 더 심각함을 감지한 리체가 천천히 미간을 찌푸렸다.

"왜?"

막시민은 차를 마시며 말이 없었다. 리체를 못 본 지도 어느덧 이 년. 그간 자신에게 일어난 일들을 한두 마디로 설명하기란 불가능했다. 최근 두 달 동안 있었던 일만 해도 밤을 새워야 할 판이다. 그리고 그걸 리체가 다 알아야 할 필요도 없었다. 하이아칸은 아직 별일 없는 것 같았으니까. 왜 여기까지 왔을까. 오를란느인들과 함께 여관에 조용히 있었어야 했는데. 옛친구랍시고 찾아와서 귀찮게 굴고 있을 뿐이잖아. 퇴근 시간을 훌쩍 넘긴 밤중에, 작업대에는 하다 만 일거리가 흩어져 있는 애한테.

괜히 이런 말이 나왔다.

"넌 별일 없이 잘 지낸 것 같네."

그 말이야말로 리체의 신경을 건드렸다. 비 맞으며 나타난 친구의 사연보다야 나을지 몰라도 리체에게도 별별 일이 다 있었는데 마른 옷 입고 따뜻한 실내에 있었다는 이유로 이런 소릴 들어야 하다니.

"그래, 아주 잘 지냈지. 승진도 하고, 돈도 잘 벌고, 인생이 탄탄대로야. 열심히 살았거든."

"그거 잘됐네."

"그러는 넌? 그간 뭘 하고 지냈기에 사 년 전이나 지금이나 똑같이 노숙자 꼴로 불쑥 나타나는데? 그 좋은 학교를 들어갔으면서 인생이 하나도 안 나아졌니? 나한테는 잘난 체만 하던 주제에 양심이 있으면 좀더 잘살아야 하는 것 아니야?"

막시민이 네냐플에 입학해서 어떻게 지냈는지 그런 건 모른다. 명문 학교라니까 뭐 열심히 공부라도 하면서 지내겠지 하고 막시민한테 어울리지도 않는 상상을 했었다. 어차피 소식도 모르는데 그 편이 마음 편하니까.

편지를 쓴 적이 있긴 했다. 답장은 한 번만 왔지만. 학교에서 연말쯤 재학생들에게 뿌린 듯한 엽서에 성의 없이 세 줄 정도 끼적였을 뿐이었지만. 그땐 오히려 안심했다. 사람은 갑자기 바뀌지 않는다. 바뀔 일이 없을 인생이라면 잘 지내고 있는 거겠지. 지금도 마찬가지다. 소식도 없다가 갑자기 나타난 주제에 뻔뻔스럽게 "별일 없이 잘 지낸 것 같네" 같은 소리나 툭 뱉는 것까지도.

그때 막시민이 고개를 들어 리체를 봤다. 나온 말은 예상과 전혀 다른 것이었다.

"그러네. 그거 미안하게 됐다."

리체는 말문이 막혀 막시민의 얼굴을 보았다. 한때 청부 암살자에게 쫓겨 달아났었고 죽었는지 살았는지 모를 친구 곁도 함께 지켰던 리체는 막시민의 다양한 표정을 알았다. 평소 시큰둥하거나 시건방진 무표정으로 일관하는 그의 얼굴이 다급할 때, 걱정할 때, 두려워할 때, 죄책감을 느낄 때, 상처 입었을 때 어떻게 조금씩 달라지는지 알고 있다.

리체는 갑자기 벌떡 일어나 상담실을 나갔다. 잠시 후 반쯤 남은 포도주 한 병과 잔 두 개를 가지고 돌아오더니 술을 약간 따라 막시민 앞으로 밀었다. 막시민의 표정을 다시 살핀 리체가 만족한 듯 한쪽 입꼬리를 올렸다.

"내가 너 다루는 법은 좀 알지."

약 반시간 뒤, 둘은 포도주 반병을 다 비우고 새 병을 하나 더 따서 거의 다 마셨다. 물론 대부분은 막시민이 마셨지만 리체도 두 잔 정도는 마셔서 얼굴이 발그레했다. 막시민이 남은 술을 마저 따르며 무심결에 병 바닥을 톡톡 치자 리체가 다시 한 병을 더 꺼내왔다. 막시민이 감탄한 얼굴을 했다.

"여기 의상실인 줄 알았더니 어디서 좋은 술이 계속 나오는 거냐?"

"어, 너 같은 촌뜨기는 상상도 못할 고오급 의상실의 세계다. 어쩔래."

"그나저나 이렇게 막 꺼내 마셔도 되는 거냐?"

"너 철들었다? 그런 걱정을 다 하고."

막시민은 다시 한숨에 반잔쯤 마신 다음 대꾸했다.

"나 예전부터 그런 건 잘 알았어. 공짜나 호의의 한도 같은 거."

그렇게 말하는 막시민의 얼굴은 아까보다 긴장도가 낮아져 한결 보기가 나았다. 리체는 맞은편에 앉는 대신 테이블에 비스듬히 기대며 거만한 표정을 지어 보였다.

"공짜의 범위도 사람에 따라 달라지는 법이지. 나 이래 봬도 여기 수석 재봉사야."

막시민은 잠시 의아한 눈빛으로 쳐다봤지만 곧 고개를 끄덕거렸다.

"승진했다더니 진짜였냐. 뭔지 정확히는 모른다만 좋은 건가보네."

"그럼. 옷은커녕 손수건 한 점도 안 살 것 같은 손님한테 포도주 세 병 정도는 먹여 보내도 지장 없는 분이시지."

“와, 이런 분과 알고 지내게 되다니 제 거지같은 인생도 가치가 전혀 없지는 않았네요.”

겨우 예전처럼 농담을 주고받게 됐다 싶어 조금 마음이 놓였지만 ‘거지같은’이라는 말만은 마음에 걸렸다. ‘시골 거지’ 같은 소리는 예전에도 곧잘 했지만 지금처럼 비하하는 느낌은 없었던 것 같았다.

“그래그래. 알았으면 그간 무슨 거지같은 일을 겪었는지 고백해서 술값을 치러야 하지 않겠니?”

테이블을 돌아 곁으로 간 리체가 짓궂게 손을 뻗어 어깨를 토닥여주는데 막시민이 움찔하는 게 느껴졌다. 리체도 놀라 손을 멈췄다. 기묘한 기류 속에서 침묵이 흐르고 막시민은 입술을 꽉 깨물었다가, 숨을 크게 들이쉬었다가, 멈췄다가, 결국 안경을 벗어 놓아버리고 팔에 고개를 묻으며 엎드렸다. 느리게 등이 물결쳤다.

“……”

리체는 얼어붙은 것처럼 친구의 등을 내려다보고 있었다. 다시 손을 대야 할지 그대로 둬야 할지 판단이 서지 않았다. 함께 모험하던 시절에 그들 또래가 겪을 만한, 아니 겪을 법하지 않은 고난도 다 겪어봤다고 생각했다. 그때도 막시민은 이런 적이 없었다. 속으로는 어떠했든 겉은 굳세게 지키던 녀석이었다. 시니컬한 비웃음만 머금은 채 공포도, 조바심도,

절망도 다 버티었다.

그런 애한테 무슨 일이 일어난 것일까.

한참 동안 그렇게 있다가 이윽고 리체는 어떤 판단도 내리지 못한 채 친구의 등에 손을 얹었다. 빗물에 젖은 축축한 재킷 아래로 온기를 느끼며 생각했다. 어쩌면 내색하지 않고 버티는 건 성숙함의 표지가 아닐지도 모른다고.

나직하게 말했다.

“철이 들긴 했나봐. 너도, 나도. 난 안 울게 되고, 넌 울게 되고. 어쩌겠니. 인간이란 그렇게 양말처럼 뒤집혀봐야 하는 걸. 아무리 버텨도 그런 날이 꼭 오고야 말더라.”

지붕을 후둑거리며 때리는 빗소리만 울렸다. 어쩜 훌쩍이는 소리도 안 내는지. 사내애들이란. 리체는 마치 평소의 막시민처럼 쓴웃음을 지은 채 품에서 손수건을 꺼내 얼굴 밑에 꾹꾹 쑤셔넣으며 말했다.

“그래도 내가 너보다 낫지. 적어도 이건 손수건이잖니?”

그 말을 해서일까, 생각이 사 년 전 어느 날로 날아갔다. 고요하고 절망적이었던, 아주 약간의 희망뿐이었던 겨울로. 아까부터 무슨 말을 할까, 무슨 말을 해야 이렇게밖에 털어놓지 못하는 친구의 절망을 뚫고 들어갈 수 있을까 수없이 생각하던 리체는 스스로 의식하지도 못한 채 입을 열었다.

“나도 네가 모르는 얘기 해줄까. 조슈아가 말이야…… 여기 온 적이 있었어. 길 건너편에서 이쪽을 올려다보고 있었지. 아까 너처럼. 너희 둘은 그런 것까지 쓸데없이 닮아서는. 하긴 걔는 낮에 왔지만. 난 안 나가려 했는데 말이야."

문득 손이 떨렸다. 그래도 말을 이었다.

"여전히 빌어먹게 예쁘더라. 정말 화가 나더라고. 그 정도 시간이 지났으면 남처럼 보일 수도 있잖아. 나랑 상관없는 사람으로. 치수 재고 가봉할 때 말고는 가까이서 볼 일도 없는 귀족 나리로. 그런데 아니더라고."

괜히 눈이 뻑뻑해져서 몇 번 깜빡였다. 입술을 짓씹어가며 쓸데없이 생생하게 떠오르고 만 영상을 지우려 애썼지만 부주의하게도 입 밖에 내버린 탓에 잘 되지 않았다. 아무 장식도 없는 검은 옷에 검은 모자를 쓰고서 모자 밖으로 흘러내린 회색 앞머리를 자꾸만 만지작거리며 서 있던…… 리체와 상관없는 남자의 얼굴 뒤에서 뭔가가 반짝거리고 있었다. 건넛집 유리창에서 반사된 햇빛이었나.

그때 막시민이 말했다.

"야, 그만 좀 눌러."

저도 모르게 막시민의 등을 꾹 누른 줄도 모르고 있었다. 리체가 흠칫하며 손을 떼자 막시민이 잠긴 목소리로 물었다.

"그 자식이 찾아왔었어? 혼자? 그래서?"

최초의 목적은 이룬 듯했다. 하지만 누구에게도 영원히 하지 않으려던 말을 입 밖에 내버리는 바람에 이쪽이 입은 상처가 더 큰 기분이었다. 리체는 애써 고개를 흔들어버린 다음 새침하게 내뱉었다.

"그래서 뭐? 그게 끝이야."

"끝이라니? 안 만났다는 거냐?"

"몰라. 내가 너한테 이런 얘기 다 해줄 필요 없잖아?"

막시민은 긴 한숨을 내쉬었다. 이어 리체의 손수건으로 천천히 얼굴을 닦더니 뻔뻔스럽게 고개를 들고 리체를 봤다. 눈가가 벌겋고 얼굴은 달아오른 채로. 그리고 그건 리체도 마찬가지였다. 몰아치는 감정을 한 조각도 감추지 못한 둘은 사회적 껍질이 모조리 벗겨진 적나라하게 못난 얼굴로 서로를 쳐다봤다.

막시민이 먼저 말했다.

"어휴, 진짜 꼴사납네."

"뭐? 넌 아닌 줄 알아?"

"나도 내 얼굴 어떤지 알거든?"

"응. 완전 불어터진 고구마 같다."

막시민이 자기 얼굴을 쓰다듬더니 태연하게 눈썹을 올려 보였다.

"야, 내가 시골뜨기 전공자로서 말하는데 고구마는 불어터지지 않아."

조금 후 리체의 입에서 웃음이 터졌다. 웃는지 우는지 모를 표정으로 리체가 키득거리는 동안 막시민은 리체가 새로 가져온 포도주 병을 천천히 따서 리체의 잔도 채우고 자기 잔에도 더 따랐다. 너무 많이 따른다 싶어 리체가 제지하자 멈추긴 했지만 후회하는 기색은 없었다.

"너나 나나 술 처먹고 할 만한 얘기밖에 안 남은 거 같아서 말이야. 그래, 나부터 한다. 나 말이야. 네냐플 문도 닫았고, 이 세상 문도 닫아버릴 예정이야. 왜 하필 나 같은 놈한테 이런 일이 생긴 건지는 전혀 모르겠고 화가 나서 아무나 흠씬 패주고 싶은데 그럴 상대가 없어서 약간 미칠 것 같고 그렇다."

막시민은 넘치도록 따른 술을 다 마시며 그가 네냐플을 떠나게 된 사연, 켈티카에서 지낸 이야기, 심의회에서 있었던 일, 마지막으로 루그란에서 목격한 탑의 붕괴까지 말해주었다. 다만 리체가 지나치게 공포에 사로잡힐까봐 쇳조각이 벌인 살육의 규모는 적당히 줄였고 사라져버린 마법사들에 대해서도 말하지 않았다.

그렇게 전이문을 통과해보니 하필 블루코럴섬이었고, 로랑의 상태가 여전히 좋지 않아 오늘밤은 여관에서 쉬기로 했고, 얌전히 자고 일어나 떠나면 될 걸 여기까지 왔는데 리체가 잘 있나 조금은 궁금했고……

"그래서 내일은 쥬스피앙 그 양반을 찾아가려는 거야. 집에 계신지는 모르겠다만 뭐, 달리 누구하고 의논해야 할지도 모르겠고."

심각한 소식에 긴장했던 리체도 쥬스피앙의 이름을 듣자 조금 얼굴이 펴졌다.

"좋은 생각 같아. 그 아저씨라면 뭐라도 해주겠지. 그런데 그 집에 들어가기가 좀 까다롭지 않았어?"

"그놈의 돌덩이를 못 찾으면 근처 들판에서 얼씬대보려고. 대마법사라면 자기 구역에 수상쩍은 게 굴러들어왔을 때 뭐라도 느끼지 않을까. 아, 그 들판 진짜 싫은데. 이런 일만 아니었으면 죽을 때까지 안 갔을 텐데."

막시민이 몸을 뒤로 젖히며 천장을 올려다봤다. 리체도 무슨 뜻인지 알았기에 고개만 끄덕거리며 제 술을 조금 홀짝였다. 그러다가 말했다.

"너도 가만 보면 참 이상한 애야. 항상 예고도 없이 거대한 문제를 갖고 들이닥치더라. 내가 작고 귀여운 내 일상을 지켜보겠다고 버둥대고 있을 때 말이야. 너 그때 노을섬 언덕에서 내가 했던 말 기억나?"

묻긴 했지만 기억하리라 기대하지 않았기에 이어 말하려는데, 대답이 들렸다.

"이제 걸레 자루 같은 건 휘두르지 않겠다며. 좋은 생각이야. 넌 그냥 여기서 네 인생 살면 돼. 거창한 문제는 대마법사나 그런 분이 알아서 해결하시겠지.”

리체가 쥬스피앙의 이름을 듣고 안심하는 것처럼 보이기에 한 말이었다. 하지만 막시민은 쥬스피앙도 이 문제를 해결할 수 없다는 걸 안다. 이 문제를 해결할 사람은 한 명뿐이고, 얼마 안 가 사람들은 그애를 찾으려 하겠지……

그때 리체가 불쑥 물었다.

“근데 너, 켈티카에서 같이 지냈다던 애 말이야.”

막시민은 이스핀이 오를란느 공녀라는 이야기를 하지 않았다. 리체에겐 약간 신비한 힘을 갖고 있어서 문제의 조짐을 일찍 알아챈 애 정도로 들렸을 것이다. 그러니 굳이 집어서 물어볼 줄은 몰랐는데.

하지만 이어질 말은 더더욱 몰랐다.

“좀 귀여운 애지?”

막시민은 순간 삼키던 술이 목에 걸렸다. 꾹 눌러 참던 기침이 결국 터지자 리체가 관대하게 등을 두드려주며 말을 이었다.

“내가 정곡을 찔러서 놀란 건 알겠지만 그렇게 클래식한 반응을 보일 것까진 없잖니.”

“……넌 대체 뭔 소릴 하는 거야. 밑도 끝도 없이.”

“너는 예전부터 꼭 너만 똑똑한 줄 알더라. 네가 하는 설명을 내가 하루이틀 들어본 줄 알아?”

함께 다니던 시절에 입만 열면 술술 나오는 막시민의 궤변이며 장광설이며 때로는 터무니없는 요약이나 왜곡까지, 리체는 충분히 들어봤다. 그렇기에 어느새 알게 됐다. 막시민이 하는 설명은 중립적인 경우가 없었다. 늘 교묘하게 방향성이 있는 편이다. 진실은 진실이되, 자기가 원하는 결론을 상대도 받아들이게 하려는 의도에 따라 조금씩 늘어나고 휘어지고 꼬인다. 듣는 사람은 의식도 못한 채 휘말리기 딱 좋은 화술이다.

그런데 지금 리체는 그 일과 관련이 없는 사람이었다. 그럼에도 불구하고 막시민의 뛰어난 화술은 자연스럽게 의도를 섞어넣었고, 그 결과 무심히 듣던 리체에게는 아무 이해관계가 없는 사람을 설득하려 애쓰는 수상한 정보값이 감지되었던 것이다. 그러니까 아무런 잘못도 없는 애가 부당한 상황에 휘말려 있다 그거지. 그애를 어떻게든 도와주고 싶은 거지. 게다가 그걸 감추지도 못할 정도네.

웃음을 참기 힘들어진 리체가 막시민을 봤다.

"요즘 우리 의상실에도 어린애들이 많이 들어오거든. 눈 반짝반짝하면서 뭐든 배우려고 하는 게 얼마나 귀여운지 몰라. 막 잘해주고 싶고, 그래서 그런가 상상이 아주 잘되네?"

막시민은 뭔가 반론하려 했지만 마땅치 않았는지 쓸데없는 점을 지적했다.

"뭔 소리야. 걔 너랑 동갑인데."

"아아, 그래? 더 잘됐는데? 아하, 그럼 너랑도 동갑이겠구나? 으응, 같이 일하면서 되게 재밌었겠다. 가만히 보니까 여자애를 사람 취급하는 법도 좀 배운 것 같은데 혹시 걔가 가르쳐줬나?"

그러면서 막시민의 얼굴을 들여다보려 했으므로 막시민은 엉뚱한 천장 구석의 몰딩을 유심히 쳐다보며 말했다.

"너 취했냐."

"네가 취했겠지. 난 고작 세 잔 마셨어."

"내가 이거 마시고 취하겠냐. 지금은 그럴 정신도 없다."

하지만 실은 둘 다 취기가 도는 게 맞았다. 리체가 턱을 괴며 중얼거렸다.

"엄청 귀여울 것 같은데 언제 만나고 싶다. 나랑 친구하게."

"넌 왜 자꾸 이상한 확신을 하는데? 본 적도 없는 사람을 놓고."

"넌 왜 계속 사람을 바보 취급하니? 막시민 리프크네, 네 성질머리에 아무나 그렇게 애틋하게 봐줄 것 같아? 옛날 친구 우습게 보다가 큰코다치거든?"

말을 가다듬을 맑은 정신이 없다보니 제정신으로는 선뜻 못할 말도 멋대로 튀어나왔다. 그리고 막시민도 평소와 달리 유창하게 반박하지 못했다. 평소라면 코끝으로 비웃었을 말들조차 마음 한구석을 자꾸 건드려서였다.

아마 약해져서일 것이다. 지난 이틀간 본 끔찍한 참상이 순간순간 눈앞으로 뛰어들 때마다 눈을 감아버리고, 기억하고 생각하는 능력조차 촛불처럼 꺼버리고 싶다. 그는 두려웠다. 두려움과 걱정으로 일생 어느 때보다도 약해진 나머지 겨우 술의 힘을 빌려 평소의 모습을 유지하려 애쓰는 자신이 생생히 느껴졌다. 자아의 장벽이 너무 얇아져서 진실을 적절히 포장할 힘조차도 부족해 감췄던 온갖 이야기가 날것 그대로 튀어나올 것만 같다. 마땅히 도울 능력도 없고 도와주기엔 너무 강하지만 달리 누구도 도와줄 수 없을 애가…… 혼자라는 걸 알아서 참을 수가 없다고. 그애 하나 때문에 온 세상이 불합리한 것만 같다고.

미간이 점점 더 찡그려졌다. 결국 막시민이 내뱉었다.

"어차피 못 만나. 걔 바빠서 나도 다시 만날 수 있을지 모른다고."

그 말에서 뭔가를 느낀 듯 리체가 놀려대기를 멈췄다. 친구의 연애사를 놀려대는 것도 헤어지지 않았을 때까지가 아니겠는가. 기회를 놓치지 않고 막시민이 말을 돌렸다.

"그럼 이제 네 얘기 해봐."

"무슨 얘기?"

"어, 구질구질하게 땅 파는 얘기 그거. 나나 들어줄 얘기."

리체가 샐쭉하게 입술을 오므렸다.

"뭘 더 말해. 그게 단데."

"웃기지 말고 끝까지 말해. 그 자식이 진짜로 그냥 갔으면 내가 가서 패줘야 하니까."

"뭐하러? 그럴 필요 없어. 잘된 일이야. 나만 내 주제를 되찾으면 돼."

막시민이 몸을 돌리며 리체를 쏘아봤다.

"넌 대체 뭐가 문젠데?"

"문제라니?"

"내 말은, 문제가 없다 그거야. 넌 뛰어난 애잖아. 우리 두 얼간이를 합친 것보다 나은데, 근데 왜 그러냐고. 왜 지레 겁이나 집어먹고……"

리체가 말을 잘랐다.

"그만 얘기해. 너한테 이런 말 듣고 싶지 않아. 아니, 아무한테도 듣고 싶지 않아. 그러니까 말하지 마. 거기까지만."

"아, 진짜……"

막시민이 빈 의자 다리를 한 대 걷어차더니 리체를 향해 돌아앉았다.

"야, 내가 니들을 하루이틀 봤냐? 아니면 내 눈은 옹이구멍이야? 그래놓고서 그 자식이 여기까지 널 보러 왔다가 결판도 못 내고 어물어물 도로 갔단 소리를 듣는데 내가 열불이

나겠냐, 안 나겠냐? 겁쟁이 같은 게 못나빠져가지고, 그딴 자식이 예쁘긴 어디가 예쁜데? 그런 걸 내가 친구라고, 다음에 만나면 쟁기 자루가 부러지도록 때려야겠어!"

리체도 지지 않고 막시민이 앉은 의자 다리를 걷어찼다.

"닥쳐. 내가 찼거든?"

눈이 마주쳤다. 잠시 둘 다 말을 잇지 못했다. 리체는 상기된 얼굴로 입술을 앙다물었고, 막시민은 한쪽 눈썹을 구긴 채 기가 막힌 얼굴이었다. 어지러운 머릿속에서도 차츰 조각이 맞춰져갔다. 그 자식은 그래놓고 아무 말도 안 했겠다. 차마 말을 못한 거였으려나. 그게 언제였을까? 아니, 안 들어도 알 것 같다. 보나마나 그놈의 연극 시작하기 전이겠지. 동아리에 살짝 미친 추종자들이 생겨났던 이유도 잘 알겠네. 난생처음 깔끔하게 차여서 자존감이 무너져가지고 힘 조절이 안 됐던 거구만. 미친 데모닉 자식.

거기까지 생각하자 고운 말이 나오지 않았다.

"웃기지 마라. 그런다고 곧이듣고 그냥 간 놈이 등신 아니냐?"

묘하게 침착해진 리체가 고개를 저었다.

"그게 다는 아니고."

"그럼?"

"내가 이네스 얘길…… 해줬거든."

그날 본 조슈아의 얼굴이 떠오르자 마음 한구석이 아릿했다. 실은 후회스러웠다. 결과 때문은 아니었다. 차마 못하고 감췄을 정도로 아픈 얘기를 거절용 방패로 써먹은 것만 같아서다. 물론 처음부터 의도했던 것은 아니었다. 조슈아가 먼저 칼라이소 이야기를 꺼냈고, 이미 알고 있을 줄 알고 흘러나온 말이었는데 조슈아의 반응을 보고서야 그가 그때까지도 전혀 몰랐음을 알았다. 막시민한테 들었을 줄 알았다고 한다면 그것도 변명일까. 언제든 해줘야 한다고 생각했지만 그래도 그 순간은 아니었어야 하지 않았을까.

막시민의 표정도 복잡했다. 겨우 나온 말이 이랬다.

"너란 애는 도대체……"

"어, 그래. 알아. 참 못됐지. 부주의하고. 게다가 고작 재봉사 주제에 감히 소공작을 찼다니, 시건방이 하늘을 찌르네. 누가 들어도 웃기는 소리겠지. 그래, 실컷 웃든가. 내가 봐도……"

내가 봐도 웃긴다는 말을 하려 했는데 갑자기 혀가 굳은 듯 더 말할 수가 없었다. 리체가 말을 못 잇고 있자 막시민의 얼굴이 더 찌푸려졌다. 실은 리체가 하는 얘기가 무슨 뜻인지 잘 아는데, 알아서 더 마음이 상했다. 소공작과 평민이라는 신분 차이가 무얼 뜻하는지, 그런 놈과 친구로 지내는 기분이 어떤지, 그런 놈과 연애만 하다가 버림받을 미래를 그리는 기분이 어떤지. 자신이라면, 만약 자신이라 해도……

그런 생각 때문인지 목소리가 더 격해졌다.

"소공작이 뭐 얼마나 잘나신 건데? 너는 그 자식을 옆에서 그만큼 보고도 그런 말이 나오냐? 지금처럼 불어터진 고구마 꼬라지여도 넌 걔보다 훨씬 예쁜데다…… 그냥 모든 면에서 나아. 더 낫다고. 걔가 소공작인데 그게 뭐? 데모닉이거든? 더하고 빼고 하면 영이거든?"

"그런 말 그만해."

리체는 턱을 괴었던 손으로 양뺨까지 가렸다가, 결국 얼굴까지 가려버린 채로 고개를 푹 숙이고 말을 이었다.

"내가 널 봤잖아. 상대가 소공작이라도 친구로 지내는 것까지는 가능한 것 같다고 생각했지. 그래서 딱 거기까지만 하려고 마음먹은 거야. 그보다 욕심을 내면 모조리 다, 내가 너희 둘이랑 겪었던 그 모든 추억조차 사라질 것 같아서. 처음부터 없었던 것처럼 빈손이 될 것 같아서 그랬어. 나한텐 소중했거든. 시시한 일상을 반복하며 살아야 하는 나 같은 사람한텐 다신 되풀이되지 않을 시절이거든. 잃어버리기 싫었지. 조슈아도, 이 년 동안 엽서 한 장 달랑 보내는 너라는 애까지도."

그런 말을 하는 리체를 계속 보고 있기는 힘들었다. 막시민은 시선을 돌렸다가 아예 몸까지 옆으로 돌렸다. 캄캄한 복도 너머를 보며 생각했다. 용기 내어 손을 뻗었다가 다 놓칠까

봐서, 있던 것조차 사라질까 겁이 나서 친구로만 남으려고 한 정짓고 버티는 마음을…… 이상할 정도로 잘 알 것 같다고.

이윽고 리체가 고개를 들더니 씁쓸하게 웃었다.

"그러니 말도 안 되는 계산은 관둬줄래? 계속 헛소리 찍찍 할 거면 술값을 받아야겠어. 한 1만 엘소 정도?"

어느새 열시가 가까웠다. 시계를 흘낏 봤지만 뭔가가 덜 끝난 느낌에 리체는 머뭇거렸다. 말해야 하고 들어야 하고, 그런 뭔가가 아직 목에 걸려 있었다.

그때 막시민이 말했다.

"너 집에 가야지. 너무 늦었네. 집에 가면 혼나는 거 아니냐."

다시 목이 막히는 느낌이 들었다. 리체는 숨을 한 번 토해내고 말했다.

"그렇지."

"같이 가자. 너네 집 머냐? 데려다줄게."

"가까워. 십오 분 거리야."

"잘됐네."

막시민은 잠시 사이를 두고 말했다.

"덕택에 잘 마셨다. 고마워."

고맙다는 말은 술 때문만이 아니었다. 왜일까, 리체는 이 거대한 문제와 아무 상관도 없는 사람이었지만 그저 몇 가지 털어놓는 것만으로 묘하게 가슴을 짓누르던 압력이 덜어진 느낌이었다. 돌덩이가 터질 듯 들어찬 주머니에서 몇 개 덜어낸 것처럼. 리체가 걱정되어서 왔다고 생각했는데 어쩌면 자신 쪽이 기대고 싶었던 것인지도 모르겠다.

물론 아무것도 해결된 건 없었다. 그도 리체의 문제를 해결해줄 수 없고 리체도 마찬가지다. 그저 서로의 문제를 조금 정확하게 알게 된 것뿐이다. 밤새 이야기한다고 사라지지도 않고 해결될 수도 없는 문제를. 하지만 지금은 알았다는 것만으로도 약간 괜찮아진 느낌이 든다. 털어놓고 인정한다는 행동 자체에 의미가 있다고는 생각해본 적이 없었는데.

리체가 고개를 갸우뚱했다.

"너 좀 달라지긴 했나봐."

"세월이 갔지 않냐. 사람이 열여섯 살 먹었을 때보단 좀 싸가지가 있어져야 하는 거 아니겠냐."

막시민이 일어나자 리체가 술병과 잔을 치웠다. 그사이 의자며 테이블 위를 정리한 막시민은 먼저 아래층으로 내려갔다. 램프를 들고 뒤따라 내려온 리체가 현관 앞에서 망토를 두르다 말고 문득 미간을 찌푸리며 막시민을 째려봤다.

"잠깐만."

완성품 보관실로 들어간 리체는 반망토 한 점을 들고 나와 축축한 재킷 차림인 막시민의 어깨에 둘러주었다. 깃에 모피까지 달린 고급품인 걸 알고 막시민이 인상을 찌푸리며 손사래를 쳤다.

“야, 손님도 아닌 놈한테 이런 거 막 적선했다가 내일 골치 아파지는 거 아니냐?”

“아까도 말했지. 나 수석 재봉사야.”

“그거 무슨 의상실을 지배하는 무소불위의 권력자 같은 거냐.”

“응. 비슷한 거지.”

막시민이 망토 옷깃을 만지작거려보더니 물었다.

“근데 말이다. 네 나이에 그런 게 가능한 거냐? 일반적인 경우 같진 않은데.”

막시민이 뭘 묻는지 알았지만 리체는 모르는 체했다. 막시민이 그랬듯 리체 역시 모든 걸 다 말하진 않을 것이다. 따뜻하고 환한 의상실에서 밤늦도록 일하는 작고 귀여운 일상이 어떤 위태한 선반에 얹혀 있는지, 오랜만에 만난 친구에게 다 설명할 필요는 없다.

“뭐, 난 능력 있는 직장인이잖니? 너희 같은 학생 나부랭이랑은 달라.”

문단속을 마친 리체가 커다란 우산을 펼치자 막시민이 우산을 받아들었다. 같이 쓰고 몇 걸음 나란히 걷다가 막시민이 말했다.

“혹시 모르니까 하는 말인데. 근처에서 뭐가 무너졌다든가, 하늘에 이상한 게 날아다닌다든가…… 그런 소문이 들려오면 즉시 도망가라. 상황이 안 되면 지하실 같은 데 숨든가. 그거 진짜 위험하니까 절대 나가볼 생각은 하지 마."

"걱정 마. 의상실은 말이야, 섬에 뭔 변고가 생겼는지 그날 온 손님들 숫자만 세어도 알 수 있는 곳이거든."

"사실은 지금 당장 도망가라고 말하고 싶은데. 아님 나랑 같이 가든가. 아, 끔찍하게 들릴 건 아는데 그래도 저번보단 나을걸."

"말만 들어도 고맙네. 하지만 그런 고생은 두 번은 사양이고, 또 이제 나한테는 지켜야 할 게 많지 않겠어?"

리체가 웃었다. 빗소리가 다시 짙어졌다.

유예

이틀 뒤, 루그란 상공에 모래 섞인 누런 구름이 떠 있었다.

구름은 광범위했다. 도시는 물론 주변 평야까지 뒤덮었다. 마치 도시 위에 두꺼운 편물 덮개가 씌워진 듯했다. 해가 가려지자 거리는 오후 여섯시 같은 빛을 띠었다. 모든 것이 누르스름했다. 건물도, 식물도, 사람들의 얼굴도.

곳곳에 반파된 채 방치된 건물들이 보였고 바닥에는 깨진 돌들이 즐비했다. 오가는 사람은 거의 없었다. 드물게 밖에 나온 사람들은 벽을 따라 걷다가 재빨리 안으로 미끄러져들어갔다. 평소 파랗고 청명한 하늘과 고풍스러운 시가지가 어우러져 아름답기로 이름났던 풍경은 온데간데없었다. 대륙에서 가장 역사가 깊은 도시에 감도는 건 불안한 침묵뿐이었다.

마법사들이 사라진 뒤로 루그란의 국왕은 표면적으로 아무 조치도 취하지 않았다. 질서 유지를 위해 나붙은 포고문 몇 장이 고작이었다. 왕과 귀족들이 저들끼리 왕궁에 모여 머리를 맞대고 끙끙대고 있는지는 모를 일이지만 시민들은 버려졌다고 느꼈고, 도망쳐 나가는 사람들의 행렬이 줄을 이었다. 은행을 비롯한 몇몇 시설에 약탈자들이 침입했다는 소문이 돌았지만 결과를 아는 사람은 없었다.

그런 가운데 누런 구름이 나타났다.

사람들은 곧 그게 평범한 구름이 아님을 알아차렸다. 도시에서 가장 높은 탑에서 손 뻗으면 잡힐 듯한 높이라니, 그렇게 낮게 뜨는 구름이 있을 리가 없다. 용감한 사람이 탑에 올라가 살핀 결과 구름 속에 모래가 가득하다는 것이 알려지자 사람들은 두려움에 휩싸였다.

"필멸의 땅에서 온 거겠지."

"저게 내려오면 여긴 사막이 되는 거야. 이제 이 도시는 끝장이다."

"사막이면 차라리 낫게? 저번에 그 회오리바람처럼 휘몰아쳐서 도시를 모조리 부숴버릴지도 몰라. 들었어? 실은 그때 휘말려 죽은 사람들이 많았는데 공개되지 않은 것뿐이라더라고."

소문이 걷잡을 수 없이 퍼져나가자 그때까지 도시에 남았던 사람들도 동요했다. 이번에야말로 피란 짐을 싼 사람이 많았다. 그런데 얼마 뒤, 네 방향으로 난 성문이 모두 닫혔다는 소문이 들려왔다. 한 명도 내보내지 말라는 왕명이 내려졌다고 했다. 혹시나 하고 성문 앞으로 갔다가 그때까지 코빼기도 안 보이던 군인들이 성문을 몇 겹으로 에워싼 광경을 본 사람들은 거세게 항의했다. 성문 앞마다 일대 소란이 일어났다. 사람들은 분노해서 외쳤다.

"성문을 막았다고? 이런 상황에서?"

"백성들이 다 도망쳐버리면 나라도 없고 왕도 없다 그거겠지!"

그날 하늘 위에서 루그란을 내려다보았다면 자욱한 노란 구름 안쪽으로 격렬하게 다투는 사람들이 성문마다 한 무리씩 모여 있고, 아직 소식을 모르는 사람들이 성문으로 향하는 길을 살금살금 나아가고, 그 외의 거리는 텅 비어 있는 음산한 풍경이었을 것이다. 성문 앞에서 저물녘 같은 얼굴빛을 띤 사람들이 서로에게 삿대질하고 욕설을 내뱉고 때로는 무리를 지어 밀쳐댔다. 종말의 날을 그린 그림 같은 풍경이었다. 가나폴리가 멸망하던 날도 어쩌면 이랬을지 모른다.

그렇게 내려다보고 있는 사람이 있었다. 흰 로브 차림의 그가 팔짱을 끼고 입술을 비죽이며 내뱉었다.

"한심한 놈들."

그는 모래 구름보다 높이 떠 있었기에 루그란 사람들에게는 보이지 않았다. 그러다가 구름 속으로 내려가 빠르게 날아갔다. 밑에 있는 사람들이 구름으로만 여기는 그것들은 점차 공격적으로 진동하고 있었다. 그의 몸을 따라 얇게 둘러진 방어막에 모래가 부딪쳐오자 날카롭게 서걱거리는 소리가 났다. 그건 아주 작은 칼날들이었다. 머리카락 몇 가닥이 잘려 날아갔다.

그는 가장 높은 탑 위에 내려섰다. 도시의 누구도 그가 왔음을 몰랐고 그도 알릴 마음이 없었다. 한 손으로 젖은 머리카락을 쓸어넘기며 모래 구름을 올려다봤다. 이마에 난 땀이 식자 몸이 약간 서늘했다.

조금 전 통과하면서 상태를 살펴보니 시간은 많지 않았다. 이 칼날 같은 모래들이 아마 수십 분 뒤면 도시를 덮칠 테고, 그러면 누구도 살아남지 못하리라. 저 성문 앞에서 어린애를 업고 보따리를 쥔 채 소리 지르는 사람도, 그리고 왕도.

대마법사의 입끝이 일그러지더니 불쾌한 미소가 떠올랐다.

"아무것도 모르고 사는 건 되지만, 아무것도 모르고 죽어도 되는 놈은 없단 말이야."

대마법사 쥬스피앙은 먼저 몸에 두른 방어막을 걷었다. 이제부터 하려는 주문을 완벽히 해내려면 그걸 유지할 여유가 없기 때문이다. 그는 도시를 향해 깡마른 팔을 뻗었다. 숨을 깊게 들이쉬었다. 입속으로 무어라 되뇌면서 천천히, 그의 팔이 옆으로 넘어갔다. 마치 책장을 넘기듯.

막시민은 그걸 올려다보고 있었다.

바람이 흐른다. 강해진다. 동에서 서로, 맹렬해진 바람이 불어간다. 처음엔 먼지와 깃발이, 잔돌이, 마침내 바닥에 나뒹굴던 건물 잔해들마저 들썩거린다. 제대로 닫히지 않았던 문짝이 홱 열리며 부딪치고, 거리를 걷던 사람들은 놀라 벽에 달라붙지만 손에 쥔 것들을 놓친다. 누군가의 목에서 풀린 붉은 숄이 큰 새처럼 거리를 날아간다.

"으윽!"

"이건 대체……"

사람들이 모래 구름의 변화를 느낀 건 조금 지난 뒤였다. 머리 위에서 해가 다시 빛나기 시작했을 때였으리라. 새파란 하늘이 접힌 색종이처럼 모습을 드러내는 중이었다. 정체 모를 힘이 도시 전체를 뒤덮었던 구름을 휩쓸어가고 있었다. 거대한 빗자루로 단번에 쓸어내는 것 같았다.

"우와……"

아무 영문도 모르는 사람들이 탄성을 질렀다. 네 성문 앞에서 악다구니를 벌이던 사람들도 다툼을 멈추고 하늘을 올려다봤다. 입을 딱 벌리고, 대부분은 말조차 잊었다. 몇몇은 두 손을 모으며 그 자리에서 무릎을 꿇었다. 그런 행동은 다른 사람들에게도 빠르게 번져나갔다. 눈앞에 펼쳐진 장엄한 기적은 일부에게나 희미하게 남아 있던 신앙심을 되살렸다. 존재조차 잊어버린 뭔가를 향해 기도하고 싶은 심정이 이들 모두를 지배했다.

"아아, 위대한 존재여…… 구원하는 이여…… 옛 마법사들과 왕들이여……"

막시민은 기도하는 사람들을 보았다. 엎드려 눈물 흘리는 그들을 뭐라 말할 수 없는 심정으로 바라봤다. 저들에게 마법이란 뭘까. 마법사는 뭐고 신은 뭘까. 사람은 기적을 믿는가 운명을 믿는가.

대마법사는 지금 무슨 생각을 하고 있을까.

마침내 모래 구름이 깨끗이 걷혔다. 하늘은 깜짝 놀랄 정도로 새파랗게 빛났다. 사람들의 얼굴은 더이상 저물녘의 빛이 아니었다.

"와아아!"

"우린 살았어! 루그란은 구원받았다!"

"고대의 마법이 우릴 살린 거야!"

"위대한 가나폴리여 만세!"

그들 중 누구도 쥬스피앙의 이름을 말하지 않았다. 존재조차 알지 못했다. 그저 정체 모를 기적이 저들을 살렸다고 믿으며 기뻐할 뿐이었다. 모든 건물에서 사람들이 쏟아져나왔다. 거리에서 춤을 추며 서로를 얼싸안고 눈물을 흘렸다.

막시민은 그런 사람들 틈을 가로질렀다. 탑 밑으로 가서 문설주를 짚고 잠시 기다렸다. 이상할 정도로 늦어진다 싶자 아예 나선 계단을 오르기 시작했다. 두 바퀴를 돌았을 때였다. 발소리가 들려왔다. 그런데 무척 느렸다.

막시민은 걸음을 서둘렀다. 마침내 벽을 짚으며 내려오고 있는 쥬스피앙과 마주치자 멈춰 섰다. 고통을 참듯 미간을 바짝 찡그린 채 자신을 쏘아보는 얼굴을 보며 막시민의 눈가도 일그러졌다.

"……"

평소에도 마른 몸인 건 알았지만 계단 너머에서 바람이 불어오자 로브가 흡사 꼬챙이에 걸어놓은 듯 펄럭거렸다. 이윽고 쥬스피앙이 고개를 꺾으며 막시민을 쏘아봤다.

"뭐하냐, 제자 놈아. 이리 와서 부축 좀 해봐라."

제자라는 말에 막시민이 반박하지 않은 건 이날이 처음이었다. 막시민은 계단 세 단을 훌쩍 올라가 부축하는 것이 아니라 대마법사를 들쳐업었다. 놀랄 만큼 가벼워 그리 힘이 들지도 않았다. 쥬스피앙도 별말 없이 그냥 업히더니 중얼거렸다.

"이제 좀 살 것 같네."

막시민은 쥬스피앙을 업은 채 계단을 내려가 탑 밖으로 나갔다. 찬란하게 빛나는 태양 아래 기뻐 날뛰는 사람들을 이리저리 피하고 점점 많아지는 인파를 헤치며 묵묵히 나아갔다. 그중 누구도 두 사람에게 관심을 보이지 않았다.

"아무것도 끝난 게 아니야. 애초에 시작도 안 했지."

저녁 무렵 어둑해진 방안은 눅눅하고 조용했다. 닫힌 덧문 너머로 시끌벅적한 거리의 소음이 스며들었다. 갑작스러운 축제는 여전히 계속되는 중이었다. 사람들은 아무것도 모른 채 살아남은 것을 기뻐했다. 웃고 떠드는 소리가 들리고, 술잔 부딪치는 소리가 들리고, 아코디언과 피리 소리가 가까워지다가 다시 멀어졌다. 누군가 시를 읊자 사방에서 박수가 쏟아졌다. 시는 고대 가나폴리의 위대한 왕들에 대한 것이었다. 루그란 사람들은 루그란을 가나폴리 사람들이 세웠다고 믿는다 했다.

혼수상태나 다름없는 모습으로 다섯 시간이나 자고 일어난 쥬스피앙은 여전히 눈가가 거무스레하긴 해도 아까보다는 한결 상태가 나아 보였다. 막시민이 특별히 여관 주방에 주문해서 가져온 감자 수프를 받아들고 몇 숟갈 떠먹더니 말을 이었다.

"가서 오를란느인들도 데려와. 다 같이 들어야 두 번 말하지 않지."

막시민은 옆방으로 갔다가 로랑, 비비엔, 다비드와 함께 돌아왔다. 그들은 먼저 쥬스피앙에게 한쪽 무릎을 꿇으며 경의를 표했다. 이 도시에서 진상을 아는 사람들은 이 방안에 있는 그들뿐이었다. 쥬스피앙은 입에 넣었던 숟가락을 꺼내 허공에 대충 휘저어댔다.

"그만해. 지금 이런 게 중요한 게 아니거든. 난 그놈들을 없앤 게 아니야. 다른 데로 보낸 거지. 영원한 것도 아니고, 끝난 건 아무것도 없다 그 말이야. 애초에 이건 마법으로 해결할 수 있는 게 아니거든."

로랑이 입을 열었다.

"그럼 그걸 끝낼 수 있는 사람은……"

"그래, 너희 나라 공녀님밖에 없다고."

로랑은 대답 없이 입을 꾹 다물었다. 그는 평소 모습으로 돌아오긴 했지만 중병에서 회복한 사람처럼 턱이 가파르고 뺨이 해쓱했다. 대신 다비드가 입을 열었다.

"외람된 말씀입니다만 그걸 할 사람이 이 세상에 한 명밖에 없다는 걸 어떻게 확신하시는지 궁금합니다."

정중한 말투였지만 쥬스피앙의 대답은 가차없었다.

"넌 대마법사란 이름이 주사위 굴려서 따는 건 줄 아냐?"

어제 쥬스피앙은 막시민 일행이 집으로 찾아가기도 전에

이미 여관 앞에 와 있었다. 그리고 가장 먼저 막시민이 가진 초콜릿 덩어리를 보자고 했다. 어디선가 구한 모자에 담아놓은 덩어리를 내주자마자 방에 틀어박혀 반나절쯤 혼자 씨름하더니 기분 나쁜 표정으로 나와 말했다.

"예상대로야. 프시키의 심장이 만들어지기 시작했어. 이름 참 그럴싸하네. 도대체 누가 지은 거야?"

"그 이름을 어디서 들으신 거죠?"

막시민이 놀라서 묻자 쥬스피앙이 눈을 가늘게 떴다.

"꼬마 도둑한테서. 너, 오를란느 공녀한테 고용돼서 심장이 든 오토마톤을 찾으러 다녔다며?"

쥬스피앙이 꼬마 도둑이라 부르는 사람은 조슈아의 작은 할아버지인 히스파니에 폰 아르님이었다. 그러니까 막시민이 보고 있던 세상 뒷면에서도 무슨 일들이 벌어지고 있었다는 이야기다.

네냐플이 폐쇄된 직후, 교수들은 오렌지나무 술집에서 프시키를 불러냈다가 없애버렸다는 이스핀이라는 소년을 찾으려 했지만 실패했다. 그로부터 얼마 뒤, 정체 모를 존재가 '토끼굴'이라고 불리는 임시 연구실에 침입해 막시민이 네냐플에 맡겨둔 바스라진 오토마톤 권총을 손에 넣으려 했다. 그러나 누군가의 기지로 권총은 지켜졌고, 문제의 권총은 교수들의 집중 조사를 받게 되었다. 권총을 가져가려던 존재가 네냐플의 정화 체임버를 망가뜨린데다 네냐플 전체를 폐쇄한 마법조차 뚫고 유유히 사라져버렸기 때문이다.

"그건 그놈한테 최고 수준의 마법조차 무력화할 힘이 있다는 뜻이지. 그러자면 나조차도 상상 못할 수준의 대마법사거나, 전혀 다른 근원을 가진 존재거나 둘 중 하나여야 해. 전자는 아무래도 가망이 없고 그렇다면 후자겠지? 그래서 네냐플 애들이 조사를 하다가 그놈이 학교에 킵더스트를 흘렸다는 걸 알게 됐단 말이야."

프시키는 작고 연약하며 마법으로 없앨 수 있는 에너지 생명체로 알려졌다. 그러나 필멸의 땅을 떠도는 변종 프시키는 이들과 달랐고 마법도 통하지 않았다. 마법사들은 삼 년 전부터 킵을 세우고 변종 프시키를 경계하며 관찰해왔기에 이 사건이 뜻하는 진실을 곧 알아차렸다. 하지만 진실일지라도 받아들이기 쉬운 종류는 아니었다. 그간 필멸의 땅에만 머무는 줄 알았던 변종 프시키가 모습을 바꾸어가며 다른 지역도 돌아다닐 수 있고, 목소리와 의지를 가진 존재이며, 강력한 마법조차 무력화할 수 있다는 뜻이었으니까.

그런 놈이 찾고 있는 권총의 정체는 무엇이란 말인가. 그 안에 엉긴 검은 덩어리는 또 뭐란 말인가.

그때 히스파니에가 쥬스피앙에게 사람을 보내왔다. 오토마톤 시계 속에 들어 있었던 '작고 검고 반짝이는' 것이 무엇인지 확인하고 싶다면서. 히스파니에는 조슈아의 부탁을 받고 켈티카에서 막시민을 찾으려 했었지만 그랑도프 호텔의 경매장에서 막시민이 실종되고서야 그간의 행적을 알게 되었다. 그후 호텔에서 벌어진 사건을 조사한 히스파니에는 자신의 컬렉션 중 하나였던 그 시계도 막시민이 찾던 것과 같은 종류가 아닌가 의심을 품었다고 했다.

그 무렵 쥬스피앙은 이미 필멸의 땅에서 박살난 오토마톤을 발견해(피스커 부사령관이 의심했던 그 폭발 사건이다) 심장만 수습해둔 상태였다. 막시민을 플레상스 경에게 보냈던 네냐플까지, 삼자가 서로의 정보를 맞추어본 결과 알게 되었다. 심장이 든 오토마톤은 세상에 하나가 아니라는 것, 막시민은 첫번째 권총을 찾아냈던 인연으로 수상한 인물에게 고용되어 나머지를 찾기 위해 일했다는 것, 그 인물의 정체는 오를란느의 공녀라는 것까지도.

뒤이어 조슈아가 네냐플로 전갈을 보내왔다. 오를란느 공녀와 협상을 마친 결과 심의회를 위해 각본을 준비할 예정이니 교수들의 조력을 요청한다면서. 막시민을 심볼리온에서 빼내자면 교수들의 도움이 필요했지만 동시에 교수들도 간절히 알고자 했다. 샤를로트 공녀는 왜 변종 프시키가 노리는 바로 그 오토마톤을 찾고 있는가?

"조슈아 놈이 하는 말이, 공녀가 건드리자 오토마톤 시계

속에서 날뛰던 힘이 즉시 사그라들더라는군. 그 안에 들어 있던 심장의 존재를 얘기해주니 얼굴이 파랗게 질려서 위험을 경고했다는 거야. 아직 어떤 마법사도 의문만 품었을 뿐 뭐가 뭔지 모르고 있는데 공녀만은 변종 프시키가 심장을 어떻게 추적하는지, 그게 얼마나 위험한지 명확하게 알고 있었어. 조슈아를 통해 네냐플에서 사라진 이스핀이 공녀와 동일인이라는 것도 알게 됐고 말이야. 그리고 내가 아는 한 이 세상에 프시키를 감지하고, 불러내고, 없앨 수 있는 사람은 그 공녀 외에 달리 한 사람도 없어."

쥬스피앙은 눈앞의 검은 덩어리를 툭툭 치더니 입술을 일그러뜨렸다.

"막시민 넌 이게 어제 루그란에 몰려든 거대한 변종 프시키 무리를 삼켜서 생겨났다고 했지. 네놈이 갖고 있던 권총 속 검은 덩어리를 그놈들이 무척 좋아하든가, 무서워하든가 그런 모양이지? 그래서 이렇게 뭉쳐진 결과 지금 그 속에서 심장이 생겨나는 중인데 대략 아기 주먹만해. 다시 말해 심장은 어마어마하게 많은 프시키를 으깨야 만들 수 있다는 거지. 이걸 대체 뭐에 쓰는 걸까?"

대답을 기대하고 한 말은 아니었을 텐데 막시민이 말했다.

"네냐플에 침입했던 변종 프시키, 즉 아이언페이스라고 불리는 그놈이 예전에 잃어버린 제 심장을 재생하고 싶어서 벌이는 일인 거죠. 그놈은 공녀의 오빠였던 오를란느 대공자한테 심장을 빼앗겼거든요. 그 결과 그 사람은 실종됐고요. 지금 아이언페이스는 켈티카 하층민들의 두려움을 사는 범죄조직을 손에 넣어서 여전히 오토마톤을 찾고 있습니다."

이리하여 모두가 알게 됐다. 아이언페이스는 필멸의 땅에 있던 변종 프시키들을 으스러뜨려 심장을 짜내는 동시에 자신의 잃어버린 심장이 든 오토마톤 역시 노리고 있다. 잃어버린 제 심장을 완벽히 복구하기 위해서.

심장을 복구한 그자가 어떤 것을 할 수 있는지, 어떤 것을 하려 할지는 알 수 없지만 적어도 그 과정에서 이 세상의 존망에 신경을 쓰지 않을 것은 분명하다. 마법이 통하지 않는 걸 보면 인간은커녕 이 세상에 속한 존재조차 아니니까. 풍요의 기둥이 모두 무너지고 이 세상이 모래 황무지로 변하든 말든 그건 그자의 관심사가 아닌 것이다. 그자는 기둥에 갇힌 프시키를 재료로 원할 뿐이다.

그런데 애초에 프시키는 왜 기둥에 갇혀 있었지?

그 문제에 답하기에는 아직 정보가 부족했다. 반면 당장 할 일은 분명했다. 아이언페이스의 명령을 받아서든, 아니면 붙잡혀 으깨지기가 싫어서든, 어쨌든 변종 프시키들은 필멸의 땅을 벗어나기 시작했다. 그걸 막아야 한다. 아이언페이스가 심장을 복구하는 것을 막기 위해서도 그렇고, 당장 온 대륙이 루그란처럼 위험에 처할 것이기 때문에도 그렇다.

그래서 쥬스피앙은 루그란으로 왔다. 루그란 상공을 누런 구름처럼 메운 변종 프시키들을 휩쓸어 이공간에 가두었다. 그걸 위해 쥬스피앙은 혼자 힘으로 새로운 이공간을 창조했다. 기존의 이공간들은 마법의 통로이기도 했고 또 기나긴 세월에 걸쳐 수많은 것이 쌓여 있어 뭔가를 가두는 용도로는 쓸 수 없기 때문이었다.

그것까지만 해도 엄청난 일인데, 더 큰 문제는 그걸 유지하는 것이었다.

"대충 옆구리에 계란 무더기를 매달고 다니는 거랑 비슷해. 내가 정신 놓치면 깨져버리니 큰일이지만 정신만 차리면, 뭐."

그렇게 가볍게 말했지만 막시민이 보기에 그뒤로 쥬스피앙은 한 번도 마법을 쓰지 않았다. 어딜 가나 온갖 주문을 숨 쉬듯 쓰던 사람이 그저 평범한 사내처럼 여윈 몸으로 침대에 앉아 수프 그릇을 들고 있을 뿐이다. 하지만 그건 보이지 않는 짐을 짊어진 모습이었다. 수만 명이 사는 도시를 뒤덮었던 거대한 위협을 제 주머니에 쑤셔넣고 버티는 기분은 어떨지, 상상만으로는 모르겠다. 영영 알 것 같지 않다.

"그러니 말해봐. 공녀님이 이놈들을 어떻게 할 수 있는지, 할 의지는 있는지. 아니, 가서 물어봐라. 너희도 여기서 알 순 없을 테니. 당장 모셔오라는 건 아니야. 대충 몇 달은 있어.

그분의 결단이 무엇보다 중요하니까."

'그분'이라는 말이 묘하게 거슬렸다. 왜지? 평소 쥬스피앙은 상대가 누구든 존칭을 쓰지 않았다. 그런 쥬스피앙이 언젠가 누군가를 '그분'이라고 지칭한 일이 있었던 것 같았다. 누구였더라……

다비드가 다시 물었다.

"만약 공녀 연하께서 오신다면 무얼 어떻게 해야 합니까?"

쥬스피앙은 수프를 한 숟갈 더 먹으며 지체했다. 평소 쥬스피앙은 생각을 가다듬으며 말하는 사람이 아니었는데.

"장소는 일단 킵이 좋겠지. 전이문도 있고. 처음엔 작은 규모로 시험해봐야 할 거야."

"연하께서 변종 프시키를 없앨 수 있는지 말입니까?"

"글쎄. 메타모르포시가 일어난 놈들을 그냥 없앨 수는 없을걸."

쥬스피앙은 애매하게 말을 멈추더니 허공을 쏘아봤다. 창밖에서 다시 왁자하게 축하하는 소리가 가까워졌다. 소리가 멀어질 무렵 말이 이어졌다.

"이건 내 추측이라 확실한 건 아닌데, 프시키가 메타모르포시를 일으켜 변종이 되는 건 일종의 외부 에너지를 삼켜서 소화하느라 일어나는 현상인 것 같거든? 아주 옛날에 일어난 일일 테니까 그 에너지의 정체는 모르겠지만, 어쨌든 그후 풍요의 기둥을 만든 존재들이 이 변종들을 기둥 속에 가둬서 메타모르포시가 퍼지는 걸 막았어. 하지만 소멸의 기원 때문에 기둥이 하나하나 무너지면서 변종 놈들이 해방되어 우리 세상을 위협하게 된 거야. 다시 말해 모든 변종 프시키는 기둥 속에서 나온 거지."

풍요의 기둥은 소멸의 기원보다도 오래된 것은 물론이고 가나폴리의 역사보다도 오래되었을 것이다. 그 속에 변종 프시키가 들어 있었다면…… 그럼 이 프시키들은 대체 언제부터 살아온 것인가?

"프시키는…… 정체가 뭐죠?"

"나도 궁금해. 프시키는 날파리처럼 힘도 없고 피해도 주지 않는 존재라서 마법사들에게 경시되어왔지만 실은 심각하게 정체불명인 놈들인데, 본래 이 세상에 인간보다 복잡한 생명은 없단 말이지? 다른 생물들의 사고력이나 의지는 수준이 낮다는 걸 금방 알 수 있거든. 그런데 프시키만은 종종 수상한 메시지를 내보낸단 말이야. 그리고 더 신기하게도 가끔 자살을 해. 그래서 한때는 다른 세계에서 온 놈들이 아닌가 의심했던 적도 있어. 이를테면 가나폴리를 멸망시킨 괴물들이 나왔다는 우물 너머 같은 곳에서."

쥬스피앙은 예전에 나름 관심을 갖고 프시키를 살펴본 적이 있었던 모양이었다. 그러나 결국 결론을 내릴 근거가 부족했다고 했다. 그러나 삼 년 전부터 필멸의 땅에서 변종 프시키가 무리를 지으며 문제를 일으키기 시작하자 그는 기원에 대한 관심을 접고 현실적인 문제로 시선을 돌렸다. 일반적인 프시키는 왜 변종이 되는가? 그때 내린 잠정적 결론이 이것이었다.

"그럼 이 변종들을 어떻게 없앨까? 먼저 네가 준 덩어리에서 심장 외의 잔여 물질을 조사했더니 거기에는 프시키 먼지 약간 하고 변종이 남긴 킵더스트만 대량으로 뒤섞여 있더라고. 반면 프시키 자체는 전혀 없었어. 그래서 그놈들이 심장을 만들 때 재료로 으깨지면서 존재도 사라지는 것 같다는 결론을 얻었지. 보아하니 일반 프시키도 심장을 생성할 수는 있지만 미미한 수준이고 변종이 되어야 큰 심장을 만드는 것 같아. 그런데 프시키가 죽었다고 보기에도 애매한 것이, 이 심장은 이대로도 살아 있는 것 같기도 해. 뭐랄까, 박동이 있더라고."

로랑은 전에 네이가 해줬던 이야기를 떠올렸다. 베르나르 대공자가 조각내어 오토마톤 속에 넣었다던 심장, 그것도 살아 있는 것처럼 뛰었다고 했다. 조각난 채로도.

"게다가 메타모르포시도 일어나지 않았더란 말이지? 프시키 먼지랑 킵더스트, 그것들을 합치는 바람에 막시민 네놈은 네냐플 문도 닫아버렸는데 말이야. 난 그 이유가 심장 때문이라고 봤어. 심장이 뽑혀나간, 즉 심장의 재료가 되어버린 프시키가 남긴 먼지는 더이상 아무런 변화도 일으키지 못하는 거지. 그래서 루그란에서 없어진 놈들이 필멸의 땅에서 되살아나는 일도 없었을 거라고 보는 거야. 그럼 심장은 어떨 때 뽑혀나오는가?"

거기까지 말한 쥬스피앙은 무심코 왼손으로 허공을 저으려 했다. 설명을 도울 그림 같은 것을 만들려는 것처럼. 그러나 손가락 끝에 빛 한 점이 맺혔을 때 그는 움직임을 멈췄다. 그리고 신경질적으로 손을 내려놓더니 막시민을 봤다.

"너, 어제 부서진 오토마톤 권총에서 검은 덩어리가 나왔었다고 했지? 그게 네가 갖고 있던 바이올린 현하고 합쳐졌고. 그리고 그 현은 프시키로 만들어진 거라며?"

"정확히는 모르겠지만 없던 현이 갑자기 나타나긴 했었죠."

"그래. 우선 그 권총 속에는 심장이 있었을 거고, 그 심장을 노리고 몰려든 프시키들도 있었겠지. 그놈들은 현하고 합쳐지려고 했는데 어쩌면 그 현의 정체가 좀 특별한 프시키였던 것 같기도 해. 너한테 몇 번이나 말을 걸었다며. 난 프시키와 대화를 했다는 얘기를 너한테 처음 들어보았거든? 다시 말해 내 의심이 맞았다는 얘기지만."

실은 로랑도 사과의 섬에서 프시키의 목소리를 들은 적이 있었지만 이 자리에서 입 밖에 내지는 않았다. 오를란느인도 아닌 상대에게 공녀가 블러디드의 힘을 얻은 순간에 대해 설명하는 것이 좋은 일인지, 아직은 모른다고 생각했기 때문이다.

"프시키도 생명이라면 상식적으로 심장을 뽑히는 걸 피하고 싶어할 것 같은데 이상하게도 이놈들은 이미 형성된 심장을 보면 몰려들어 으깨지고 싶어하는 경향이 있단 말이지. 변종조차도 마찬가지야. 내가 그놈들의 생각까진 모르겠고, 하여튼 이걸 이용하면 변종들을 모조리 모아 으깨버리는 것이 가능해."

그런 식으로 세상이 쇳조각들로부터 안전해질 수는 있을 것이다. 그러나……

"그럼 아이언페이스는요?"

"그래, 그놈이 문제인데."

쥬스피앙이 오를란느인들을 봤다.

"그놈은 심장을 원한다며. 변종들을 으깨서 심장이 점점 커다랗게 만들어지면 그놈은 그걸 차지하려 덤빌 거 아냐. 그놈이 변종 프시키들의 왕 같은 존재라서 다른 프시키들한테 와서 으깨지라고 명령하고 있는지도 모르겠고. 결국 그놈과의 최종 대결은 피할 수가 없는 거지. 난 말이야, 아이언페이스 그놈이 왜 심장을 원하는지 생각해봤는데 지금껏 메타모르포시는 필멸의 땅에서 벌어지는 불가역적 황폐화로 여겨졌지만 프시키가 으깨져 심장을 만들어내는 것도 일종의 메타모르포시거든? 그러니 그놈이 심장을 갖게 되면 마침내 근본적인 메타모르포시가 일어날 것 같단 말이야. 메타모르포시는 원래 이 세상을 태초의 상태로 되돌리는 힘이니까…… 온 세상에 아무것도 없던 때로 돌아가는 거지. 그걸 다른 말로 뭐라고 부르는지 알아?"

막시민은 멍하니 생각했다. 답을 알고 있지만 입이 떨어지지 않는다고 생각하면서. 쥬스피앙은 그들이 아닌 허공을 쏘아보며 말했다.

"소멸의 기원."

"소멸의 기원이라면 가나폴리 최후의 날에 아르카디아를 정화했다던 위대한 마법이 아닙니까?"

다비드가 그렇게 묻자 쥬스피앙의 입술이 일그러졌다.

"정화라. 그걸 그렇게 부르면 안 돼. 소멸의 기원의 정체는 메타모르포시다. 어쩌면 역방향 메타모르포시일지도 모르지. 이 대륙은 태초의 마법 위에 서 있는데 그걸 한 계절의 꿈처럼 깨버리고 왕국도, 생명도, 우리 모두도 없던 때로 되돌리는 거라고. 가나폴리의 위대한 왕녀께서는 그런 메타모르포시를 빌려서 이계의 괴물들을 없애려 했는데 그 힘은 바로 프시키들이 갖고 있었지. 저 기둥 속에 들어 있던 변종 놈들이. 왕녀께선 풍요의 다섯 기둥 중 하나를 무너뜨림으로서 그 힘을 개방했던 게 틀림없어. 그때 왕녀와 마법사들은 메타모르포시가 아르카디아에만 미치도록 조절할 수 있으리라 믿었지만 그렇지 않았기에 오늘날 필멸의 땅이 생겨나게 되었지. 문제의 그 기둥은 아르카디아에 있었을 거고, 아마도 새벽탑 '시메로노'라고 불리고 있지 않았을까……"

쥬스피앙의 해쓱한 얼굴에 착잡함이 나타났다.

"그러나 위대한 왕녀조차도 메타모르포시가 인간의 모습을 갖춘 건 본 적이 없었을 거다. 그자가 언제, 어느 기둥 밑에서 기어나왔는지는 몰라. 어쨌든 소멸의 기원이 서서히 그자를 깨웠고, 그자가 깨어난 결과 우리는 의지를 가진 메타모르포시를 상대하게 됐어. 그게 무슨 의지일지, 정말로 세상을 황무지로 되돌리고 싶은 생각뿐인지, 그렇다면 인간의 모습이 된 이유는 뭔지…… 그런 걸 물어보기라도 할 사람은 오를란느의 공녀님밖에 없을 거야. 본래 세상을 단번에 바스러뜨리는 엄청난 힘이 나타날 때면 반드시 그것을 막을 힘도 나타나는 것이 질서의 규칙이자 균형인데, 지금으로선 후보는 하나밖에 없지 않나? 프시키를 다루는 힘이 이 세상에서 오직 한 사람한테 주어져 있으니까 말이야. 또 변종 프시키에게 오늘날의 어떤 마법도 통하지 않는 것은 이미 명백하고."

막시민은 전에 이스핀에게 쏘아붙였던 말을 생각하고 있었다. 알지도 못하면서 잘도 떠들었다. 이 세상이 얼마나 크고 복잡한지 모르냐고, 네가 뭔데 재앙이라고 부를 만한 사건을 혼자 책임지냐고, 너라는 사람 하나가 포기한다고 바로 끝장나는 세계라면 애초부터 잘못 만들어진 거 아니냐고.

그게 아니었다. 세상은 막시민이 생각한 합리와는 무관했다. 애초부터 잘못 만들어져 있다 한들 누구에게 억울하다고 항의한단 말인가.

"공녀님의 힘이 어느 정도로 강하고 어디까지 통할지 모르지만 차근히 시험해봐야겠지. 아직 나부터도 잘 모르니까. 내 생각엔 공녀님이 숨기고 있는 이야기가 아주 많을 것 같단 말이야."

그때 로랑이 입을 열었다.

"연하께서 무슨 일을 하셔야 합니까? 설마 인간화된 메타모르포시와…… 대결해야 한다는 뜻입니까? 올해 고작 열아홉이신 분께 혼자 이 세상을 짊어지라 하는 것이 공정한 처사입니까?"

"공녀님한테 그런 힘이 있는지는 몰라. 없을 수도 있어. 하지만 만약 있다면……"

쥬스피앙은 갑작스러운 통증을 느끼기라도 한 것처럼 얼굴을 찡그렸다.

"정말로 면목없는 일이지만, 그분한테 그만한 각오가 있을지 봐야겠지."

한번 더 '그분'이라는 말을 들었을 때 막시민은 불현듯 예전에 쥬스피앙의 입에서 튀어나왔던 일갈을 기억해냈다. "그 분이 택한 길이 대체 어떤 것인지, 얼마나 처참한 것인지 털끝만큼도 알지 못할 놈들이!"

그건 노을섬의 마법사 아나로즈였다. 아나로즈의 운명을 떠올린 막시민은 호흡이 턱 막히는 것을 느끼며 주먹을 부르쥐었다.

"전 개 못 보냅니다."

그러자 쥬스피앙이 막시민을 쳐다보고 다시 오를란느인들을 봤는데 '지금 말한 개가 오를란느 공녀를 가리키는 거 맞지?' 하고 묻는 듯한 눈빛이었다. 뒤이어 로랑도 말했다.

"대공국의 고귀한 후계이신 공녀 연하께서는 어떤 일이 있어도 안전하게 지켜져야 합니다."

"그러다 세상이 망해도?"

쥬스피앙이 시니컬한 눈빛으로 노려봤지만 로랑은 무표정하게 답했다.

"그렇습니다."

쥬스피앙은 막시민과 로랑을 번갈아 쏘아보더니 갑자기 피식 웃었다.

"그래. 세상 따위 어찌되든 알 게 뭐냐. 소중한 분을 지켜야지. 물론 세상이 망할 땐 그분만 남겨놓고 망하진 않을 테지만 말이야."

얼마간 아무도 입을 열지 않았다. 이윽고 쥬스피앙은 그릇을 내려놓으며 한숨을 내쉬었다. 바깥에서 다시 왁자지껄한 노랫소리가 흘러들어왔다. 아이들이 까륵거리며 웃었다. 멀리서 폭죽을 터뜨리는 소리도 났다. 그들은 살아 있는 것을 기뻐했다. 아무것도 모르지만 뻔뻔스럽게 살고 싶어했다. 모든 인간이 늘 그렇듯.

"하지만 나한테도…… 양심이란 것은 있다. 공녀님은 물론 어리지. 단 한 명의 어린애한테 지금 당장 네 목숨을 내던져야 이 세상이 지켜진다고, 늙은 마법사들은 옆에서 구경만 하겠다고, 그런 거지같은 소리를 지껄일 용기는 없다. 그러니까 최대한 시간을 벌어보려는 거야. 대충 반년쯤은 어떻게 되겠지."

쥬스피앙은 필멸의 땅에 남은 변종 프시키가 오늘 이공간에 가둔 것의 열 배쯤은 될 거라고 했다. 앞으로 자신을 비롯한 전 대륙의 마법사들이 힘을 합쳐 이들을 필멸의 땅에서 탈출하지 못하도록 막거나, 가능하다면 이공간에 가둘 것이다. 그러나 안타깝게도 인간의 힘으로 만들어낸 이공간은 영원하지도 무한하지도 않았다. 그걸 만든 마법사의 힘에 따라 규모와 수명이 결정되는데 규모가 커질수록 마법사는 다른 마법을 쓸 여지가 없어지고 지속적인 집중력을 쏟아부어야 했다. 일정 한도를 넘어가면 잠도 거의 잘 수 없다.

"솔직히 그냥 유지만 한다면 십 년도 가능하리라 보는데 문제는 이 변종들이 탈출하려고 지속적으로 이공간을 뒤흔들 거라는 거야. 그래서 반년으로 짧게 잡는 거다. 나 정도 되는 마법사는 숫자도 적고, 모자란 놈들끼리 힘을 합치면 아무래도 빈틈이 생기고 그래. 그걸 다 감안해야지. 그러니 그동안 힘껏 고민들 해봐. 대공국에서도 머리 터지게 고민해보고, 막시민 네놈도…… 아니다."

쥬스피앙은 침대에서 벌떡 일어났다.

"그럼 이제 다들 가라. 전이문 두루마리 있댔지? 그거 일시적으로 켈티카까지 연결하라고 얘기해놨다. 대충 다섯 군데쯤 거치면 될 거야. 고민할 시간도 부족할 텐데 시간을 아껴야지. 자, 그럼 나도 쉬긴 해야겠는데 어딜 가서 신세를 지는 게 좋으려나."

쥬스피앙의 집은 가까웠다. 물론 마법사 기준으로. 평소의 쥬스피앙이라면 손가락 한 번 울려서 돌아갈 수도 있을 것이다. 의아해진 막시민이 물었다.

"집으로 돌아가시는 게 아닙니까?"

"나 이제 집 없어. 프시키 놈들한테 집 만들어주느라 없애버렸다."

그제야 생각해보니 쥬스피앙의 집이 있던 곳도 이공간이었다. 막시민이 직접 가본 그곳은 적어도 수십 년은 가꾸며 살아온 듯 손때 탄 분위기가 났었다. 마법사라면 짐도 꽤 많았을 테고, 그리고 티치엘은 종종 집을 그리워하곤 했었는데.

쥬스피앙은 굳어 있는 네 사람 사이를 통과해 문을 열고 나갔다. 한 발씩 천천히 계단을 내려가는 소리가 멀어졌다. 덜컥하는 소리와 함께 흥겨운 소음이 훅 밀려들다가 지워졌다.

막시민은 일어나 창가로 갔다. 횃불까지 밝히고 떠들썩하게 놀고 있는 사람들과 이리저리 뛰어다니는 아이들 사이로 조그마한 남자가 멀어져가는 것이 보였다.

켈티카의 봄

봄이 왔다.

3월까지만 해도 한파가 시시때때로 밀어닥쳐 장작 가게의 재고를 동냈지만 4월이 시작된 어느 날 아침, 투명한 레몬색 햇빛이 창틀에 가볍게 올라앉아 있었다. 창을 열자 포근한 냄새가 밀려왔다. 가로수 가지에도 희미한 녹색이 감돌았다.

"허, 그것참 귀신같네. 봄이야."

베네트는 숯을 들고 나와 겨우내 바람에 시달리다가 '베네트의 각종 중개 ㅊ 알선-귀찮은 ㄹ 해결해드립니다'가 되어버린 간판에 도망친 철자를 써넣었다. 파랗게 갠 하늘을 보며 허리를 펴던 그가 골목 쪽을 힐끔대며 중얼거렸다.

"거, 도망가버린 인간들도 돌아오면 좋을 텐데."

베네트가 힐끔댔던 골목 모퉁이에는 그가 '플레상스 경 악성 팬클럽'으로 이름 붙인 사람 두셋이 모여 수군대며 이쪽을 보고 있었다. 베네트는 그들이 행동을 개시하기 전에 얼른 사무실로 들어가 문을 쾅 닫고는 바쁘게 장부를 넘기는 체했다.

깔끔한 코트를 차려입고 조끼에 금 시곗줄까지 늘인 팬클럽 멤버들은 베네트의 사무실 앞으로 와서 안쪽을 노려봤지만 끝내 눈을 마주치는 데 실패했다. 그들은 고개를 내저으며 평소처럼 슈트루델 거리로 걸어갔다. 거기 가면 같은 처지인 사람들과 만나 불평을 주고받으며 즐거운 하루를 보낼 수 있었다. 플레상스 경이 돌아오면 누구부터 상담을 해줘야 할지, 한 명당 몇 시간의 상담을 해줘야만 하는지, 겨울 내내 수없이 심도 깊은 논의를 거쳐 모든 것을 결정했으므로 이제 할 이야기라고는 잡담뿐이었지만 그것도 지루하진 않았다. 최근엔 한 사람이 플레상스 경의 이야기를 소설로 쓰겠다고 선언하기도 했다.

"근데 그 사람, 소설은 써봤대요?"

"몰라. 읽긴 많이 읽었대."

"많이 읽었다고 잘 쓰나?"

"적당한 참고 작품이 있다던데요? 예전에 공화 반란 전에 유행하던 탐정소설 속에 비슷한 사람이 나온다더라고요."

"그럼 남의 것을 베끼는 거잖아?"

“그게 왜 베끼는 게 되죠? 플레상스 경은 실제 인물인데요?”

그들은 어느새 플레상스 경의 손자를 그냥 플레상스 경이라 부르고 있었지만 아무도 문제삼지 않았다. 진짜 플레상스 경은 어쨌든 그렇게 많은 사람을 만나주진 않았으니 말이다.

그들이 슈트루델 거리에 도착했을 때는 마침 꽤 많은 사람들이 망한 카페 맞은편 길에 모여 서 있었다. 같은 팬클럽이라고 생각하고 반갑게 다가갔지만 자세히 보니 직업소개소에 줄을 선 사람들이었다.

“봄이 와서 그런가, 일할 맘들이 나나보네?”

재밋거리나 찾으며 하루를 보내도 되는 그들과 달리 줄을 선 사람들의 표정은 진지했다. 어딘가에서 사람을 많이 고용하는 모양이다. 마침 한 남자가 건물에서 나오고 있었다. 그는 지나가는 마차를 잡아타고는 큰 소리로 말했다.

“노발리스 대로!”

마차는 북쪽을 향해 달려 로크리 구를 벗어났다. 강변을 따라 가다가 다리를 건너 흰비둘기 거리로 접어들자 필사본 가게들, 펜과 종이를 파는 문구점, 중고 가구점, 저렴한 식당들과 술집들이 나타나기 시작했다. 일명 ‘잉크 지구’라고 불리는 지역의 시작점이다.

잉크 지구에서 가장 큰 노발리스 대로 끝에는 음악 교육으로 이름난 학교 모나 시드가 있었고, 그 외에도 유명한 학교

서너 곳이 모여 있었다. 타 지역 학생들도 모여드는 학교들이지만 기숙사는 늘 부족했으므로 학생들은 남쪽의 나탕트 5번가와 7번가에 많이 모여 살았다.

마차는 노발리스 대로 입구에 멈추었다. 마차에서 내린 사람은 오가는 인파를 헤치며 거리를 따라 올라가다가 왼쪽 골목으로 접어들었다. 골목 안쪽에 솟은 아치형 입구로 쑥 들어가자 어깨를 맞댄 건물 다섯 채로 아늑하게 둘러싸인 오각형의 앞마당이 나타났다.

건물로 둘러싸였을 뿐 특정 건물에 속한 땅은 아니었으므로 마당보다 광장이라 부르는 편이 맞을지도 모른다. 십여 걸음으로 가로지를 크기에 불과했지만 한가운데에는 우물도 있었다. 좁은 땅에 억지로 건물을 구겨넣다보면 생기는 이런 꼬마 광장을 켈티카 사람들은 보통 '플라세트placette'라고 불렀다. 이곳은 '오각 플라세트'로 알려져 있었다.

오각 플라세트를 둘러싼 오 층 남짓한 건물들은 하나하나 고풍스러운 벽돌과 채색된 덧창, 담쟁이로 치장되어 심미적 관점으로는 아름다웠다. 하지만 빈말로라도 널찍하다거나 쾌적하다고 말하기는 어려웠다. 심지어 그날은 수십 명이 플라세트를 메운 채 줄을 서 있었다. 남자는 줄의 맨 끝으로 가서 섰다. 곧 건물 안쪽에서 부르는 소리가 났다.

"다음, 입장!"

가장 앞에 서 있던 여자가 초조한 기색으로 부채꼴 계단을 올라 1층 안쪽으로 사라졌다. 뒤쪽에 서 있는 사람들이 이야기를 주고받았다.

"면접이 왜 이리 길어? 이래서 언제 차례가 오겠냐고. 벌써 두 시간짼데."

"그래도 이런 일자리가 어딨어요? 어딜 가서 일한들 두 배 일당을 받겠냐고요."

"이렇게나 인심이 좋다니 역시 마법은 돈이 되나봐."

"우리 자식 놈도 이런 데서 공부하면 좋을 텐데 말이에요."

"에이, 여기 학비가 얼만데. 집안 기둥뿌리 뽑으면 한쪽 발 정도는 집어넣을 수 있으려나?"

그때 플라세트 바깥쪽 골목에서 한 소녀가 들어오다 말고 안쪽 풍경에 놀란 표정을 했다.

"어머."

소녀는 흰 원피스에 말쑥한 남색 로브를 걸쳐 입고 검정 가방을 들고 있었다. 북부 기준으로는 치마가 다소 짧은 편이었다. 터질 듯 가득한 가방 한쪽에 길쭉한 시약병 끄트머리가 튀어나와 있었다. 소녀를 돌아본 사람들이 수군거렸다.

"야야, 여기 학생인가봐."

"우와, 마법사인가?"

소녀는 고개를 갸웃거리며 뭔가를 찾는 기색으로 주변을

두리번거렸다. 그때 부채꼴 계단 위에서 한 사람이 나오다가 소녀를 발견했다.

"아, 쥬스피앙이구나. 일찍 왔네?"

소녀가 얼른 인사하며 환하게 웃었다.

"로렐딘 교수님, 안녕하세요? 그런데 여기가 학교 맞나요?"

"응, 좀 어수선하지? 아직 정리가 덜 돼서 그래. 저쪽 문으로 들어가보면 안내해줄 사람이 있을 거야."

"네, 감사합니다. 교수님."

소녀, 티치엘은 다시 깍듯하게 인사를 하고는 로렐딘 교수가 가리킨 맞은편 건물로 들어갔다. 로렐딘 교수는 플라세트를 가득 메운 각양각색의 사람들을 내려다보고 이마를 짚으며 한숨을 내쉬었다.

"이래가지고 개학은 할 수 있는 건가."

켈티카에 분교를 세운다는 계획은 지난 12월부터 진행되고 있었다. 네냐플의 정화에 일 년 이상 걸릴 것이 확실해지자 다른 곳에 학교를 연다는 결정 자체는 꽤 빨리 내려졌다. 멀지 않은 곳에 있는 빈 성 몇 군데를 알아보고, 그중 적당한 성을 골라 임대 협의까지 진행되고 있었는데 갑자기 모든 걸 원점으로 돌리라는 학장의 명이 내려졌다. 2월에 심볼리온에서 사건 조사 심의회가 열린 직후의 일이다.

"분교는 켈티카에 설립하도록 한다."

왜인가? 로렐딘 교수는 심의회에 직접 갔기 때문에 이유를 알았지만 상당수는 그렇지 않았다. 그렇지 않아도 연일 임대료가 치솟을 정도로 복작거리는 켈티카에 학교로 쓸 만큼 널찍한 건물이 '저를 써주세요' 하고 텅 비어 있을 리가 있을까? 부지를 알아보러 켈티카로 갔던 '분교 설립단'의 조교들이 번화가를 쏘다니다가 '적당한 장소 없음'이라는 보고를 보낸 것은 2월 말의 일이었다. 그들이 보기에는 어차피 불가능한 임무였다. 이만하면 학장님의 변덕에도 웬만큼 비위를 맞췄으니까 처음 가려던 그 성으로 가면 되지 뭐.

그러나 상상도 못한 답변이 돌아왔다. '연구 시설을 생략하고 학생을 위한 장소만 고려함. 규모를 최소한으로 줄여도 좋음. 주변 환경과 건물의 쾌적도 및 노후도 무관. 학교의 위신 역시 고려할 필요 없음. 4월 안에 반드시 개학을 한다는 것만이 중요.'

"아니, 왜 켈티카야? 전국에 널찍하고 쾌적한 곳이 널렸는데 왜 이 좁아터지고 비싸기만 한 소굴로 기어들어오려고 난린데? 갑자기 전원생활에 질려서 단체로 대도시병이라도 걸렸냐고!"

3월 초, 최종 선정된 건물의 오각형 앞마당에서 켈티카 출신 조교 한 사람이 이런 비명을 내질렀다는데 그후 같은 자리에 섰던 모든 사람이 비슷한 생각을 했을 법했다. 영문을 아는 로렐딘 교수조차 건물 꼴을 보고는 저절로 한숨을 내쉬었을 정도다. 다섯 채의 건물을 모조리 합쳐도 네냐플에 있는 건물 한 채 규모는 되려나? 기숙사는 애초에 포기한다 쳐도 여기다가 강의실은 다 욱여넣을 수 있을까? 욱여넣을 크기의 방은 있을까? 보아하니 하나하나가 쪽방 수준인데.

하지만 4월 초가 되자 로렐딘 교수의 우려는 이미 누구의 관심사도 아니었다. 이제 개학을 해야 할 판인데 분교 설립단은 건물주 세 명과 임대 조건 협의조차 마치지 못했다. 건물주들은 건물 다섯 채 전체를 장기간 빌리겠다는 제안에는 큰 호감을 보였지만 벽을 터서 방의 개수를 줄이고 방 하나의 크기를 늘린다는 의견에는 극도로 반감을 보였다. 보아하니 그동안은 멀쩡하던 방을 쪼개 방 크기를 지속적으로 줄여왔던 모양인데, 그야 방 크기가 두 배라고 임대료도 두 배는 아니었기 때문이다.

무엇보다 마법으로 빠르게 일을 처리하는 데 익숙한 마법사들은 일상적인 잡무에 걸리는 시간을 과소평가하는 경향이 있었다. 모르긴 해도 이번 일에도 그런 착각이 영향을 끼쳤을 것이다. 분교 설립단이 이대로라면 4월 내 개학은커녕 5월에도 불가능할 거라는 보고를 보내자 드디어 교수들이 켈티카에 나타나기 시작했다. 좋았어, 교수님들의 마법이라면 뭐든지 해결 가능하겠지!

실제로 그랬다.

건물주와의 협의(건물을 두 배 가격에 사버림), 이웃과의 협의(이웃의 건물도 사버림), 임차인 내보내기(돈을 많이 줘서 해결), 안전 점검과 수리 및 개조(유일하게 마법을 씀)까지가 순식간에 해결됐다. 인력 고용도 사실상 비슷한 방법(일당 두 배)으로 해결하는 중이었다. 다만 면접은 마법으로도…… 아니 돈으로도 빨리 해결할 방법이 없어서 며칠이 걸렸다.

"이제 비품을 주문하고 간판을 달면 4월 말에는 개학할 수 있으려나?"

모두의 희망사항이었지만 약간 과한 기대이기도 했다. 학교야 어쨌든 연다 쳐도 기숙사는 여전히 해결되지 않았다. 학교에서 보낸 안내장을 받고 며칠 안에 속속 도착할 학생들은 방금 티치엘이 들어간 교무관에서 머리를 감싸쥐고 비명을 지르게 될 예정이었다. 네? 기숙사가 없다고요?

티치엘은 비명을 지르는 대신 약간 창백해져서 다시 물어보았다.

"기숙사가 없으면 다들 어디서 지내게 되나요?"

"어, 그게…… 학교에서도 몇몇 건물과 계약을 시도하고 있지만 아직 확정된 건 없어요. 아마 4월 안에 마련되긴 할 텐데 그나마도 처음엔 4인 1실이나 6인 1실이 될 가능성이 높아요. 아마 불편하고 좁겠죠. 차차 공간을 확보해서 2인 1실

정도로 만들 계획입니다."

"그럼 지금 당장은 어디서 지내야 해요?"

"미안하지만 당장은 직접 숙소를 찾아야 할 것 같네요. 제일 가까운 여관은……"

잠시 후 교무관에서 나온 티치엘은 이마를 짚으며 생각에 잠겼다. 어떻게 하는 게 좋을까? 켈티카 출신 친구들은 시골 소녀, 아니 정확히는 이웃도 없이 이공간 전원에서 아버지와 단둘이 살아온 티치엘에게 켈티카의 미쳐 돌아가는 물가와 시골 사람 코 베어 가는 인심에 대해 신나게 설명하며 겁을 준 적이 있었다. 이런 곳에서 최소 보름쯤 생존해야 한다는 말이지.

물론 티치엘에게는 '아버지에게 연락한다'라는 빠른 해결책이 있었지만 어쩐지 당장은 그러고 싶지 않았다. 아빠한테는 잘 다녀오겠다고 인사를 했잖아? 그래놓고 다시 부르는 건 좀 창피하니까.

골목으로 나오자 켈티카에서도 손꼽히게 넓은 노발리스 대로가 내다보였다. 마침 점심 무렵이라 수많은 사람이 물결처럼 지나가는 중이었다. 네냐플보다 인구밀도가 높은 곳에서 살아본 적이 없는 티치엘의 눈에는 그 틈에 끼어들기도 쉽지 않아 보였다. 여관이 어디라고 했더라. 곧장 나가서 왼쪽으로 가다가 두번째 골목으로 들어가 두 번 꺾으라고 했는데……

그런데 어디까지 곧장 가라는 거였을까? 저기 맞은편에도 길이 보이잖아?

물론 이 큰길까지만 곧장 가라고 했을 가능성이 크지만, 확실하지 않으니까 저 길이 끝나는 곳까지 먼저 가보고, 왼쪽 길이 있는지 없는지 확인한 다음 여기로 돌아와야지. 만약 왼쪽 길이 있으면 두번째 골목이 있는지도 확인해보고……

그렇게 티치엘이 완벽한 결과를 도출하려는 화학자 같은 방법으로 길을 잃으러 떠나간 직후, 다음 학생이 도착해 골목에 머리를 들이밀었다. 꼬마 광장에서 방향을 헷갈리긴 했지만 그 또한 교무관에 들어가 티치엘과 똑같은 안내를 받았다. 그러나 그는 전혀 다른 결론을 내리며 골목으로 뛰쳐나와 소리쳤다.

"와, 잘됐다! 저번에 사둔 거기 위층에다가 기숙사도 만들어야지!"

곁에 선 하인이 고개를 저으며 참견했다.

"도련님, 기숙사는 학교에서 만드는 겁니다요. 도련님이 만들면 그건 기숙사가 아니죠."

"그래? 그럼 뭐라고 불러야 해? 여관인가? 셋방?"

"네냐플 학생만 받을 테니 여관이나 셋방은 아닌 것 같고……"

하인이 우물쭈물하자 도련님은 곧 명쾌한 결론을 내렸다.

"알 게 뭐야! 그냥 루시안네 기숙사라고 하면 되잖아? 친구들을 모조리 모아서 신나게 지내야지! 역시 소문 듣고 건물을 사두길 잘했어! 지금 당장 가보자!"

루시안이 당장 가려고 하는 곳은 노발리스 대로와 흰비둘기 거리가 교차하는 곳에 위치한 하얀 대리석 건물이었다. 외관이든 규모든 어느 모로 보나 오각 플라세트의 다섯 채 건물들보다 훨씬 그럴싸해서 이쪽이 학교가 되는 편이 나았을 테지만, 분교 설립단의 조교들로서는 도저히 이해할 수 없는 미묘한 이유로 이 건물은 교수들의 낙점을 받지 못했다.

그후 분교 설립단이 고용한 중개업자의 입을 통해 네냐플이 노발리스 대로에 분교를 열려 한다는 소문이 퍼졌다. 칼츠 상단의 대리인에게 이 소식을 들은 루시안은 즉각 아버지에게 달려가 외쳤다.

"아빠! 그 근처에다가 건물 하나 사줘!"

너는 뭔 건물을 사탕 사달라는 것처럼 사자고…… 라며 등짝을 때릴 수도 있었지만 드메린 칼츠는 네냐플에 입학한 아들을 존중하기로 했으므로 신중하게 대꾸했다.

"음, 건물을 산단 말이지. 그런데 거기서 뭘 하려는 게냐?"

"아직 잘 모르겠어. 식당 같은 거 열까?"

칼츠 상단이 여러 가지 사업에 손을 대긴 했어도 아직 식당을 연 적은 없었다. 칼츠의 눈가가 미세하게 떨렸다.

"왜 하필 식당이냐?"

"우리 학교 애들은 먹는 낙으로 살거든! 아 참, 시짜매인가 그것도 팔아야 하는데. 어떤 애들은 그거 없으면 예전에 자살했을 거래. 자살은 꼭 막아야 하잖아?"

그뒤로도 얼마간 대화가 오가긴 했지만 어쨌든 칼츠 씨는 아들에게 건물을 사주었다. 다만 조건이 있었다.

"네냐플 분교가 그곳에 있는 동안 네가 산 건물을 사용해서 건물 구입 비용의 4분의 1에 해당하는 수입을 올려야 한다. 할 수 있겠느냐?"

"그러지 뭐!"

아들이 명쾌하게 답하는 것을 들으며 칼츠는 속으로 뇌까렸다. 아들아, 건물 가격이 얼마인지 정도는 먼저 물어보란 말이다……

그후로 루시안은 미리 켈티카에 와 있다는 장점을 십분 활용해 노발리스 대로를 뻔질나게 오가며 무슨 사업을 하면 좋을지 조사했다. 다시 말해 대로변의 가게들에 들어가 온갖 것을 두서없이 물어보고 다녔다. 이야기를 실컷 듣고 나서는 "역시 식당이 낫겠네!"라고 몇 번 말했는데, 그게 웬 사업가가 식당을 연다는 소문이 퍼진 이유였다.

루시안이 다녀가고 며칠 뒤, 오각 플라세트의 한쪽 벽에 수상한 공고가 나붙었다. "크고 멋진 학숙에서 학숙생 모집."

켈티카에서 새로운 생활을 시작할 꿈에 부풀어 도착한 네냐플 학생 여러분!

기숙사가 없어서 당황하셨죠?

여관은 좁고 비싸서 놀라셨죠?

얹혀살 친척집도 없어서 낙담하셨죠?

그런 여러분을 위한 크고 멋진 학숙!

여기서 삼백 걸음 떨어진 곳에 있고 가격도 저렴합니다.

게다가 네냐플 학생만 받는다는 사실!

그냥 지나친다면 분명 후회하겠죠?

수용 인원이 마흔 명뿐이거든요.

빨리 오는 것이 좋은 생각 같지 않아요?

흰비둘기 거리 1번지, 하얀 파사드에 빨간 대문을 찾으세요!

이렇듯 귀여운 말투로 적어놓은 주제에 공고 주체는 '재단법인 대륙인재육성재단'이라는 일견 엄숙한 이름을 갖고 있었다.

교무관에서 나오자마자 눈에 띄는 곳에 붙은 그 공고를 방금 도착한 학생 하나가 들여다보고 있었다. 그는 조금도 헤매지 않고 단번에 오각 플라세트로 들어온 참이었다. 한때 이쪽 거리의 학교에서 공부한 적이 있었기 때문이다.

공고를 다 읽은 그가 손가락을 회색 머리카락 속에 천천히 쑤셔넣으며 중얼거렸다.

"왜 또 하필 여기야."

'크고 멋진 학숙'이 될 예정인 흰비둘기 거리 1번지 건물에는 양복점과 과자점이 있었다. 양복점은 주로 근처 학교의 교복을 맞춤 제작하는 곳이라 평소에는 한산했다. 반면 '제비꽃'이라는 이름의 과자점은 이름처럼 작아서 노천에 내놓은 테이블 하나가 좌석의 전부였지만 종종 줄이 늘어설 정도로 인기가 있었다.

가장 유명한 것은 슈 페이스트리였다. 학생들은 저렴한 치즈 슈나 계란 슈를 많이 먹었지만 계절에 따라 흰 송로나 헤이즐넛 프랄린 같은 고급스러운 슈도 한정 상품으로 팔았다. 근처 학교 학생들은 신입생 앞에서 자신이 먹어본 제비꽃 과자점의 슈 종류를 자랑스럽게 읊으며 우쭐거리곤 했다.

루시안은 슈를 하나 먹어보자마자 대뜸 눈을 반짝이며 말했다.

"아하, 이쪽 동네에도 로글랑탱 파이가 있었네!"

"로글랑탱 파이는 한 종류뿐이잖아요."

"돌아가면 앞으로 여러 가지 내보자고 얘기해줘야지. 이게 사실 비슷한 거거든? 남쪽에선 파이라고 부르는 걸 여기서는 퍼프 페이스트리라고 한단 말이야. 그리고 저건 슈 페이스트리니까 결과적으로 다 친척들이지! 안에 뭘 넣을지만 바꾸면 되니까! 골고루 먹어보고 네냐플에 돌아가서 켈티카 최신 유행이라고 알려주면 여러 가지 메뉴가 생기겠지? 나중에 후배들을 만날 때 '995년에 입학하다니 정말 안타깝네, 994년 여름 한정판은 정말 최고였는데' 이런 대화를 하면 재밌을 거 아니야!"

재미있는 상상을 해낸 루시안의 흥분을 한두 마디로 가라앉히는 방법은 없었다. 루시안이 과자점 진열장 앞으로 달려가자 하인이 뒤따라가며 중얼거렸다.

"994년 여름엔 네냐플이 열릴 일이 없을 텐뎁쇼."

여름에 네냐플을 다시 열 수 있다면 켈티카에 분교를 열 필요도 없을 것이다. 건물주가 나타나자 과자점 주인인 코라 부인이 얼른 밖으로 나왔다.

"오늘도 오셨네요?"

"그럼요! 오늘은 이거랑, 이거랑, 저거랑, 저것도, 저것까지 주세요!"

"너무 많지 않을까요? 저번에도 그러시더니 그때 사 간 건 다 드셨어요?"

"음…… 사실은 주변에 좀 나눠줬어요. 그래도 버린 건 없었으니까 괜찮아요!"

코라 부인이 슈를 준비하는 동안 루시안이 하나뿐인 좌석에 앉은 남녀를 흘끔 보니 그들은 커피 한 잔씩만 시킨 참이었다. 이곳의 명물인 슈는 놔두고 커피만 마시다니? 루시안이 보기에는 어처구니없는 일이었다. 어처구니가 없는데 그냥 지나치는 법은 없었다.

"저기요, 실례지만 왜 슈를 안 드세요?"

루시안이 여자한테 불쑥 묻자 여자는 당혹스러운 기색이었다. 갑자기 나타나 슈를 잔뜩 주문하더니 자기들한테까지 슈를 팔려 하는 젊은 남자의 정체는 아마도…… 가게 홍보원? 아니면 지나치게 오지랖이 넓은 단골?

"슈가 안 내킬 수도 있잖아요."

여자는 더이상 참견을 바라지 않았기에 일부러 쌀쌀맞게 대꾸했다. 이런 사람들의 말을 예의 있게 받아주었다간 '네가 슈 맛을 몰라서 그런다' '슈를 안 먹을 거면 이 가게는 왜 왔냐' '일단 먹어보면 생각이 바뀔 거다' 등등 별별 소리가 다 나올 가능성이 있었다.

하지만 루시안의 반응은 달랐다.

"그렇구나. 그럼 이따가 내킬 때 드세요! 선물이에요!"

루시안이 코라 부인이 방금 꺼내준 슈 두 개를 테이블에 놓자 여자가 놀라 루시안을 쳐다봤다.

"왜 이런 걸 주죠?"

"음, 맛있으니까?"

"그게 아니라 왜 우리한테……"

"맛있는데 안 드시니까요?"

말이랍시고 주고받았는데 의사소통은 전혀 되지 않은 둘은 다시 서로를 빤히 봤다. 그때 곁에 앉은 남자가 말했다.

"역시 슈로 유명한 가게 앞에서 커피만 마시는 건 좋은 전략이었네. 잘 먹겠습니다."

"와, 똑똑하시다! 그럼 맛있게 드세요!"

드디어 의사소통이 된 건가? 적어도 루시안은 그렇게 생각했는지 싱긋 웃어 보이고는 남은 슈를 하나 꺼내 베어 물며 위층으로 올라갔다. 건물을 기숙사로 개조하기 위해 설비업자와 실내장식업자를 만나기로 한 참이었다.

그 광경을 보고 있던 코라 부인이 얼른 접시를 꺼내 와서 테이블에 놓인 슈를 올리고 포크도 내놓으며 웃어 보였다.

"너무 놀라지 마시고 맛있게 드세요. 장사를 도와주려고 종종 이러신답니다."

"친척인가보죠?"

"그건 아니고…… 이 건물 주인이세요."

여자가 놀란 얼굴로 코라 부인을 쳐다봤다.

"저렇게 새파랗게 젊은데 이 건물을 갖고 있다고요?"

"네. 최근에 사들였는데 듣자니 큰 상단의 아드님이시라고 해요. 상단 일을 시작하기 전에 시험삼아 건물 운영을 해보려나봐요. 참, 네냐플이 이 거리에 분교를 연다는 얘기는 들으셨죠? 그 학교 학생이어서 이 건물에 학숙을 만들어 운영해보실 생각인 모양이에요."

여자는 앞에 놓인 슈를 내려다보고, 다시 루시안이 사라진 쪽을 돌아보더니 얕은 한숨을 내쉬며 중얼거렸다.

"와, 부자들 얘기는 언제 들어도 실감이 안 나네."

"저도 그래요. 예전엔 곁에서 모시기도 했는데 그래도 실감 안 나는 건 똑같더라고요. 참, 이 슈 만드는 법도 그분한테 직접 전수받은 거랍니다. 혹시 들어보신 적 있으세요? 공화반란 이전에 유명했던 카페인데……"

수상쩍은 경영 수업

4월 중순이 되자 학생들은 대부분 켈티카에 도착했다. 오지 않은 사람은 극히 적었다. 그 무렵 기숙사가 인근 건물에 극적으로 마련되어 여관에 짐을 풀었던 학생들도 대부분 이사를 했다. 그러나 그들은 불만에 차 있었다.

"학교에서 만든 기숙사가 학숙보다 못한 게 말이 되냐?"

한 방에 네 명, 또는 여섯 명씩 머물러야 하니 개인 공간은 극히 작아서 사실상 침대뿐이었다. 짐을 둘 데가 없어서 1층 로비 구석에는 마구잡이로 쌓은 거대한 짐 무더기가 생겨났다. 이대로라면 나중에 기숙사 공간이 확장되어 자기 짐을 찾아갈 때도 한바탕 난리가 날 것이 틀림없었다.

반면, 일찍 와서 루시안의 학숙에 자리를 잡은 학생들은 제법 우쭐거리며 다녔다. 공간도 쾌적하고 가격도 저렴하며 심지어 우연히 교수들과 마주칠 염려도 없다! 그들 중 학교 기숙사로 옮겨간 사람은 단 세 명뿐이었는데 1학년이 운영하는 학숙에 살고 싶지 않았던 고학년이라고 알려졌다. 빈자리가 났다는 소문이 퍼지자마자 학생들이 몰려와 쟁탈전을 벌였고, 제비뽑기까지 하고서야 겨우 입실자가 결정되었다. 이후 기숙사에서 새로운 문제가 발생할 때마다 학숙에 대한 부러움은 점점 커져갔다. 침대를 옆으로 조금씩 밀다가 들키는 바람에 오간 주먹다짐, 자물쇠가 제대로 잠기지 않아 생긴 도난 사건, 환기에 대한 격렬한 의견 차이로 인해 결과적으로 창문이 망가져버린 일 등등.

반면 학숙의 호황과 별개로 루시안에게도 나름 고민거리가 있었다. 아니, 실은 매우 중대한 문제였다. 학숙 입실료가 너무 저렴하게 책정된 나머지 아무리 운영해도 적자가 날 것이 자명해졌던 것이다. 이대로라면 수익을 내기는커녕, 머지않아 적자 규모가 건물 구입비를 넘어서게 될 것이 뻔했다.

"나 말이야, 장사꾼의 기본이 안 됐나봐."

아버지를 흉내내어 약식 장부를 적어본 루시안이 한숨을 푹 내쉬었다. 학숙 맨 위층에는 루시안이 운영사무실이라는 핑계로 친구들과 놀려고 따로 빼놓은 방이 있었는데 보통 '응접실'로 불렸다. 아직 같은 빌라 친구들이 다 오지 않았기에 오늘은 한 명뿐이었다.

보리스가 말했다.

"넌 아직 학생이잖아."

"그건 맞아. 하지만 학생이 건물을 살 수 있겠어? 건물을 산 이상 장사꾼답게 생각을 했어야 하는데 그냥 학생처럼 군 게 문제야. 사실 아빠한테 여길 사달라고 조를 때는 '학숙을 만들어서 멋지게 꾸며놓고 다 같이 재밌게 놀아야겠다!' 하는 생각에만 푹 빠져 있었거든."

보리스는 대답 없이 생각에 잠겼다. 그는 루시안이 생각 없이 턱 사다놓은 최고급 소파에 앉아 아까부터 책을 펴들고 있었지만 읽은 건 거의 없었다. 방학 내내 책 한 장 펴보지 못했으니 개학 대비를 하려던 생각까진 좋았다. 하지만 오랜만에 편 교과서는 알쏭달쏭한 수수께끼로 변해 있었다. 예전에도 수수께끼이긴 했지만 그래도 집중해서 읽으면 제법 풀리는 수수께끼였는데. 역시 몇 달이나 책을 멀리한 대가는 컸다. 무엇보다 풀죽은 루시안이 고민에 빠져 중얼대고 있으니 대답을 해주지 않을 수도 없었다.

"네가 그런 생각만 한 건 문제지만…… 실은 칼츠 님이 그런 너를 잘 아시면서도 선뜻 이 건물을 사주신 것이 문제의 시작은 아닐까?"

교과서를 이해해보려고 이성과 논리로 분투하다보니 튀어

나온 핵심을 찌르는 대답이었지만 루시안의 기분을 달래주는 대답은 아니었다. 루시안은 갑자기 눈물이 글썽해지더니 소리쳤다.

"네 말이 맞아! 그만두고 도로 팔자고 할까? 아빠는 날 믿어주셨던 것뿐인데, 나 때문에 아빠까지 안목 없는 사람이 되는 것보단 낫잖아!"

잠시 후, 보리스는 교과서 읽기를 포기하고 루시안 곁으로 가서 어깨에 손을 얹으며 거듭 사과했다.

"그런 뜻이 아니었어. 미안하다. 다른 방법을 생각해보자."

루시안이 울먹거리면서 물었다.

"무슨 방법이 있는데?"

"음……"

평소 이런 생각을 해본 적도, 해볼 만한 일을 만들어본 적도 없던 보리스는 나름 최선을 다해 장사꾼의 입장이 되어 머리를 굴려보았다. 이런 무경험자는 적당한 선을 모르기 마련이었기에 곧 놀라운 대책이 튀어나왔다.

"입실료와 별도로 뭔가 이용료를 책정하면 어떨까? 꼭 이용할 수밖에 없는 걸로. 이를테면…… 우물 이용료?"

루시안이 눈을 크게 뜨더니 말했다.

"보리스, 그거 진심으로 하는 말이야? 완전 악덕 건물주 같은데?"

"네가 장사꾼답게 생각해야겠다고 했잖아."

"그렇지만 장사꾼이랑 사기꾼은 다르잖아!"

"그게 그 정도로 나쁜 거야?"

"응! 완전 냉혹한 수법이지. 내가 아니라 보리스가 건물을 샀으면 아빠가 말한 대로 수익을 잘 냈을 거 같은데?"

그렇게 말한 루시안은 눈물방울을 단 채로 킬킬 웃기 시작했다. 보리스는 당황해서 자기가 한 말을 곱씹어보았다. 대륙 곳곳을 다니다보면 그런 식으로 영업하는 여관 같은 곳이 많던데? 방값을 냈어도 우물 이용은 별도, 목욕통 이용은 별도, 심지어 멀쩡히 있는 창문을 열 때도 별도로 돈을 내라는 곳이 있었는데?

보리스가 그간 악덕 여관 주인들에게 당한 인생을 돌아보고 있는 동안 루시안은 손수건을 꺼내 눈물 콧물을 닦고 코까지 팽 풀고 나서 말했다.

"휴, 그래도 너무 웃겨서 기분이 좋아졌어. 다른 애들이 오면 또 물어봐야겠다. 보리스한테서 이런 말이 나오는 걸 들으니까 다른 애들도 분명 기상천외한 대책을 내줄 것 같아!"

이튿날, 루시안이 고대하던 다른 룸메이트가 도착했다. 검은 트렁크 하나만 달랑 들고 도착한 란지에는 미리 비워둔 방으로 안내받는 대신 제비꽃 과자점의 하나뿐인 테이블에 강제로 앉힌 채 루시안의 집요한 질문 공세를 받았다. 질문 사이사이에 끼워넣은 두서없는 설명을 조합해서 겨우 상황을 이해한 란지에가 물었다.

"그래서 한 달에 적자가 얼마나 난다고?"

"음…… 대략 3천 엘소 정도?"

평범한 사람이라면 듣는 것만으로도 심장마비가 일어날 것 같은 규모였다. 란지에는 루시안의 얼굴을 물끄러미 보고 있다가 건물을 한 번 올려다보고, 짧은 한숨을 내쉬며 정신을 다잡았다.

"넌 재미로 그랬다지만 결과적으로 학생들한테 좋은 일을 해준 건데, 아버지께서 그런 점은 감안해주시지 않을까?"

"모르겠어! 물어본 적이 없어서. 물어볼까?"

"응. 어쩌면 장차 좋은 직업을 갖게 될 네냐플 재학생들한테 은혜를 베풀어 좋은 평판을 얻는 것을 일종의 장사로 생각해주실 수도 있지."

루시안이 고개를 갸우뚱하더니 곧 끄덕거렸다.

"맞는 말 같아. 그럴 수도 있겠지? 알았어. 물어보지 뭐! 근데 말이야, 그것만 갖고는 좀…… 완전히 납득해주시진 않을 것 같은데. 우리 아빠는 장사꾼, 아니 상인이니까 말이야."

루시안이 아버지를 잘 알아서든 아버지를 닮아서든 이런 느낌은 거의 맞아떨어지는 편이었다. 란지에는 미묘한 쓴웃음을 지으며 고개를 끄덕였다.

"그렇겠지."

"그러니까 몇 개만 더 말해줘! 넌 빈틈을 찌르는 얘기 같은 거 잘하잖아. 내가 한 얘기에 빈틈 없어? 저번에 네가 교수한테 따져서 시험문제 무효로 만든 적도 있잖아. 그때처럼 내 적자도 무효로 만들어주면 좋을 텐데!"

"그건 그냥 우연이었어. 그리고 시험문제의 오류를 찾는 거랑 한 달에 3천 엘소를 버는 재주는 아무 상관이 없을걸."

그렇게 말하긴 했지만 란지에는 눈을 내리깔며 생각에 잠겼다. 그때 코라 부인이 슈 두 개와 차를 가지고 와서 테이블에 내려놓으며 웃어 보였다.

"그때 얘기하셨던 친구분인가봐요? 저희 가게의 슈 좀 드셔보세요. 건물주께서 벌써부터 네냐플 분교의 명물로 점찍었답니다."

"감사합니다."

버터크림에 헤이즐넛 프랄린을 넣은 한정판 슈를 내려다본 란지에는 문득 고개를 갸웃하더니 한입 먹어보았다. 그가 다시 코라 부인을 봤다.

"실례지만 혹시 전에 다른 곳에서도 이 슈를 만들지는 않으셨던가요?"

"아, 혹시 에시크 부인의 슈를 드셔보셨던…… 아니 잠깐, 그때를 알 나이가 아니신데요?"

란지에가 미소를 지었다.

"에시크 부인의 친구분 댁에서 먹어본 적이 있습니다. 역시 에시크 부인과 아는 사이셨군요. 부인께서 그분의 카페를 이어받을 사람이 없어서 조리 비법도 실전될 거라고 한탄하시더니 여기서 훌륭하게 이어지고 있었네요."

코라 부인의 얼굴도 환해졌다.

"역시 그분을 아는 분이셨군요! 반가워라! 전 그분의 카페 주방에서 일했는데 부인께서 재주가 있다고 직접 디저트 만드는 법을 가르쳐주셨답니다. 깐깐한 분이었는데 저한테는 칭찬도 많이 해주셨죠. 부인께서 카페를 닫고 떠나신 뒤에 저는 이쪽으로 와서 가게를 차린 건데, 사실 부인의 슈와 비교하기엔 좀 부끄럽긴 해요. 여긴 학생들이 많이 오는 곳이라 가격을 낮추려고 재료를 좀 저렴하게…… 아이고, 이런 얘기 해도 되나."

하지만 그러고도 코라 부인은 한참 동안 옛날이야기를 늘어놓았다. 오랜만에 에시크 부인을 아는 사람을 만나 무척 기쁜 모양이었다. 낯선 사람과 길게 대화하는 일이 거의 없는 란지에도 웬일인지 잡담을 잘 받아주며 몇 가지 묻기도 했다. 잠시 후 옆에서 듣고 있던 루시안이 불쑥 질문했다.

"그 카페는 어디예요? 근처예요? 가보고 싶다."

"여기서는 좀 떨어져 있어요. 그런데 말씀드렸다시피 몇 년째 문을 닫아서 지금은 반 폐허랍니다.”

“그래요? 가게 이름은 뭔데요?”

“‘플로레종’이라고 해요. 오를란느 말로 ‘꽃 피는 계절’이라는 뜻이래요. 오를란느 출신의 단골이 지어준 이름이라는데 어감이 참 예쁘지 않아요?”

코라 부인이 그곳이 얼마나 아름다웠는지, 음식은 얼마나 맛있고 식기와 커틀러리는 얼마나 고급이었는지, 드나드는 손님들은 얼마나 고상했는지 설명하는 동안 루시안의 얼굴에 점차 생기가 돌기 시작했다.

“슈트루델 거리란 말이죠? 그런데 에시크 부인이라는 분은 어디 사세요?”

“아 그게, 켈티카를 떠나신 것까지만 알고 그뒤로는 저도 소식을 몰라요. 잘 계시려는지. 돌아오셔서 다시 카페를 열어주시면 좋을 텐데.”

그러자 란지에가 말했다.

“유감스럽습니다만 부인께선 작년에 돌아가셨습니다.”

코라 부인이 크게 놀라며 란지에를 보았다.

“아, 저런…… 그분께서 다시 플로레종을 열어주시기를 늘 기다렸는데. 저뿐 아니라 많은 사람이 그랬을 거예요. 그 가게에 추억이 있는 단골이 참 많아요. 슬픈 일이네요. 아, 갑자기 눈물이 나서…… 죄송해요.”

코라 부인은 앞치마를 구겨 쥐더니 과자점 안으로 종종걸음쳐 들어갔다. 둘만 남게 되자 루시안이 란지에를 빤히 보더니 말했다.

"나 진짜 좋은 생각 났어."

란지에가 미심쩍은 표정으로 루시안을 봤다.

"혹시……"

"응! 그 카페, 내가 다시 열어야겠어. 느낌이 팍 오더라. 완전 최고의 생각이지? 전부 네 덕택이야! 고마워!"

루시안이 벌떡 일어나 위층으로 뛰어올라가자 혼자 남은 란지에가 계단 쪽을 돌아보며 다시 고개를 갸웃했다.

"방금 전까지 적자 얘기를 하고 있지 않았나?"

루시안은 하루 만에 슈트루델 거리에 있다는 플로레종의 폐허를 살펴본 다음 중개업자까지 만나고 왔다. 슈트루델 9번지 건물을 물려받았다는 에시크 부인의 조카는 돈이 급해서 위층을 팔았지만 플로레종이 있는 1층만은 옛 추억 때문에 팔지 못하고 남겨두었다고 했다. 카페를 다시 열고 싶긴 하지만 그럴 시간도 돈도 없는 모양이었다.

돌아온 루시안은 누구든 붙들고 이야기를 쏟아놓을 기세였다. 보리스는 마법학 교과서 2단원과 진지하게 대결하기 위해 응접실 대신 제 방을 택했지만 흥분한 루시안을 피하지는 못했다.

“거기 진짜 예쁜 데였더라. 물론 지금은 엄청 더럽고 개판이지만 코라 부인한테 얘기를 들어서 그런가 상상이 잘되더라고. 게다가 원래 삼십 년이나 운영한 곳이었대! 그 정도면 되살리는 것도 가치 있는 일이잖아, 안 그래? 열기만 하면 분명 옛날 단골들이 몰려들 거야.”

“루시안 넌 그저께까지만 해도 학숙에서 나는 적자를 걱정하고 있었잖아. 그런데 갑자기 카페를 열겠다니 앞뒤가 안 맞는 것 같다.”

“카페에서 수입을 잔뜩 내서 학숙의 적자를 막으면 되잖아! 이거야말로 진짜 장사꾼다운 대책이거든? 분명 아버지도 잘했다고 할걸?”

적자 위에 투자를 얹는 공격적 경영, 즉 대상인의 아들이나 할 법한 발상을 들은 보리스는 도저히 납득이 가지 않는 표정이었다. 하지만 자신이 냈던 대책이 ‘냉혹한 사기’라는 평가를 듣는 바람에 차마 정신 나간 생각이라는 반론을 하진 못했다. 게다가 루시안이 아무 조사 없이 막연하게 하는 소리만도 아니었다.

“내가 그 앞에 몇 시간 서 있어봤는데 사람들이 엄청 기웃대더라고. 문 닫은 지 육 년이나 된 카페인데 말이야. 그래서 그런 사람 몇 명을 붙들고 저 카페 다시 열면 올 거 같냐고 물어봤더니 매일 와서 죽치겠다고 그러더라? 틀림없이 수요가 있다니까!"

하지만 아무리 루시안일지라도 아버지에게 건물을 하나 더 사달라는 말은 하지 못했다. 그래서 용돈을 털어 일단 석 달 치 임대료를 내는 걸로 시작하기로 했다. 그러고 나니 카페를 근사하게 고치거나 실력 있는 조리사를 고용할 돈이 없었다. 어느새 마음만은 사업가로 변신한 루시안은 자기처럼 남아도는 용돈을 감당 못할 것 같은 사람, 즉 '묻지 마 투자자'를 끌어들여야겠다고 판단했다.

"왜 하필 나야?"

"무슨 소리야? 너 말고 누가 있겠어!"

"으음, 내가 너하고 같다고 생각하면 곤란한데."

그런 말을 하긴 했지만 조슈아는 의외로 순순히 루시안을 따라 플로레종에 가서 상태를 살펴봤다. 루시안이 지나가는 사람들의 여론부터 조사해봤다면, 조슈아는 카페 안으로 들어가 먼지 가득한 카페를 거닐면서 내부구조며 동선, 색 바랜 그림들, 부서진 타일, 계단과 마룻바닥의 재질 같은 걸 일일이 살펴봤다. 잠시 후 머릿속으로 과거의 풍경을 완벽히 그려본 조슈아가 말했다.

"좋아. 투자할게. 옛날 모습을 최대한 복원하는 조건으로. 너무 예스러운 데는 내가 좀 고쳐볼 테니까."

"와! 너라면 틀림없이 끝내주게 해놓겠지? 완전 최고인데? 벌써부터 너무 기대된다!"

다만 루시안은 몰랐지만 조슈아는 슈트루델 거리 9번지에 처음 와보는 것이 아니었다. 사람들이 왜 근처에서 자꾸 얼씬대는지도 잘 알고 있었다. 그렇지만 루시안이 이 카페를 찾아내고 직접 다시 열겠다는 결심을 하게 된 과정만은 흥미롭게 생각했다.

그는 루시안처럼 이 건물을 사버릴까 잠깐 생각해봤지만 친구가 달갑게 여길지 불분명했으므로 유보하기로 했다.

4월 말이 다가오고 있었다. 개학 날짜는 29일로 공지되었다. 직원 채용은 끝이 났고 강의실도 기숙사도 얼기설기 마무리되었다. 오각 플라세트를 둘러싼 건물에서는 날마다 불만이 터지곤 했지만 주로 조교들이 상대했고 교수들은 뭔가 다른 일로 바쁜 듯했다. 학생들은 좁아터진 분교를 '네냐플레트'라는 별명으로 부르기 시작했다. 이웃 노인이 '네냐플이 있는 플라세트'라고 말하려다가 혀가 꼬여 잘못 뱉은 말에서 시작됐다는 그 이름은 금세 널리 쓰이는 비공식 명칭이 되어갔다.

새 이름 때문에 '꼬마 아가씨'라고도 불리게 된 네냐플레트가 북적이는 동안 네냐플은 적막할 정도로 고요했다. 아랫마

을로 이어지는 길은 텅 비었고 린디즈 절임 가게도, 로글랑탱 파이 가게도 닫혔다. 폐쇄 마법 때문에 평소 드나들던 새들이나 작은 동물들조차 자취를 감추었기에 교내에 움직이는 거라고는 미로 정원의 수로를 떠다니는 낙엽뿐이었다.

심부름 때문에 네냐플에 다녀온 몇몇 조교는 학교에 기분 나쁜 음산함이 감돌더라고 토로했다. 신학기 때면 어수선하고 활기가 넘쳤던 기숙사, 식당, 강의실 전부가 몇백 년쯤은 비어 있던 폐허처럼 보여 깜짝 놀랐다는 것이었다. 실은 애초에 낡아 있던 학교에 웃고 떠드는 젊은이들이라는 귀한 장식이 잠시 드리워져 있었던 것뿐이었지만.

"그대로 무너져도 전혀 이상할 것 같지 않더라. 오랜만에 고향에 갔다가 부모님이 노인이 된 걸 실감한 느낌이었어."

20일이 넘어가자 휴학을 선택한 학생들 외에는 모두 도착했다. 덕택에 기숙사는 터져나갈 지경이었지만 학숙에는 아직 방 하나가 비어 있다는 이야기가 들려왔다. 영문 모르는 누군가가 그 소식에 관심을 보일 때면 다른 학생이 고개를 흔들며 말해주었다.

"야, 거긴 주인 있어. 꿈 깨라."

루시안이 학숙을 열기도 전부터 비워둔 그 방의 주인은 평소 버릇처럼 늦는 편이긴 했다. 어쩌면 입버릇처럼 말하던 대로 정말 학교를 그만두었는지도 모른다. 교수들이 낙제 행각을 참다못해 퇴학시켰는지도 모른다. 실컷 늦잠을 자기 위해 고향에 있는 동생들 곁으로 돌아가버렸는지도 모를 일이다.

온갖 소문이 도는 가운데 29일 아침이 밝았지만 그 방은 여전히 잠겨 있었다. 빈 침대 위에는 현이 한 가닥도 없는 낡아빠진 바이올린이 조용히 놓여 있었다.

케이크 값

4월 어느 날, 그랑도프 호텔의 정문 앞에 한 사람이 서 있었다.

수수한 회색 승마복에 틀어올린 백금발 몇 가닥이 이마에 흘러내렸고 모자는 손에 쥐여 있었다. 지나가는 사람들이 그쪽을 흘끔흘끔 쳐다봤다. 여자가 아름다웠기 때문만은 아니었다. 바지로 된 여성용 승마복은 수년 전부터 존재해왔지만 그랑도프 호텔에 드나들 법한 신분의 여자들이 입는 경우는 흔치 않았다. 심지어 승마용 장화의 뒤축에는 흙이 잔뜩 묻어 있었다.

봄바람에 가까운 바람이 불어오는 오후였다. 한때 길 건너에서 호텔을 기웃대던 뒷골목 탐정과 무적 비서는 이 도시를 떠나고 없었다.

한때 그 두 사람을 무척이나 긴장시켰던 문지기가 여자를 주시하고 있었다. 설마 저런 차림으로 호텔에 들어오려는 건 아니겠지, 구경하러 왔거나 누굴 기다리는 중이겠지 하고 생각하면서도 경계심을 늦추지는 않았다. 아니나 다를까, 여자가 호텔 입구 쪽으로 걸음을 옮겨놓았다.

"잠깐……"

문지기는 말하려 했다. 여긴 당신 같은 사람이 들어오는 곳이 아니라고.

그러나 말하지 못했다. 여자가 한 손을 살짝 들었다 내리기만 했는데 하려던 말도 잊고 생각도 잊고 꾸벅 절을 하고는 문을 열어주었을 뿐이었다.

"그럼."

여자는 문을 통과했다. 입구에 발을 들이기 직전에 탁탁 하고 뒤축을 쳐서 흙덩이를 털어내긴 했다. 곧 여자는 화려한 의상을 휘감은 사람들이 가득한 로비로 미끄러지듯 들어갔다.

잠시 후 문지기는 정신을 차렸다. 그는 자신이 조금 전에 봤던 회색 승마복의 여자를 떠올리지 못했다. 그건 그가 마법으로 정신 조작 같은 것을 당했기 때문은 아니었다. 눈앞에서 더 심각한 문제가 그를 빤히 보고 있었기 때문이다.

심지어 적반하장으로 이런 소릴 하는 사람이었다.

"뭘 봐?"

문지기의 턱 밑에 얼굴을 들이민 채 그렇게 말한 남자는 하얀 로브 차림이었다. 거구의 문지기에 비해 체격이 훨씬 작아서 그러자니 고개를 잔뜩 젖혀야 했다.

"이보쇼?"

"왜, 할말 있어?"

할말이 물론 있었지만 문지기는 갑자기 당황한 표정으로 생각했다. 자신이 무슨 말을 하려 했던가? 여긴 어디인가? 나는 누구인가?

"그럼 일봐."

남자는 직접 문을 밀어 열고 휘적휘적 걸어들어갔다. 문지기는 선 채로 깊은 생각에 잠겨 있었다. 여기가 어딘지 모르고 내가 누군지 모른다면 나는 여기서 무엇을 하고 있는가?

아 참, 난 문지기였지.

그런데 문지기란 무엇인가?

먼저 들어간 여자는 캐롤린즈 구석에 자리를 잡았다. 뒤따라 들어온 남자가 맞은편에 앉았다. 둘은 별다른 인사를 나누지 않았다. 방금 전까지 대화하던 사람과 새삼 다시 인사를 하지 않듯이 그들도 마찬가지였다. 비록 따로따로 왔지만 그들은 이미 세 시간째 대화하는 중이었다.

식당 안의 손님들도 문지기와 마찬가지 견해를 가지고 있었기에 그들이 마주앉은 테이블을 흘끔거렸다. 그러자 여자가 엄지와 검지를 한 차례 딱 울렸다. 그러자 사람들의 관심은 썰물처럼 사라졌다.

남자가 이죽댔다.

"관심 돌리고, 외견 바꾸고. 하나로 잘 묶어놨네."

레오멘티스 교수가 무표정하게 대꾸했다.

"편리하니까."

"그래서 지금 우리 꼴은 뭔데? 저 사람들처럼 드레스와 쥐스토코르justaucorps?"

"의자에 놓인 가방 두 개."

"……"

쥬스피앙이 입맛을 쩝 다시더니 투덜거렸다.

"이래서야 뭘 주문해서 먹지도 못하겠군. 점심 걸렀는데."

"내가 이미 시켰어."

"내 의견은 묻지도 않고?"

"커피. 아주 쓰게."

그 말을 할 때 레오멘티스 교수의 표정은 냉혹하기 이를 데 없어서 천하의 쥬스피앙도 따지지 않고 입을 다물었다. 세상에서 쥬스피앙이 유일하게 한 수 접어주는 상대이기도 했지만 지금은 특히 그럴 이유가 있었다.

잠시 후 커피 두 잔, 그리고 세 가지 종류의 당절임 베리를 얹은 새하얀 머랭 케이크가 나왔다. 급사는 주문을 해놓고 혹시 가버린 건가 하고 두리번거렸지만 가방이 그냥 놓여 있었으므로 곧 오겠거니 생각하며 떠나갔다.

가방 1이 케이크를 빤히 보면서 물었다.

"이건 나 먹으라고 시킨 건가?"

가방 2가 대꾸했다.

"티치엘이 아버지는 힘들 때 애들 입맛이 된다 하더군."

가방 2가 한번 더 손을 울리자 그들은 어디서 본 듯한 평범한 귀족들의 모습으로 바뀌었다. 굳이 두 단계를 거치는 이유는 주위 사람들의 주의력을 과소평가하지 않기 때문이었다. 쥬스피앙처럼 사람들의 머릿속을 다 휘저어버려서야 그들이 집으로 돌아가 자신에게 무슨 일이 벌어진 것인지 의문을 품을 가능성이 있었다.

쥬스피앙이 케이크를 한입 먹더니 어깨를 으쓱했다.

"먹을 만하네."

레오멘티스는 대답하지 않고 커피를 마셨다. 쥬스피앙이 순식간에 케이크를 다 먹어버리고 입술을 핥고 있자 레오멘티스가 입을 열었다.

"먼저 저번에 부탁한 일 말인데, 그 학생이 거절했어."

쥬스피앙이 냉소했다.

"의심이 많군."

"전에 연구 목적이라 해서 믿고 빌려줬다가 안 좋은 일이 있었다더군."

"누가 갖고 도망치기라도 했나? 그쪽 동네에선 유명한 검이라며?"

"그보다 까다로운 문제인 것 같아. 어쨌든 제 몸에서 떼어놓을 마음이 없다 하니 당신이 직접 만나봐."

"만나는 건 문제가 아니지. 실험을 해봐야 하는데 2학년짜리를 대동하고 갈 데가 있겠냐고. 네냐플은 닫았고, 분교랍시고 토끼장 같은 데다가 학생들을 몰아넣어놨으니 거기도 어렵고. 이공간은 아예 안 되고."

레오멘티스가 잠시 생각하더니 말했다.

"킵이 나을지도 몰라. 하지만 그러려면 일이 까다롭군. 조금 기다려봐. 궁리 좀 해볼게."

고개를 끄덕이며 무심코 제 커피를 집어 마신 쥬스피앙이 오만상을 찌푸리며 불평했다.

"이딴 건 왜 마시는 거야. 그건 그렇고, 찾아냈다던 건 어디 있지?"

"이 건물 밑."

"이건 언제 생겼는데?"

"모르지. 이번에 와보니 있더라."

쥬스피앙이 손을 들어 급사를 불렀다. 급사가 다가오자 다짜고짜 물었다.

"이거 언제 지어졌나?"

"지난해 10월입니다, 손님."

"그래? 그럼 그전엔 여기 뭐가 있었는데?"

"제가 알기로는 공터였습니다, 손님."

"대도시 한복판에서 이만한 공터를 놀렸어? 그전엔 뭐가 있었고?"

"공터로 있은 지 십 년은 넘었을 텐데…… 정확하게는 기억이 나지 않습니다. 그전에 있었다던 건물이 무너진 뒤에 쭉 비워뒀다고 들었습니다."

쥬스피앙이 계속 빤히 쳐다보자 급사가 절을 하며 말했다.

"제가 아는 게 얼마 없어 죄송합니다, 손님. 잠시만 기다려 주시면 급사장님을 모셔오겠습니다. 그분은 정확히 알고 계실 겁니다."

곧 머리가 새하얗게 센 급사장이 테이블 앞으로 와 인사했다.

"저희 호텔의 역사에 존경할 만한 관심을 보여주셔서 감사합니다. 저는 피에르 게렝이라고 합니다. 작년까지 카페 '초록 앵무새'의 지배인이었다가 이곳 캐롤린즈로 옮겨오게 되었습니다. 저희 식당에 두 분을 모시게 되어 더없이 영광입니다."

급사장 게렝은 이런 곳의 급사장답게 두 사람이 낯선 얼굴일지라도 최상의 예의를 갖추었다. 몇 달 동안 켈티카에 사는 웬만한 귀족들의 얼굴을 모조리 익혔을 테지만 다른 나라의 왕족이 갑작스럽게 행차하는 일은 언제든지 일어날 수 있기 때문이다. 켈티카 귀족이라면 '초록 앵무새'라는 이름난 카페의 이름을 들었을 때 '아' 하고 알아듣는 체했을 테지만 두 사람은 아무 반응도 없었으므로 외국 왕족일 개연성이 한층 높아졌다.

곧 급사장은 우아한 말투로 설명하기 시작했다.

"그랑도프 호텔의 역사를 알고 싶다고 하셨지요? 이 자리는 호텔이 세워지기 몇 년 전만 해도 부정기 시장이 열리던 자리였습니다. 사람들은 거길 '회의소 시장'이라고 불렀는데, 본래 북부 상인 조합의 상공회의소가 백여 년간 있던 자리였기 때문입니다. 상공회의소는 갑자기 건물이 내려앉아 수십 명이 파묻힌 사고 이후로 다른 곳으로 옮겨갔지요. 상공회의소가 있기 전에는 제분소였다는데 북부 켈티카의 밀가루를 모두 책임졌던 곳이라 하고, 특이한 점으로는 찬탈왕 클로틸드 1세 폐하께서 그곳에서 태어나셨다고 하더군요. 아실지 모르겠습니다만 클로틸드 1세는 리샤르 3세의 혼외자로 태어나 고귀한 신분을 모른 채 살아가다가 스물두 살 되던 해에

왕궁으로 들어가셨고, 서른다섯 살 되던 해에 여왕으로 즉위하셨습니다. 본래 후계자였던 동생이 돌아와 왕위를 요구하지 못하도록 수도를 봉쇄했던 방식이 이후 공화파 반란에 영감을 주었다는 말도 있죠."

이 정도 설명이 쏟아지면 웬만한 사람들은 그만 하면 됐다고 손사래를 쳤을 것이다. 하지만 쥬스피앙은 무심한 표정으로 듣고 있다가 그게 전부냐는 것처럼 급사장을 쳐다봤다. 이 정도는 다 안다는 뜻으로 이해한 급사장은 급히 더 오래된 정보를 찾아 머릿속을 뒤졌다.

"……제분소가 존재하기 전이라면…… 아! 기념비가 서 있었다고 들었습니다. 무슨 기념비였는지는 송구하게도 정확히 모르겠습니다. 높다란 기둥 같은 것이었다고 하던데……"

"그 기둥은 어떻게 됐는데?"

"지진으로 무너졌습니다. 본래 켈티카는 지진이 없는 곳인데 그해에만 온 도시가 두 번이나 흔들려서 사람들은 왕의 부덕 탓이라고 생각했습니다. 이는 이듬해 카말러 백작이 궁정 반란을 일으키는 근거가 되기도 했죠. 실패했지만요."

"무너진 기둥 속에서 뭐가 나오지는 않았나? 재건은 안 했고?"

"나오다니, 어떤 걸 말씀하시는지 모르겠지만 그런 건 없었습니다. 그해 무너진 건물이 워낙 여럿이라 기념비까지 재건할 비용은 없었던 것 같습니다."

"그렇게 무너진 건물이 이 근처에 특히 많진 않았나?"

"아, 말씀을 듣고 보니 그렇긴 합니다. 그래서 상인들도 이쪽 지역을 많이 떠났고 분위기도 좀 침체되었지요. 하지만 최근에는 다시 사람들을 끌어모으고 있는데, 외람되오나 저희 호텔의 건립 이후로 특히 그렇지 않은가 합니다."

쥬스피앙은 고개를 끄덕이더니 생각에 잠겼고, 대신 레오멘티스가 감사의 뜻으로 팁을 건네주었다. 급사장이 막 물러가려 했을 때 쥬스피앙이 갑자기 벌떡 일어나더니 말했다.

"이 호텔을 구경하고 싶군. 안내 좀 부탁해도 될까?"

이 손님들은 애초부터 위층의 호화로운 객실이나 연회장 같은 것에는 관심이 없었다. 그들은 모든 계단에서 아래로 내려가기를 선택했는데 급사장이 애써 관심을 다른 데로 돌려보려 해도 소용없었다. 지하 1층에 위치한 미술 갤러리를 모두 보여주고 난 급사장은 마침내 걸음을 멈추고 말했다.

"죄송하지만 여기서 더 내려가셔도 나오는 건 없습니다. 창고가 고작입니다."

하지만 손님은 어린애처럼 "난 바로 그 창고에 관심이 있어"라고 답하더니 금화 한 줌을 건네주었다. 급사장은 바로 태도를 바꾸어 어둑어둑한 계단을 내려가기 위해 커다란 램프를 가져왔다.

그 계단은 호텔의 다른 계단들과 달리 양탄자도 깔려 있지 않았고 곳곳에 액체가 흐른 얼룩이며 흙먼지, 양파 껍질 같은 것도 남아 있었다. 급사장은 요리 보조들을 탓하며 양해를 구했지만 손님은 전혀 신경쓰는 기색이 아니었다. 드레스 자락을 끌며 따라오고 있는 여자 손님도 마찬가지였다.

식료품 창고를 거쳐 더 깊은 곳에 있는 육중한 문을 열자 안쪽에서 묵은 포도주 냄새가 났다. 포도주가 좋기로 소문났다더니 관리가 잘되지 않는 술통도 있는 모양이었다. 세 사람은 좌우로 늘어선 오크통들을 지나 마침내 맞은편 벽에 도달했다. 벽돌을 울퉁불퉁하게 쌓아올린, 다소 대충 만든 흔적이 남은 벽이었다. 급사장이 램프를 높이 들어 보이며 말했다.

"여기까지입니다. 이제 더 보여드릴 곳이 없군요."

쥬스피앙이 벽을 손으로 더듬어보더니 레오멘티스를 돌아봤다. 곧 그의 생각이 전해져왔다.

'저 친구 그만 돌려보내자.'

레오멘티스가 급사장을 돌아보고는 가볍게 인사했다. 그러자 급사장도 정중히 인사하더니 돌아서서 왔던 길로 사라져갔다. 멀리서 계단을 오르는 소리가 들려왔다. 그가 램프를 가져가버려 두 사람은 암흑 속에 서 있게 되었다.

레오멘티스가 나직이 말했다.

"아나보."

같은 주문을 퇴학 후보생이 말했을 때와는 엄청난 차이가 있었다. 노르스름한 빛이 눈앞에 떠오르는가 싶더니 머리 위로 올라가며 갑자기 천배로 밝아졌다. 쥬스피앙이 보려던 벽은 물론이고 포도주 창고 전체가 대낮처럼 환해졌다.

쥬스피앙이 벽으로 돌아서자 레오멘티스가 다시 말했다.

"내가 할게."

"됐어. 슬슬 익숙해졌어."

레오멘티스도 지금 쥬스피앙이 거대한 이공간을 만들어 그 안에 엄청난 숫자의 변종 프시키들을 가두고, 탈출하려는 준동조차 틀어막고 있다는 사실을 알고 있었다. 그런 채로 다른 주문을 쓰는 건 사실상 곡예였지만 어느새 익숙해졌다고 말하는 쥬스피앙은 과연 대륙 최고의 마법사였다.

그런 생각을 하는 잠깐 사이 벽돌들이 서로 분리되며 삐걱거리다가 하나하나 스르르 빠져나오더니 뒤편 빈 공간에 얌전히 쌓였다. 눈앞에는 사람 하나가 드나들 만한 뻥 뚫린 구멍이 생겼다. 그 과정에서 주변 벽이 연쇄적으로 무너지지 않도록 마력으로 떠받친 것은 물론이었다.

레오멘티스는 머리 위로 띄워올렸던 빛을 끌어내려 벽 너머를 비추도록 했다. 빛이 검은 허공을 가로지르다가 아래로 떨어져갔다. 한 발짝 다가가 밑을 굽어본 두 사람의 눈이 조금 커졌다.

벽 너머는 거대한 공동이었다. 얼마나 넓고 깊은지 한눈에 들어오지도 않았다. 마치 성탑에 서서 광장을 굽어보는 듯했다. 레오멘티스가 손을 뻗어 빛을 강화하자 작은 태양처럼 이글대는 빛의 구 아래로 울퉁불퉁한 돌벽과 부서진 바위들이 쌓인 바닥이 드러났다. 웬만한 광장도 이보다 넓지 않으리라. 바닥까지 계단을 연결한다면 수백 개는 필요할 터였다. 오늘날 어떤 기술로도 건물 지하를 이렇게 넓게 파내고 지탱하지는 못한다. 심지어 이 건물은 유례없이 높은 십이 층짜리 호텔이었다.

안쪽에서 묵은 바람이 불어나왔다. 용이라도 들어가 똬리를 틀어도 될 법한 텅 빈 공간을 들여다보자니 어쩐지 오싹했다. 레오멘티스가 말했다.

"이 정도일 줄은 몰랐네. 기둥이 엄청 컸나봐."

"이 상태로 보존해야 했던 이유가 있을 텐데."

"돌을 치워봐야지."

쥬스피앙이 고개를 끄덕이며 손을 뻗으려 하자 레오멘티스가 제지했다.

"내가 한다니까."

"왜?"

"당신 대마법사인 거 잘 아니까 거만 좀 그만 떨어."

이번에는 레오멘티스가 이겼다. 쥬스피앙이 물러나자 레오멘티스가 손을 뻗었다가 천천히 올렸다. 그러자 흩어진 바위들이 일제히 날아올랐다. 숨겨졌던 바닥이 드러나자 쥬스피앙은 선뜻 허공을 향해 걸음을 내딛더니 아래로 내려갔다. 곧 바닥에 다다른 그는 주위를 휘둘러보고는 곧장 한곳으로 다가갔다. 뒤따라 내려온 레오멘티스도 그쪽을 보고 미간을 찌푸렸다.

"놀랍네."

뭔가가 폭파된 듯한 자국이었다. 유성이 떨어진 자국 같기도 했다. 그러나 방사형 자국 중심부에 남은 건 점이나 원이 아니라 네모지고 길쭉한 자국이었다. 마치 관이 놓여 있었던 것처럼. 크기는 일반적인 관보다 훨씬 컸다.

그걸 굽어보다가 고개를 든 쥬스피앙이 허공을 손가락질했다.

"저거 혹시 맞춰볼 수 있나?"

"대충은."

레오멘티스가 두 손을 올린 채 하프를 뜯듯 손가락을 움직였다. 마법사의 손짓에 따라 거대한 바윗조각들이 사방에 짙은 그림자를 흩뿌리며 춤을 추었다. 이리저리 날고 뒤엉키며 한 조각씩 맞춰져갔다. 가끔 서로 부딪쳐서 돌조각이 낙하할 때면 함께 올려다보고 있던 쥬스피앙이 가볍게 손가락을 튕겨 날려보냈다.

마침내 상당수의 바위들이 제자리를 찾았다. 아예 사라진 조각들 때문에 미완성이긴 했지만, 예상대로 그건 길쭉한 기둥 모양이었다.

"일부는 무너질 때 여파로 가루가 됐겠지."

레오멘티스가 손을 천천히 내리자 얼기설기 맞춰진 기둥이 소리 없이 내려와 방사형 폭심지에 선 그들의 이마 위까지 왔다. 기둥 아래쪽 표면에도 폭발한 듯한 흔적이 그대로 남아 있었다. 쥬스피앙이 그걸 보며 말했다.

"다른 데보다 규모가 훨씬 컸겠는데."

"그러니 켈티카가 그만큼 발전했겠지."

"그래서 그놈을 여기다가 가두는 게 좋다고 생각했던 걸까. 고대의 마법사들은."

레오멘티스가 잠깐 사이를 두고 대꾸했다.

"그들이 마법사였는지는 모를 일이지."

쥬스피앙은 반론하지 않았다. 레오멘티스의 말은 옳았다. 누가 장담하겠는가? 가나폴리보다도 오래된, 만 년일지 수만 년일지 모를 과거에 마법이 있었고 마법사가 있었을지, 있었다 한들 그게 지금의 마법과 얼마나 공통점이 있을지.

레오멘티스가 말을 이었다.

"그보다 이상한 건, 이 호텔을 건축한 자가 이곳의 존재를 몰랐을 리 없다는 거야. 이렇게 넓은 지하 공간을 발견했는데 뭘로 채우지도 않고 그냥 그 위에 십이 층 건물을 올린다는 상식 밖의 선택을 하는 게 쉬울까?"

"그래. 답은 하나뿐이겠지."

레오멘티스도 고개를 끄덕였다. 이 호텔을 지은 자는 적어도 아이언페이스와 아는 사이일 것이다. 좀더 강한 심증으로는, 같은 사람일 것이다. 평범한 정신을 가진 사람이 이런 텅 빈 공간 위에 호텔을 올린다는 어리석다못해 공포스러운 제안에 동의할 것 같지는 않아서다.

"그놈, 지금은 어디에 있을까?"

"적어도 켈티카에는 없었어."

네냐플 교수들이 굳이 켈티카에 분교를 만든 이유는 두 가지였다. 첫째는 오래된 마력흔이 심하게 중첩되어 사실상 교란 상태에 이른 번화한 장소를 근거지로 택함으로써 무작위적 마법 공격으로부터 핵심 구성원들을 보호하기 위해서다. 둘째는 분교를 보호한다는 명분을 내세워 왕국의 수도에 강력한 마력 감지 증폭 장치를 설치하는 것을 양해받고 그걸로 켈티카 전역을 조사하기 위해서였다. 레오멘티스의 대답은 두 달에 걸친 정밀 조사 끝에 내려진 결론이었다. 크고 작은 수천 겹의 파장이 서로 간섭을 일으키며 때로는 일그러지고 때로는 맞물려 증폭되기도 하며 쌓여온 켈티카의 마력흔은 그만큼 조사하기가 까다로웠다.

쥬스피앙이 중얼거렸다.

"그렇다면 역시 필멸의 땅인가."

켈티카와는 다른 의미로 필멸의 땅 또한 마법사들이 추적하기가 힘든 곳이었다. 물론 그곳에서 버틸 능력이 있을 때의 이야기지만, 아이언페이스에겐 사실상 본거지나 다름없는 곳이 아니던가. 레오멘티스가 고개를 저었다.

"그런 결론을 알아선 안 될 사람들이 있는 것 같군."

킵에 있는 주전론자들이 이 이야기를 듣는다면 당장 원정군을 조직하자고 들고일어날 것이다. 그게 어떤 결과로 이어질지도 모르면서. 하지만 알려주지 않더라도 머지않아 그들이 필멸의 땅으로 군대를 보내게 될 것은 이미 피할 수 없는 미래였다. 루그란 사태 이후로 접경 국가들의 긴장도는 상상을 초월했다. 자국 영토에서 무슨 일이 벌어지기 전에 필멸의 땅에 가서 뭐든 해결하라는 압력은 전처럼 달래고 말려서 낮춰질 수준을 아득히 넘어섰다.

쥬스피앙이 고개를 저었다.

"별수 없겠지. 그만 올라가자."

"잠깐만."

레오멘티스는 바위들을 도로 허공에 흐트러뜨려 띄워버리더니 주변의 마법을 감지해보았다. 예상대로 남은 것은 거의 없었다. 급사장의 말이 맞는다면 대략 삼백여 년 전에 일어난 일일 테니까. 하지만 그녀가 찾는 건 그게 아니었다.

바닥에 무릎을 꿇고 폭심지 주변에 손을 대고 있던 레오멘티스가 말했다.

"있군."

레오멘티스가 손에 마력을 집중시키며 눈을 감았다. 곧 폭심지에 반딧불이처럼 작고 희미한 불빛들이 나타나더니 그 자리에 있었을 관의 형태로 늘어섰다. 잠시 후, 관 뚜껑이 허공으로 떠올랐다. 그 안에서 사람의 윤곽을 띤 것이 일어났다. 불빛으로 된 윤곽은 주위를 둘러보더니 관에서 나와 어디론가 걸어갔다. 서른 걸음 정도, 나아가더니 사라졌다.

그쪽을 바라보던 쥬스피앙이 말했다.

"애초부터 인간의 모습이었군."

바닥에서 손을 떼는 레오멘티스의 이마에 땀이 흥건했다. 그럴 법도 한 것이 방금 그녀는 삼백여 년 전에 일어난 일을 마력 감지만으로 재생해냈다. 그것도 마력은 거의 쓰이지도 않았던 일을. 하지만 희미하게나마 마법이 존재했기에 찾아낸 것이기도 했다.

"이자한테는 마법도 있어. 쉽지 않은 싸움이 되겠는데."

쥬스피앙이 고개를 내젓더니 갑자기 웃음을 터뜨렸다.

"굉장해. 이만하면 믿고 맡겨도 되겠어. 난 은퇴해도 될지도."

레오멘티스가 쥬스피앙을 흘겨봤다. 무심코 오래전의 말투가 튀어나왔다.

"잘난 척이 심하네, 제부."

티치엘의 어머니가 살아 있던 시절, 애지중지하던 막냇동생이 나이도 많고 평판도 나쁜 남자와 결혼하겠다고 해서 화가 났던 레오멘티스는 평소 깍듯이 선배로 대우하던 쥬스피앙을 일부러 제부라고 부르며 놀리곤 했었다. 이미 이백 년도 더 된 이야기다.

"잘난 척이라."

쥬스피앙이 위쪽을 올려다보더니 눈을 감았다. 그와 함께 정체 모를 빛이 텅 빈 공간을 일시적으로 채웠다가 곧장 올라가며 사라졌다. 레오멘티스가 눈을 크게 떴다가 눈썹을 찡그렸다.

"설마……"

쥬스피앙이 눈을 뜨며 고개를 끄덕거렸다.

"2층과 4층에 머물렀던 흔적이 있어. 주인이 맞는 것 같군."

잠깐 사이 호텔 전체의 마력흔을 훑은 것이다. 레오멘티스가 한 감지만큼 많은 힘이 들지는 않겠지만 그것도 지금의 쥬스피앙에게는 꽤 무리한 일이었다.

"잘난 척 그만하라니까 말도 참 안 듣지."

레오멘티스가 입술을 일그러뜨리며 쥬스피앙의 팔을 잡았다. 둘은 곧 허공으로 떠올라 처음의 포도주 창고로 돌아왔다. 레오멘티스가 손을 떼자 쥬스피앙은 몇 걸음 물러서더니 오크통을 짚으며 잠시 눈을 감았다. 직접 만들어낸 거대한 이공간을 안정적으로 유지하려면 마력을 자주 정돈해주어야 했다.

다시 눈을 뜨자 레오멘티스가 그를 빤히 보고 있었다. 혹시라도 문제가 생기면 즉시 대처하려는 기색을 눈치챈 쥬스피앙이 심드렁하게 말했다.

"어쩌자고 모가지 날려버리려는 것처럼 쳐다봐."

"하려면 이백 년 전에 했겠지."

"그래, 그때 하든가 했어야지. 이젠 그럴 이유도 없어졌으니까."

쥬스피앙의 입가에 쓴웃음이 스쳐갔다. 레오멘티스는 무표정하게 벽을 향해 돌아서더니 손가락을 한 번 울렸다. 한쪽에 쌓였던 벽돌들이 무너진 순서 그대로 도로 쌓이고 붙어갔다.

"낙제생은 잘 있나? 학교는 안 보내?"

"그 꼬라지가 된 학교에 뭐하러. 학교 문도 한 번 닫아봤으면 됐지 두 번까진 필요 없다."

"드디어 대마법사의 제자답게 가르쳐보려고?"

"내가 지금 학교 이 년 다니고도 '아나보'밖에 모르는 놈을 가르칠 정신이 어딨나. 그냥 방구석에 잘 처박혀 있어. 쓸모가 없진 않지. 프시키들이 그놈하고만 얘기하려 들거든."

"왜인지는 아직 모르고?"

"모르지. 하도 마법을 안 배우려고 몸을 이리 꼬고 저리 꼬니까 프시키들이 제 친구로 여기는 건지. 아니 그래, 솔직히 아주 이상한 일이야. 그래서 혼자 연구 좀 해보라고 처박아놨어. 실은 의심 가는 점이 있긴 해. 있긴 한데, 그렇다면 더더욱 내가 도와줄 순 없고 그놈이 알아서 해야 하거든."

레오멘티스가 눈살을 찌푸렸다.

"스승이 필요 없는 마법사가 있다고?"

"있고말고. 학교란 걸 운영하는 인간들은 이해가 안 가겠지만. 그놈이 장차 마법사가 된다면 아주 이상한 과정으로 그렇게 될 것 같아. 나도 어려서 방구석에 쭈그리고 있다가 마력이 온 세상에 냇물처럼 흐르고 있다는 걸 깨달았었지. 네냐플에 오기 전까진 그걸 마법이라고 부르는 줄도 몰랐잖나. 그놈도 그런 멍청이가 될까봐 일찌감치 학교에 보냈더니."

쥬스피앙은 네냐플 출신이긴 했지만 일반적인 학생들처럼 십대나 이십대에 입학해 초급 마법학부터 공부하지는 않았다. 네냐플에 왔을 때 그는 이미 나이가 많았고, 측정하기도 힘든 힘을 갖고 있었고, 교수들보다도 강했지만 단지 체계가 없었다. 그런데도 쥬스피앙이 자신을 네냐플 출신이라고 인정하는 건 자신이 혼자 발견해 창조한 줄로만 알았던 힘에 이름도 있고 유래도 있다는 걸 그들이 알려줬기 때문이었다. 어찌 보면 이후 대마법사로 불리게 된 그의 명성을 네냐플이 약간 뻔뻔스럽게 이용하고 있는 셈이었다.

그런 기괴한 학생의 학교생활이 엉망진창이었던 것이야말로 이상할 것도 없는 일이다. 레오멘티스는 아직까지도 전설로 내려오는 쥬스피앙의 네냐플 시절을 직접 목격한 당사자였기에 그때를 떠올리는 것만으로도 진저리가 난다는 듯 고개를 내저었다.

"빨리 퇴학시켜줄 테니까 데려다가 키워."

쥬스피앙이 오크통 사이를 가로지르다 말고 킬킬 웃어댔다.

"그런 놈은 누가 키워서 뭐가 되지 않아. 내가 하더라도 마찬가지야."

이윽고 두 사람은 다시 1층에 모습을 드러냈다. 장밋빛과 우윳빛이 감도는 우아한 로비를 가로지르던 도중 급사장과 마주쳤지만 그는 두 사람을 기억하지도 못하는 것처럼 절만 하고 지나쳤다.

캐롤린즈 식당의 입구에 이르자 레오멘티스가 명령조로 말했다.

"가서 뭐라도 먹어. 얼굴이 말이 아니야."

"케이크가 아주 조금 부족한 것 같기도 하네."

늘 얼음장 같던 레오멘티스의 얼굴이 미세하게 흔들렸다. 이윽고 네냐플 학생들은 한 번도 보지 못했을 표정을 한 교수가 말했다.

"당신 참, 잘 버티네. 솔직히 존경스럽긴 한데 영영 그러고 살 순 없을 거 아냐."

쥬스피앙이 숨을 한 번 크게 몰아쉬더니 눈썹을 올렸다.

"뭐 어때. 다른 프시키 놈들을 더 잡아넣을 일만 안 생기면 영영 그러고 살 수도 있지."

"가진 마법을 10분의 1도 못 쓰고 있으면서 그대로 괜찮다고?"

"그럼 내가 마법 좀 편히 쓰고 살자고 어린애한테 당장 달려와 목숨을 걸라고 해야겠나? 할 수만 있다면, 십 년쯤은 생각할 시간을 주고 싶은데…… 어렵겠지. 그래, 어차피 새로운 위협은 생길 거고, 나뿐 아니라 잘난 마법사 놈들을 하나하나 모조리 갈아넣어도 해결하지 못할 날은 결국 올 거야. 그때까지 늙어빠진 어른의 도리로 할 수 있는 데까지는 해야 할 거 아니야. 남들보다 오래 살았으면 그만큼 이 세상에 신세도 많이 진 건데, 값을 해야지."

레오멘티스가 몸을 돌려 식당으로 먼저 들어가며 말했다.

"제일 먼저 짊어진 값으로 케이크는 내가 사주지. 어차피 다음 차례는 나겠지만."

막시민은 켈티카에 있었다. 어쩌면 네냐플 학생들 그 누구보다도 빨리 도착했을 것이다.

그러나 그는 학교에 가지 않았다. 친구들에게 연락을 하지도 않았다. 그렇다고 망한 카페 3층으로 가지도 않았다. 정확히는 딱 한 번 들러서 305호의 잠긴 문짝에 메모를 남겨두었다. 그 나름의 방식으로.

그가 처음에 머물렀던 방은 어찌나 작은지 침대와 책상을 제외하면 남는 공간이 세 걸음뿐이었다. 그런 곳에서 두문불출하며 생각에 잠겨 있었다. 그랬기에 쥬스피앙도 그가 방에 처박혀 프시키와 앞뒤 안 맞는 대화를 시도하고 있으려니 여겼을 것이다. 사실을 말하자면 얼마간 해보긴 했다. 별 성과는 없었지만.

막시민이 루그란에서 만들어낸 초콜릿 덩어리는 쥬스피앙에게 맡겼다. 그 안에 심장이 든 이상 언제라도 아이언페이스가 찾아올 수 있으니 막시민이 갖고 있는 게 안전한 방법은 아니었다. 그렇다고 쥬스피앙이 갖고 있으면 안전한가? 그것도 확신할 순 없다. 이제 확실한 건 아무것도 없다. 내일의 세상은 안전할지, 내일 아침 커튼을 걷었을 때도 새들이 지저귀고 우유 장수가 수레를 밀고 있을지, 장을 보러 나온 사람들이 상점의 진열장을 기웃대고 있을지, 무엇도 확신할 수 없다.

두꺼운 커튼이 내려져 겉으로는 아무도 살지 않는 듯 보이는 이 좁은 방도 마찬가지였다. 그 안에 초콜릿 덩어리가 있든 없든, 쇳빛 얼굴을 한 남자가 어느 날 창턱에 사신처럼 걸터앉아 안을 들여다보고 있을지도 모른다. 실은 몇 번이나 그런 꿈을 꾸기도 했다.

그래서 더 초조했다. 그자가 정말로 그런 모습으로 누군가를 찾아간다면 그건 여기가 아닐 테니까.

쥬스피앙은 이스핀에게 그런 힘이 있을지는 아직 모른다고 했다. 하지만 있기를 바랄 것이다. 상황을 몰라서 그렇지, 안다면 세상 모든 사람도 그렇게 생각할 것이 틀림없다. 온 세상 사람들이 이스핀이 '인간화된 메타모르포시'와 맞싸우기를 바란다. 세상이 구해지기를 바란다. 루그란에 닥쳤던 것과 같은 끔찍한 재앙으로부터.

거기 동의해야 할지 알 수가 없었다.

막시민은 이스핀을 사십이 일 동안 곁에서 보았다. 길지 않은 기간이긴 했지만 그래도 그애를 제법 알게 됐다고 생각했다. 일국의 공녀이고, 강도 높은 군인 훈련을 받았고, 오빠가 사라졌기 때문에 죽고 싶다고 느끼기도 하고, 기괴한 꿈에 시달리기도 하지만 근본적으로는 단점도 장점도 있는 그 또래 애였다. 다시 말해 쥬스피앙이나 네냐플 교수들 같은 느낌은 아니었다. 세계의 운명이 걸린 문제를 놓고 결단을 내릴 만한 존재로는 보이지 않았다는 뜻이다.

그애가 프시키를 다루는 모습은 작은 새나 나비를 데리고 장난치는 것 같았다. 그런 조그마한 힘으로 루그란을 덮쳤던, 재앙 그 자체였던 쇳조각들을 으깨 심장을 뽑아내는 그자와 맞싸운다고?

아무리 생각해도 말이 되지 않았다. 그런 힘이 있을 리가 없다. 만에 하나 있다면…… 그런 싸움을 하고도 살아남을 것 같지 않다. 그럴 순 없을 것만 같다.

그러다가 어느 날 공기가 따뜻해진 것을 느끼고 커튼을 젖히자 창밖의 나뭇가지에 녹색이 번져가고 있었다. 가게 모퉁이에 지저분하게 남아 있던 눈 자국은 사라졌다. 검은 겨울새 대신 뺨이 빨갛고 꼬리가 긴 새가 이쪽을 보고 있다가 훌쩍 날아갔다. 막시민은 그 광경을 멍하니 바라보며 생각했다. 누군가의 마지막 계절일지도 모를 봄이 시작되고 있다고.

아무것도 하지 않아도 계절은 흘러 여름이 왔다가 가고 가을이 닥칠 것이다. 쥬스피앙이 혼자 감당하고 있는 반년은 어느 날 갑자기 끝나겠지. 오를란느인들은 공녀에게 상황을 알릴 테고, 그애가 혼자 결단을 내리는 동안 방에 틀어박혀 날짜나 헤아리는 것이 할 수 있는 전부는 아닐 것이다.

그날 막시민은 수십 일 만에 방에서 나와 여러 곳을 돌아다녔다. 저녁 무렵에는 콜레트의 저택 앞에 서 있었다.

오를란느인들과 함께 켈티카에 도착했었기 때문에 콜레트가 이스핀과 어떤 관계인지는 이미 알고 있었다. 콜레트는 로랑에게 상황을 전해듣기도 전에 막시민을 아는 눈치이기도 했다. 그러나 오늘 막시민이 만나려는 사람은 콜레트가 아니었다. 여전히 감옥에 머물고 있는 헬레나였다.

콜레트에게 열쇠를 건네받아 감옥으로 내려간 막시민은 전보다 마르고 해쓱해진 헬레나를 가만히 보고 있다가 플레상스 경이 남겼던 N자가 새겨진 열쇠를 꺼내들며 말했다.

"당신 동료들을 만났습니다. 여기다가 가둬놓고 경매장에 가서 찾고 있었다니 나도 참 멍청했지. 당신의 이야기 솜씨는 오토마톤 기술보다도 놀랍더군요. 의심 많은 누오보의 기술자 톱니 씨."

그가 창살 안쪽으로 편지 한 통을 던져넣었다.

"공방 사람들이 전해주라더군요. 그사이 그쪽에도 큰일이 났나보던데."

헬레나는 머뭇거리다가 편지를 집어들어 뜯었다. 그러나 안에서 나온 건 백지였다. 막시민은 그 광경을 빤히 보고 있다가 어깨를 으쓱해 보였다.

그랑도프 호텔의 경매 사건 당시, 매들로 소자작은 공개할 수 없는 소개자를 통해 오토마톤을 수리해줄 기술자인 톱니를 소개받았다고 했다. 전직 장의사 호프의 오토마톤을 수리

해주겠다고 제안했다는 자 또한 호프의 수중에 오토마톤이 있음을 알고 일부러 다가온 정황이 있었다. 이 둘은 방식이 무척 유사했다. 수리를 전제로 오토마톤 소장자들에게 접근하고 있다.

그렇다면 전자는 누오보 공방이고 후자는 아이언페이스의 부하들이라고 추측할 이유가 있을까? 오히려 같은 자들일 확률이 더 높지 않나? 헬레나를 가두고 오토마톤 분해를 시켰다는 자들의 행태는 쇠의 왕이라 불리던 자의 부하들치고는 뭐랄까, 좀 치졸하지 않았나? 그날 밤 헬레나를 뒤쫓던 자들은 너무 쉽게 포기하고 가버리지 않았나?

무엇보다 매들로 소자작은 갑자기 경매장 방문을 취소했다. 그건 톱니가 올 수 없다는 연락을 받았기 때문일 가능성이 컸다. 톱니는 왜 갑자기 못 오게 되었을까? 혹시 이스핀과 자신이 지하 감옥에 가둬버렸기 때문에?

여기까지 추론한 막시민은 과감히 미끼를 던졌고, 실험은 성공했다. 그러고도 헬레나는 입을 다문 채 며칠 더 버텼다. 막시민이 사흘째 찾아오는 바람에 사정을 알게 된 콜레트가 막시민을 불러 귀띔했다.

"실은 당신이 잡혀간 뒤로 공녀께서 이미 수상한 자를 하나 찾아두셨어요. 가서 알베르토 과르디가 만나자 한다고 떠봐요. 혹시 그래도 버티거든 '방적소가 불탔다'고 말하면 무슨 반응이든 있을 겁니다."

"감사합니다."

콜레트가 한숨을 내쉬더니 고개를 저었다.

"딱히 감사할 건 없어요. 모두 공녀님이 해두신 일일 뿐이니. 난 오히려 사과를 해야 할 입장이죠. 그날 수상한 세력이 경매에 참여한다는 소문을 들었으면서도 내버려둬서 결과적으로 당신을 심볼리온에 끌려가게 만들었으니까."

놀라거나 화를 낼 줄 알았던 막시민의 반응은 뜻밖으로 담담했다.

"결과적으로 잘된 일이었으니 신경쓸 필요 없습니다."

콜레트는 더 말을 이어가지 못하고 입을 다물었다. 그들은 어쩌면 더 나눌 이야기가 있었겠지만 이제는 모두 아무래도 좋은 일이 되었다. 그런 생각을 했던 것조차 전생의 일인 듯했다.

헬레나는 과르디의 이름을 들었을 때까지만 해도 과장된 무표정을 유지하며 침묵했다. 그러나 방적소가 불탔다는 말을 듣는 순간 동요를 감추지 못했다. 눈을 크게 뜬 채 굳어 있던 얼굴이 갑자기 일그러지더니 통곡에 가까운 울음이 터졌다. 흐느낌 사이로 수많은 이름이 쏟아져나왔다. 만리오, 도나타, 카롤라, 피에트로, 오르시노, 그리고 로잘린다……

이렇게 해서 막시민은 누오보 공방 사람들을 만나게 되었다. 한때 아르크벨 성에 있었던 공방은 켈티카 중심가로 옮겨와 숨어 있었는데, 추적을 피하려면 켈티카가 좋다는 것을 그들도 알게 되었기 때문이다. 그들을 만나보니 구면이 하나 더 있었다. 경매장에서 보았던 이국적인 분위기의 남자. 그가 톱니 대신 경매를 지켜보러 왔던 알베르토 과르디였다.

누오보 공방은 그동안 이스핀이 그랬듯 드문드문 거래되는 오토마톤들의 행방을 추적해왔다. 그것들이 하나하나 아이언페이스의 손으로 들어가고 있음을 알게 되었기 때문이다. 다만 그들에겐 오토마톤을 사들일 돈이나 강탈할 힘이 없었고 가진 건 기술자의 재주뿐이었다. 그랬기에 옛 공방 시절에 구축된 인맥을 타고 오토마톤을 고쳐준다는 명목으로 접근했다가 안쪽에 든 심장 조각을 슬쩍 없애버리는 방식을 취한 것이었다. 왕국의 쇠를 벗겨내고 기다리면 그것들이 공기중에 녹듯이 사라지는 걸 보았으므로. 그들은 심장에 대해 제대로 알지 못했기에 그런 식으로 그걸 없앨 수 있다고 생각했다……

공방은 그간 암시장에 오토마톤이 나오면 종종 거액으로 채가던 이스핀의 존재도 알고 있었다. 처음에는 아이언페이스의 부하인 줄 알았고, 그래서 모조품을 만들어 미끼로 내놓아본 적도 있다고 했다. 그런 것들 중 몇몇은 정말로 이스핀의 손에 들어갔다가 얼마 안 가 다시 시장에 나왔다. 내부에 아무것도 들지 않았다는 걸 확인한 뒤 다시 미끼로 활용하려는 것처럼. 곧 그들도 이스핀이 누구인지 의문을 갖기 시작했다. 그들과 마찬가지로 아이언페이스를 방해하려 하는 저자는 누구인가?

그러나 오를란느의 공녀일 줄은 상상하지 못했고 아이언페이스를 끌어내어 대결하려는 자일 줄은 더더욱 상상하지 못했다. 그러다가 그랑도프 호텔의 경매 사건이 벌어졌고, 얼마 뒤 방적소가 불탔다. 수백 년 묵은 지옥 같은 감옥을 없애버리는 힘이야말로 그들이 오랫동안 갈구해온 것이었다.

"우리는 그간 그곳에 갇힌 동료들을 구해보려고 마법사들을 고용해 여러 번 시도했지만 모두 실패했습니다. 그러는 과정에서 우리 동료들뿐 아니라 과거에 쇠의 왕을 섬기던 사람들도 갇혀 있다는 걸 알게 됐어요. 대부분은 제정신이 아니었지만, 백 년쯤 전에 번창했던 철강 길드 얘기를 하는 사람도 있었죠. 그 사람조차도 자기들이 이곳에 왔을 때 이미 누군가가 있었다고 했습니다. 도대체 얼마나 오래된 감옥이었을지…… 그런 것을 누군가가 태워 없애버린 겁니다. 그건, 불을 지른다고 타는 것이 아니에요. 설명하기 어렵지만……"

방적소가 불타고 며칠 후 위로의 메시지가 날아왔다고 했다. 메시지의 내용으로 볼 때 발신자는 그곳에 갇힌 다른 사람들의 동료들이었다. 즉, 한때 쇠의 왕을 섬겼던 자들이었다. 공방 사람들은 이들과 접촉한 적이 한 번도 없지만 존재는 알고 있었다고 했다. 예전에 오를란느 대공자에게 들은 적이 있었기 때문이다. 쇠의 왕을 오랫동안 섬기다가 배신하고 도망친 자들의 존재를.

그 사람들은 방적소 지하에 갇혔던 사람들처럼 고통스러운 영생을 살게 될까 두려워했지만 동시에 증오심과 복수심도 품고 있었다. 그렇기에 방적소를 불태운 사람을 만나고 싶어 할 것이다. 어쩌면 이미 만났거나 적어도 누구인지 알아냈을 것이다. 그들은 그러고도 남을 자들이니까.

그후 막시민은 11구 번화가에 있는 2층 셋방으로 이사했다. 305호에 들러 메모를 남겼던 것도 그즈음이었다. 책상은 일부러 창문 앞에 놓았다. 창밖으로 내다보이는 거리 모퉁이에 작은 카페가 있었다. 그는 무표정하게, 수시로 그 카페를 바라봤다. 가끔은 귓가에 비올라 소리가 스치는 듯도 했다.

어느 날 이미 외우다시피 한 일지를 뒤적이다 말고 고개를 든 막시민은 카페 입구 앞을 두번째 오가는 사람을 발견했다. 그자가 카페 안쪽을 슬쩍 기웃대다가 지나치는 것을 보자 즉시 일어나 아래층으로 뛰어내려갔다. "11구 카페에서 답장을 받아갈 것"이라는 메모를 보고 찾아올 사람은 한 명뿐이었기 때문이다.

성큼성큼 다가가 뒷덜미를 잡아채자 상대방이 놀라 펄쩍 뛰면서 뒤를 돌아봤다. 막시민의 얼굴을 보고는 더욱 놀랐다.

순간적으로 반가워할지, 뿌리치고 내뺄지, 고민이 오가는 눈을 들여다보면서 막시민이 무뚝뚝하게 말했다.

"내가 좀 사람을 잘 잡아. 아, 물론 물고기도."

지키는 자

"로랑 카스티유 경, 들어가십시오."

에투알과 색이 다른 제복 차림의 늙수그레한 남자가 로랑을 보더니 얼른 허리를 굽혀 절하며 문을 열었다. 단장과 부단장 곁에서 에투알의 행정 및 잡무를 책임지는 이들을 '녹색 깃'이라는 뜻의 '콜베르'라고 불렀다. 최소 이 년간의 훈련을 마친 수련병 출신 가운데 뽑히는 그들의 수는 서른 남짓.

에투알과 콜베르는 서로 존중해야 했지만 실은 부딪치는 일도 적지 않았다. 에투알은 지위고하가 없는데 콜베르는 있고, 에투알은 대부분 젊은 반면 콜베르는 평균 나이가 쉰 살이 넘었다. 그렇다보니 십수 년을 근무한 콜베르의 눈에 갓 들어온 에투알은 애송이로 보이기 마련이었다. 마찬가지로 에투알도 콜베르를 탈락자나 실패자로 보는 시각이 없다고는 할 수 없었다. 에투알과 달리 은퇴가 없는 그들은 나이가 들수록 거리의 평범한 시민들과 크게 다르지 않은 모습이 되어갔다.

그런 그들이 자신에게는 유난히 깍듯한 이유가 무엇인지 로랑은 알고 있었다. 공녀가 자신의 이름 끝에 붙여준 '경'이라는 과분한 꼬리표 때문이다. 그 사실을 떠올리자 면담을 앞두고 조금 흔들렸던 마음도 다시 단단해졌다.

안으로 들어가 경례하자 안쪽 책상 뒤에 앉아 있던 알레망 단장이 고개를 들었다. 그는 의례적인 인사를 건네는 대신 맞은편에 앉으라고 눈짓했다. 서류를 보느라 쓰고 있던 안경을 벗어 내려놓으며 그가 물었다.

"그래. 에투알을 그만두겠다고 했다지?"

"네, 그렇습니다."

"그만두면 뭘 할 생각이지?"

왜 그만두려 하느냐는 질문이 먼저 나올 줄 알았기에 로랑은 순간 멈칫하다가 말했다.

"아직 아무것도 결정된 건 없습니다."

"그래? 연하 곁을 지켜야 할 게 아닌가?"

"……"

에투알이 된 지 칠 년째였지만 로랑은 아직껏 단장이 하는 말에 토를 달거나 반론한 적이 한 번도 없었다. 금기여서가 아니라 그럴 일이 없었다. 단장은 늘 신중하고 현명하게 옳은 명령을 내렸으며 쓸데없이 말을 돌리거나 꾸며대는 일도 없었다. 그런 단장의 말투에서 빈정거리는 느낌이 드는 건 왜일까?

“혹시…… 제가 에투알을 그만두고 벼슬이라도 하러 갈 거라고 생각하시는 겁니까?”

“안 될 것도 없겠지. 연하의 총애가 두텁지 않던가. 또 연하 곁에 사람이 많이 필요한 시기이기도 하고.”

로랑은 켈티카에 도착하고서야 콜레트를 통해 알베르 공의 반란과 미르망드에서 벌어진 전투 소식을 전해들었다. 반란이라는 단어만으로도 온몸의 피가 싹 빠져나가는 듯했는데 공녀가 전격전을 펼쳐 오를리를 되찾고 미르망드에서 직접 전투를 지휘했다는 이야기까지 듣자 참기 힘들 만큼 화가 났다. 감히 반란을 일으킨 자들에게, 그걸 막지 못한 자들에게, 공녀가 손에 피를 묻힐 수밖에 없었던 상황에, 그럴 때 곁에 있지 못한 자신에게도.

콜레트는 입술을 꾹 다문 로랑의 얼굴을 보더니 조용히 덧붙였다.

“이제 공녀님은 예전에 알던 소녀가 아니실 거예요. 돌아가거든 그 점을 유념하세요.”

오를리로 돌아온 로랑은 샤를로트를 만나기 전에 에투알 본부로 가서 먼저 보고를 해야 했다. 그야 그는 공녀의 직속 보좌관이 아니라 에투알이고, 단지 공녀를 호위하는 분견대에 배속되어 있을 뿐이기 때문이다. 더구나 본래는 심의회에서 공녀의 명을 완수한 뒤 킵으로 돌아갔어야 하는데 단독 판단으로 오를리로 돌아온 상황이었다.

근무지 이탈 및 명령불이행에 따른 경위 추궁이 있으리라고는 예상했다. 견책 정도는 각오했고 다른 징계가 더 있더라도 감수할 생각이었다. 동시에 상황을 제대로 설명하면 납득해줄 거라는 믿음도 있었다. 그러나 예상외로 그는 경위를 설명할 기회도 없이 닷새 동안 내부 시설에 구금되었다.

한시바삐 샤를로트를 만나 심의회와 루그란에서 있었던 일들을 보고해야 한다고 생각했기에 단장이나 부단장과 면담하게 해달라고 몇 번이나 요청했지만 소용이 없었다. 경위서를 써서 제출할 수 있었을 뿐이었다. 거기에 중대한 정보가 많았기에 곧 단장의 부름이 있으리라 생각했지만 그렇지도 않았다.

이 내부 시설이라는 곳은 감옥은 아니었고 점검실이라 불리는 좁다란 방으로 로랑도 전에 와본 적이 있었다. 정확히는 일정 기간마다 신체 및 특기의 상태를 점검하는 곳이다. 에투알의 강력한 특기는 직접 배운 마법이 아니라 마법사를 통해 압축된 주문을 몸에 부여하고, 에투알 본인은 그걸 발동하는 데 쓰이는 간단한 주문만 익히는 형태였다. 그러므로 물건에 부여된 주문이 그렇듯 시간이 지나면 특기가 약해질 때도 있었고 드물게 부작용이 일어나기도 했다. 모든 에투알은 스스로 문제를 느끼면 언제든 와서 점검을 받았다. 은퇴할 때 특기를 제거할 수 있는 이유도 그래서였다.

처음에는 점검을 받으라는 뜻인 줄 알았다. 킵에 다녀오느라 점검 시기가 지나기도 했었다. 그거라면 반나절이면 끝날 일인데 닷새 동안 꼼짝없이 갇혀 있자니 돌아버릴 지경이었다. 대체 무슨 문제가 생겼단 말인가?

문을 부숴버리고 싶은 것을 꾹 참고 비비엔이라도 킵으로 보내길 다행이라 생각하며 버티던 닷새째 밤, 로랑은 불편한 꿈에 시달리다가 한밤중에 깨어났다. 닷새나 방에서만 지냈기 때문이었을 것이다. 직후 그는 방안에 정체 모를 푸른빛이 드리워져 있는 것을 깨달았다. 벌떡 일어나 뒤를 돌아보니 머리맡에 파랗게 빛나는 구가 떠 있고, 그 속에서 뭔가가 어른거렸다. 자세히 보니 그건 루그란에서 사람들이 탑 앞에 운집해 있던 광경이 아닌가?

그때 문이 열리며 당황한 마법사가 들어왔다. 로랑은 그자를 잡아둔 채 사실상 인질극을 벌이며 상황 설명을 요구했다. 결국 듣게 된 진상은 충격적이었다.

닷새 동안 그가 받은 것은 기억 판독이었다. 그런 게 가능하다는 사실도 그때 처음 알았다. 모든 기억을 완전히 알아내는 것은 아니었고, 몇 달 이내에 들어온 시각 및 청각 정보 가운데 강한 감정을 불러일으켰던 것들만 선별되어 저장되는 주문이 그의 몸에 걸려 있었다. 이번에는 기간이 길었고 또 중대한 정보가 많아서 판독에 닷새나 걸렸다는 소리를 듣자 기가 막혔다.

대체 언제부터였을까? 모든 에투알이 이런 처치를 받는가? 꼭 필요한 일이라면 왜 당사자에게 숨긴 것인가? 그런 질문들에 속시원한 대답은 나오지 않았다. 아니, 듣긴 했다. 이런 처치를 받은 사람은 현재 세 명뿐이며 로랑의 경우 삼 년 전부터 시작됐다. 숨긴 건 바로 이런 반응을 예상했기 때문이다. 꼭 필요한 일이냐 하면……

"꼭 필요한 일이지. 에투알은 군주를 수호해야 하니까."

에투알 브릴랑테 중에는 오를란느의 군주 및 후계자와 감각 동조로 연결된 자들이 존재한다고 했다. 현재 대공 전하에게도 있고 과거 베르나르 대공자에게도 있었다. 그들을 '방패'라는 뜻의 '랑파르'라고 부른다.

대공 전하의 랑파르는 알레망 단장 본인이었다. 그랬기에 미르망드에서 변고가 생긴 날 새벽에 바로 달려갈 수가 있었고, 또 대공이 죽지 않았음을 확신하기도 했던 것이다. 그는 단장이 되기 전부터 이미 대공의 랑파르였다. 보통은 단장과 랑파르를 겸하지 않지만 당시 단장의 갑작스러운 부고로 마땅한 후보가 없어 그리되었다고 했다.

베르나르가 실종되고 샤를로트가 계승 1순위가 되자 샤를로트에게도 랑파르가 필요해졌다. 그러나 몇 번의 시도에도 브릴랑테 중 누구도 공녀와 감각 동조를 이뤄내지 못했다. 마치 단단한 벽이 있어 애초에 마력의 접근을 거부하는 듯했다. 그래서 굴욕적이었지만 몇 년 동안 공녀의 랑파르는 공석이었다. 그러다가 쇼몽 사건으로 알려진 암살 시도가 발생하고 로랑이 공녀를 구하는 일이 벌어졌다.

그때 브릴랑테도 아닌 로랑이 단편적인 예감만으로 달려가 공녀를 구한 일을 두고 에투알 수뇌부에서는 격론이 벌어졌다고 했다. 이것도 일종의 감각 동조였을 것이다, 랑파르도 아닌데 저절로 그렇게 될 리 없다, 동조는 본질적으로 수호 상대에 대한 관심과 집중에서 나타나므로 부분적으로 그런 힘이 생길 수도 있다, 지금껏 공녀와 감각 동조를 이루지 못했던 이유도 사과의 섬에서 로랑 카스티유가 공녀를 구하면서 이미 감각 동조가 발생했기 때문일 가능성이 있다……

정답이 나올 수 없는 토론이었지만 한 가지 동의만은 이뤄졌다. 어차피 지금껏 랑파르를 뽑지 못했으니 로랑을 샤를로트의 임시 랑파르로 간주한다. 그러나 로랑은 브릴랑테가 아니므로 당사자에게 그 사실을 알릴 순 없다.

랑파르가 될 때 필수적인 처치가 바로 기억 판독이었다. 랑파르가 배신하기라도 한다면 군주나 후계자가 큰 위기에 처할 수 있기 때문이다. 그래서 반드시 브릴랑테 중에서만 뽑고, 사생활을 침범받더라도 충성할 것을 서약하게 했다. 그러므로 에투알 역사상 본인의 동의 없이 기억 판독을 받은 사람은 로랑이 유일했다.

그런 설명을 들었음에도 쉽게 받아들일 순 없었다. 지금까지 샤를로트는 로랑에게 많은 비밀을 말해주었다. 신뢰의 증거인 그런 비밀을 자신은 어떤 일이 있어도 지켜낼 거라고 생각했다. 그런데 그런 정보가, 비록 자신이 속한 곳이라고는 하지만 다수에게 저절로 공유되고 있었다니. 심지어 그걸 거절할 수도 없다니.

그래서 그만두겠다고 했다. 에투알에 소속된 이상 거부할 권리가 없다면 나가는 수밖에 없다. 지금껏 고향보다 가깝고 가족보다 익숙했던, 제 정체성의 대부분을 차지한다고 믿었던 에투알이다. 그에게도 마음 편한 결정이었을 리 없었다. 그런데 단장에게 이런 말을 듣게 되자 어떤 반응을 해야 할지 몰랐다. 한참 만에 간신히 이런 말이 나왔다.

"……저를 그렇게 보셨다니 유감입니다."

"내가 자네를 잘못 보았다 그건가? 그건 아닐 거야. 자네는 에투알로서도 훌륭했지만 심정적으로는 공녀 연하의 가신이었지. 난 그것도 그리 나쁘지만은 않다고 봤어. 그랬기에 쇼몽 사건에서도 공을 세웠던 게 아니겠나? 하지만 에투알을 그만두겠다고 할 정도면 자네의 정체성은 이제 다른 데 있는 거겠지."

"저는 제 동의 없이 기억 판독을 받은 사실을 받아들이기가 어렵습니다."

"그럴 수도 있겠지. 그 점은 사과하겠네. 하지만 나는 이미 수십 년 동안 받아왔던 일이지. 만약 자네가 브릴랑테였고 정식으로 연하의 랑파르로 뽑혔던 거라면 자네는 서약을 거절했을까?"

로랑은 눈을 꾹 감았다가 뜨며 말했다.

"공녀 연하께서는 동의하지 않으셨을 것이고, 연하의 동의가 없는 이상 저도 받아들이지 않았을 것입니다."

"자네는 그분들의 동의가 그분들의 안전보다 중하다고 보나?"

"다른 분이 어떠실지 그런 건 모릅니다. 하지만 공녀 연하께선 틀림없이 그럴 것입니다."

"그런 대답을 할 정도니 자네는 정말로 연하를 잘 아는군. 그렇지 않나?"

로랑은 바로 대답하지 않았다. 실은 그도 혼란스러웠다.

이 사실을 갓 알게 되었을 때는 분노가 생각을 압도했지만 얼마 지나자 지금껏 역사에 몇 번이나 남았던, 에투알이 군주를 중대한 위기에서 구했던 업적들 역시 이런 장치 없이는 불가능했으리라는 느낌이 들었기 때문이다. 동시에, 그렇다면 베르나르 대공자는 어떻게 된 건지 의아하기도 했지만 지금 따지기에 적절하지 않은 문제인 듯했다.

하지만 샤를로트는 과거의 군주들과 달랐다. 공녀에게는 아버지와도 공유하지 못했던 비밀이 있었다. 그걸 남들과 공유하느니 호위를 거부하고 위험을 선택했을 것은 자명하다. 그런데 에투알은 이미 비밀을 알고 있었으면서도 대공 전하께 보고를 하지 않았단 말인가?

"사실 자네 같은 사례가 자네만은 아니거든. 에투알은 명예로운 근위대이기도 하지만 동시에 이상한 자들이야. 내 입으로 이런 말 하긴 그렇지만, 또 비밀이지만, 부당한 일을 당한 대가로 이상한 얘기를 한번 들어보게나."

알레망 단장의 입가에 쓴웃음이 스쳤다.

"장기간 랑파르로 지낸 에투알은 감각 동조가 과해진 나머지 인격의 개별성이 흐트러지는 현상이 있네. 지키는 분께 몰입해서 그분 위주로만 생각하느라 자신의 일상이나 개인적 이익, 안전 같은 것에는 관심이 없어지는 거지. 당연히 그분의 심리도 귀신같이 꿰뚫어보게 되고. 그분이 위험하다고 생각할수록 이러한 동조도 점점 심해진다고 하더군."

"저는…… 그런 이야기를 처음 듣습니다."

랑파르의 존재조차 비밀이니 모르는 것도 당연했다. 단장이 고개를 끄덕였다.

"그렇겠지. 하지만 기준을 엄격히 해도 역사상 최소 다섯 번은 발생했던 일이야. 자네처럼 정식 랑파르도 브릴랑테도 아닌 상태로 그런 일이 생긴 건 처음이지만. 물론 자네는 자격을 갖췄지. 다음에 공석이 생긴다면 틀림없이 브릴랑테로 추천됐을 거야. 어쨌든 내 예상이 맞는다면 자네는 지금 평범한 사람처럼 미래를 상상할 수 없을 것이네. 열다섯 살 때부터 몸담아온 에투알을 그만두겠다고 하면서 아무런 미래 계획이 없는 것도 같은 이유지. 왜냐하면 자네의 미래란 연하를 지키는 것뿐이거든."

로랑의 얼굴에 어이없는 표정이 스쳐갔다. 그는 서둘러 답하려 했다.

"단장님, 그건 오해입니다. 전……"

"조금 전에 그만두고 무엇을 할 계획이냐고 묻자 자네는 모욕적인 질문을 들은 듯한 얼굴이 되더군. 하지만 보통은 당연히 생각했어야 하는 문제가 아닌가? 에투알을 그만두겠다는 말이 진심이 아니라 날 압박하려고 꺼내본 말이었다면 또 모르지만. 아, 그냥 해본 말이니까 정색하지는 말고. 십오 년이나 보았더니 나도 자네를 웬만큼은 알거든."

알레망 단장은 약간 놀리듯 말하더니 물을 한 잔 따라 입을 축였다. 그가 마시는 건 차도 아니고 술도 아닌 평범한 오를리 우물물이었다.

"하지만 생각해보게. 연하께선 머지않아 대공 전하가 되실 테고 자네는 지금이 아니더라도 언젠가 은퇴하게 될 텐데, 유일무이하게 연하의 기사로 서임되었던 자네가 각료가 되는 상상을 한 번도 안 해보았다면 그게 오히려 이상한 일이 아니겠나?"

그제야 로랑은 조금 전 알레망 단장의 태도가 자신을 떠본 것임을 알았다. 동시에 단장의 말이 너무 생소하게 들려서 스스로도 놀랐다. 그는 정말로 그런 생각을 한 번도 해보지 못했다. 그제야 자신이 평소 떠올린 미래란 샤를로트 공녀를 공격하는 자들을 막다가 죽든가 하는, 그런 극단적인 것밖에 없었음을 깨닫고는 조금쯤 미심쩍어졌다. 그간 대공자는 실종되었고 공녀는 암살 기도에서 살아남았으니 긴장하는 것이 당연하다고만 생각했는데 그뿐이 아니었단 말인가?

하지만 동시에 그렇든 그렇지 않든 무슨 상관인가…… 하는 내면의 목소리가 들려왔다. 어차피 자신이 달리 행동할 일은 없을 텐데. 이유가 뭐였든.

"그게 사실이든 아니든, 아무래도 좋습니다. 제 상태는 저나 고민하면 될 일이겠죠. 그보다 여쭙고 싶은 것이 있습니다. 에투알에서 지금껏 제 기억을 판독했다면 공녀 연하께서 대공자 연하를 해친 자를 이미 특정했다는 것도, 그자를 끌어내고자 무슨 일을 하고 계셨는지도 아실 것입니다. 저는 쇼몽 사건 이후로 공녀 연하께서 적대적인 오를리 사교계와 억지로 교류하다가 위험에 노출되느니 차라리 그게 무엇이든, 원하는 일을 하며 지내시는 편이 낫다고 생각했습니다. 그래서 연하를 말리기보다 곁에서 지키려 했습니다. 그런데 그런 판단은 저뿐 아니라 에투알도 마찬가지였던 겁니까? 또 연하께서 가지신 힘은…… 전 그게 얼마나 위험한 힘인지 얼마 전 루그란에서 겨우 깨달았지만 에투알에서도 이제 알게 되었을 것 아닙니까? 이왕 사생활도 없는데 설명하고 설득하는 수고라도 덜 수 있어 다행이라 치고 바로 여쭙겠습니다. 이제부터 어떻게 하실 생각입니까?"

알레망 단장은 그런 로랑의 반응도 예상 범위였다는 것처럼 다시 쓴웃음을 짓더니 말했다.

"먼저 말해두지만 자네의 기억은 루그란 학살이 벌어진 그날까지밖에 판독되지 않았네. 자네가 경위서에 쓴 대로라면 다음날 몸이 좋지 않아서 마법사에게 치료 처치를 받았다지? 그리고 오히려 상태가 나빠졌다고 했어. 그건 틀림없이 주문 중첩의 부작용이었지. 자네는 간단하게 썼네만 아마 상당히 심각한 상태였을 거야. 몸에 정착되었던 주문이 외력으로 깨지면 온몸에 마력 파편이 퍼져 일종의 독약처럼 작용하는데 해결법은 시간뿐이거든."

로랑은 당혹스럽게 눈을 몇 번 깜빡였다. 자신이 약해서 그 지경이 된 줄 알고 차마 죽다 살아났다고 쓰지 못했던 건데.

"그래서 본래 브릴랑테는 에투알이 아닌 다른 마법사에게 몸을 맡기지 않지만 자네는 스스로의 몸에 그런 주문이 있다는 걸 몰랐으니 자네의 잘못은 아니지. 결과적으로 그 마법사의 도움 때문에 자네 몸에 있던 기억 판독 주문은 깨졌네. 그리고 자네가 한 대답대로라면 앞으로 다시 걸 일도 없을 테지."

그 말이 로랑을 공녀의 랑파르로 인정하지 않겠다는 뜻인지, 예외를 허용하겠다는 뜻인지는 확실치 않았다.

"그리고 공녀 연하의 그 힘 말인데, 우리는 자네 생각보다 일찍부터 공녀 연하를 예의 주시해왔었네. 그 힘을 갖게 되시기도 전부터, 대공자 연하가 살아 계시던 때부터…… 실은 아주 어리셨을 때부터지. 그러니 연하께서 그 힘을 각성하시게 된 건 뜻밖이 아니라 오히려 예측이 맞아 들어간 쪽에 가깝네. 아마 이해할 수 없겠지만, 이건 에투알이 대공국의 군주들을 대대로 지키고 섬기게 된 기원까지 거슬러가야 하는 문제야."

알레망 단장이 짧게 한숨을 내쉬더니 이마를 문질렀다.

"그런데 당장 설명하려니 좀 저어되는군. 사실 자네한테 이 점을 설명하자면 자네를 여덟번째 브릴랑테로 임명하든가 하고 시작해야 하는데 말이야."

알레망 단장은 조금 전까지 보고 있던 서류를 로랑에게 건네주며 말했다.

"그럴 겨를이 없으니 이틀 정도 기다려주면 좋겠군."

그건 일종의 소집 명령서처럼 보였지만 로랑이 한 번도 본 적이 없는 형식이었다. 평소 에투알에서 쓰이는 명확한 문구와는 다른, 시적으로 느껴지는 모호한 글귀가 적혀 있었다.

비밀을 열 열쇠가 준비되었다.

잠든 검이 주인을 부르고 있다.

마침내 세상은 끝에 다다랐다.

수호자들은 임무를 다하라.

이어 날짜와 시각이 적히고 그 아래에 금색 잉크로 적힌 서명들이 둘, 셋, 둘 형태로 총 일곱 개 배치되어 있었다. 첫머리의 '발레리 드 알레망'을 알아본 뒤로는 모르는 이름이 계속되다가 얀 크루파드의 이름을 발견하고 로랑의 눈이 커졌다. 설마……

"여기 적힌 이름들이 모두 브릴랑테입니까?"

"그래. 그걸 알았으니 자네도 이제 준브릴랑테 정도는 된 셈이군."

브릴랑테의 정체를 아는 건 당사자들과 단장과 부단장, 그리고 대공뿐이었다. 게다가 맨 아래 여덟번째로 적힌 건 로랑 자신의 서명이었다. 그는 물론 서명한 적이 없었다.

"제 서명이 어떻게 있는 겁니까?"

"실제 서명이 아니라 일종의 마법이네. 당사자들이 확인한 뒤 서명 위에 자신의 서명을 겹쳐서 하면 서명 자체가 사라지지. 직접 서명하는 방법 외에도 여러 방법이 있고. 자네 서명은 입단 서류 같은 데서 따왔지 싶은데. 어쨌든 이틀 뒤, 우리는 공녀 연하를 모시고 브릴랑테만이 아는 장소로 가려 하네. 자네의 동행은 내가 정했지. 그곳에 가면 많은 걸 알게 되겠지만 동시에 무거운 책임도 생길 것이네. 괜찮겠나?"

"그 말씀은 연하께서도 모든 것을 알게 되신다는 뜻입니까?"

로랑은 닷새 동안 갇혀 있으면서 루그란에서 벌어진 일들과 대마법사 쥬스피앙이 한 말을 샤를로트에게 어떻게 전할지 거듭 고민했었다. 너무 생각을 많이 해서 꿈에도 나올 정도였다. 대마법사는 공녀에게 상황을 그대로 전하면 공녀가 직접 심사숙고해서 결정하리라 생각했겠지만 로랑에게는 다른 불안감이 있었다.

지난번, 막시민은 싸움이 시작되면 공녀가 쉽사리 목숨을 내던져버릴지도 모른다고 했다. 공녀는 당신들 생각보다 제 목숨에 가치를 두지 않으며 오히려 죽는 것을 안식으로 느낄지도 모른다고, 이미 몇 년째 그런 상태라면서.

처음 들었을 때는 경악했던 말이었지만 그후 그 말이 옳다는 생각이 떨쳐지지 않았다. 실은 자신도 은연중에 느끼고 있었는지도 모른다. 소녀처럼 천진하다가 갑자기 공녀답게 냉정해지는, 가면을 썼다 벗었다 하는 것 같은 공녀의 본래 얼굴을 자신은 모른다는 것을. 누구라도 괴로워할 상황에서 괴로워 보이지 않는 건, 그 밑에 심연이 있기 때문이라는 것을.

"그래. 아시게 될 걸세. 연하께선 이미 꽤 많은 걸 알고 계시지. 사실 이번 원행은 연하께서 비밀 공개를 요청했기 때문에 준비된 것이기도 해."

알레망 단장은 로랑의 표정을 힐끗 보더니 고개를 끄덕였다.

"자네는 고민이 되었나보군. 하긴 그럴 만도 하지. 난 자네의 경위서를 읽고서 기억 판독 없이도 자네가 루그란에서 무얼 보았는지 대략 알았네. 연하께서 그런 일에 손대게 되는 걸 무엇보다도 막고 싶겠지. 하지만 자네도 알다시피 다른 길은 없네. 연하께선 모든 걸 아시고 스스로 결정을 내리게 되실 거라네. 이런 날이 다가오고 있음을 전부터 알았지만 자네가 목도한 사건과 시기가 일치한 것은 신기한 일이지. 어쩌면 고대로부터 정해져 있던 약속이었는지도 모르겠군. 세계에 자정이 다가오고 있으니. 우리 모두 진실을 알 시각이지."

로랑에게 종이를 도로 건네받은 알레망 단장은 자기 이름 위에 한번 더 서명했다. 그러자 금빛 서명은 지워져버렸다. 잠시 후, 다른 서명들이 하나씩 사라지기 시작했다. 마침내 그 위에는 로랑의 이름만 남았다.

알레망 단장이 종이를 다시 넘겨주며 말했다.

"연하 곁에서 비밀을 짊어질 각오가 되었다면 자네도 서명하면 되네. 물론 거절할 권리가 있네."

그렇게 말했지만 단장은 로랑이 거절할 리 없다고 생각하는 태도였다. 그리고 실제로도 그랬다.

"연하에 대한 각오라면 더해질 것도 감해질 것도 없습니다."

로랑이 서명을 마치자 그의 이름도 사라졌다. 서류를 도로 받아든 알레망 단장이 한쪽 입꼬리를 올렸다.

"이로서 자네의 퇴직 얘기는 없었던 것으로 하겠네. 비밀을 본 뒤에 퇴직할 자유 같은 건 없거든. 아까 적혀 있던 자네가 모르던 이름들이 모두 은퇴자라는 걸 아는가?"

로랑이 바로 대답하지 못하자 단장은 다른 컵에 오를리 우물물을 한 잔 따라서 건네주더니 짓궂은 미소를 머금었다.

"표면적으로 퇴직하고 싶으면 하든가. 그 정도는 괜찮아.

뭐 자네만 퇴직 위기인 것도 아니고."

작년에 대공국 군대 개편 작업 도중 에투알 두 명을 감금해서 거의 죽일 뻔한 게스티에 후작에게 단장은 결투 신청이라는 초강수를 두었다. 두 번 다시 있어선 안 될 일이라 여겼기 때문이다. 유일하게 정체가 알려진 브릴랑테인 단장과 결투해서 살아남을 수 있을 리 없으니 이는 사실상의 공개 굴욕이었다. 사람들이 후작이 납골당에 자리는 마련해놨는지, 관은 미리 주문해뒀는지 모르겠다고 수군거리자 결국 후작은 사과하기를 택했고 그후 언제든 기회만 되면 그냥 두지 않겠다고 이를 갈았다.

미르망드 전투가 끝나자 우려는 현실이 되었다. 대공 전하를 지켜내지 못한데다 동생이 반란에 가담했던 알레망 단장을 어찌 그 자리에 둘 수 있느냐고 핏대를 올리는 게스티에 후작의 목소리에 여럿이 동조했다. 궁에서 열린 회의에서도 이미 두어 번이나 충돌이 있었다. 다만 예전이라면 모를까, 반란 진압 직후 철권을 쥐게 된 공녀가 반응을 보이지 않는 한 더 진행될 수 없을 따름이었다.

"그럼 그만 가보게. 그런데 참, 아까 말한 자네의 상태 말인데. 자네는 그렇든 그렇지 않든 상관없다고 했지만 과거 사례를 아는 입장에서 빨리 결혼을 하는 것도 도움이 될 걸세. 자네에게도, 또 연하께도."

순간 무슨 뜻인가 하다가 한 박자 뒤에 알아차린 로랑의 얼굴이 확 붉어졌다.

약혼반지는 여전히 그의 손에 있었다. 왜 계속 끼고 있었던가. 처음엔 부담을 주기 싫어서였을 것이다. 쇼몽 사건이 있던 밤 그는 약혼녀의 아버지가 위독하다는 전갈을 받고 특별휴가를 신청해 고향으로 가던 중이었다. 그러다가 성문에서 수상한 낌새를 채고 돌아섰다. 덕택에 공녀의 목숨을 구했지만 사건의 진상이 명백히 밝혀지지 않은 상황이라 이튿날에도, 그다음 날에도 그는 조사 때문에 붙잡혀 있었다. 고향으로 돌아갈 수 있게 된 건 거의 한 달이 흐른 뒤였다.

돌아가보니 약혼녀의 아버지는 사망했고 장례를 치른 지도 수십 일이 흘러 있었다. 소꿉친구 사이였던 약혼녀는 깊은 슬픔으로 마음이 상한 나머지 파혼을 원했다. 그녀가 아버지가 돌아가시기 전에 함께 혼인 축복을 받길 간절히 바랐다는 걸 로랑도 알고 있었다. 오를리 성문 앞에서 마지막으로 망설일 때 떠올랐던 것도 약혼녀가 보낸 편지 속의 당부였다. 바쁜 건 알지만 아버지의 임종 전에는 반드시 돌아와달라고.

다 알고도 자신은 공녀를 선택했고 각오했던 대가를 치렀다. 그러나 그걸 샤를로트에게든 누구에게든 알려서 부담을 주고 싶지 않았다. 작위까지 받게 되자 더 말하기 힘들어졌다. 어차피 자신의 사생활일 뿐이니 굳이 누군가가 알아줘야 할 필요는 없다. 선택한 사람은 자신이다. 왜 깨졌는지 물어보는 사람들에게 구차한 거짓말을 잘 해낼 자신도 없고 다른 사람을 소개받고 싶은 마음은 더더욱 없다. 그런 식으로 합리화하며 반지를 내버려둔 지 어느새 삼 년째였다. 그러나 갑자기 이런 말을 듣자 뭐라 말하기 힘든, 일종의 수치심이 일어 얼굴이 화끈거렸다. 단장의 눈에 자신이 어떻게 보일지는 뻔했다. 애초에 분명히 밝히고 정리했어야 했는데. 이제는 밝혀봤자 더한 오해를 사는 일만 남았다. 이게 대체 무슨 꼴인지.

"조언은 감사합니다만 이상한 오해는 그만둬주시기 바랍니다."

"그래그래. 알았네."

단장이 안경을 다시 쓰자 로랑은 단장실을 나왔다. 그런데 통로 맞은편 벽에 처음 보는 남자가 기대서 있다가 로랑을 보고 몸을 뗐다.

"자네가 카스티유인가?"

로랑은 의아한 눈빛으로 그를 봤다. 에투알 본부에서 로랑이 모르는 사람이라면 손님이어야 할 텐데 남자의 단단한 체격과 긴장된 표정에는 현역 에투알 특유의 분위기가 있었다. 로랑이 걸음을 멈추자 남자가 다가오더니 악수를 청했다.

"나제리온 아르노라고 하네. 잠깐 이야기 좀 나눌 수 있겠나?"

북부행

북부로 가는 건 오 년 만이었다.

갈 때는 뒷줄에서 따라가던 수련병이다가 올 때는 대공국의 후계자가 되어 맨 앞에 섰던 그 길이었다. 오늘은 실질적인 권력을 가진 공녀로서 십수 명의 귀족과 삼백여 명의 군대를 거느렸다. 원행의 표면적인 이유는 반란 사건에 가담하지 않은 지방 영주들에게 대공의 건재를 알리고 충성을 확인하고자 하는 것이었다. 그러나 첫번째로 몽타뉴로 가는 이유는 에투알 때문이다.

알레망 단장은 미르망드 전투 전에 한 약속을 지키겠다며 북부행을 요청해왔다. 전투 목적이 없는 원행단에 에투알이 스무 명이나 함께하는 것은 이례적이었지만 샤를로트는 그대로 승인해주었다. 그들 중에 브릴랑테가 섞여 있어야 하니까 그러려니 생각하면서.

로랑은 그중 브릴랑테가 두 명뿐이라는 것을 이제는 알고 있었다. 다른 브릴랑테는 원행단과 동행하지 않았다. 따로 움직일 생각이겠지. 은퇴한 에투알이 원행단에 있는 것도 이상해 보일 테니까.

샤를로트 공녀와의 재회는 원행 출발 직전에야 이루어졌다. 이틀 전, 에투알 본부에서 나오자마자 알현 신청을 했지만 이제 공녀는 정말 바빴다. 미리 약속된 면담들로 하루하루가 꽉 차 있어서 이틀 내내 짬을 낼 수가 없었다.

예전에는 알현을 신청하기보다 저녁 시간에 아무때나 찾아가도 공녀는 선뜻 만나주었고 이번에도 아마 그럴 수 있었을 것이다. 그러나 로랑은 그러지 않았다. 차마 그럴 수가 없었다. 오랜만에 즐거운 환담을 나누러 가는 것이 아니지 않던가. 늘 만나던 공녀의 방, 옅푸른 다마스크 비단을 씌운 소파에 앉은 공녀는 하루 일정이 끝나 긴장이 풀린 얼굴로 웃으며 그간의 안부를 물어오리라. 그런 공녀에게 시한부 선고나 다름없는 소식을 전한다는 임무는 생각만 해도 아득해 혼자 힘으로 감당하기 어려웠다. 차라리 공적인 알현이 나았다.

"아, 언제 돌아왔지?"

조금 전까지 냉정한 군주의 모습이던 샤를로트가 원행단

의 열에서 로랑을 발견하자마자 환해진 얼굴로 다가왔을 때, 수십 번 다짐했건만 로랑은 제 표정을 전혀 조절하지 못했다. 바로 무릎을 꿇고 손등에 입을 맞추며 가까스로 얼굴을 감춘 것이 고작이었다.

"연하를 다시 뵙게 되어 기쁘기 한량없습니다."

거의 일 년 만이었다. 그런데 그 말뿐이었다. 묘한 거리감에 샤를로트도 쏟아내려던 말을 멈칫 삼키며 생각했다. 실은 자신도 반가워하기만 할 상황은 아니었는데. 좋아하는 얼굴을 보고 저도 모르게 반색했지만 제 마음속에도 돌덩이가 하나 들어 있었는데.

오를리에는 언제 돌아왔던 걸까? 전 같으면 바로 복귀 보고를 하러 찾아왔을 텐데 그러지 않았다는 사실도 마음에 걸렸다. 얼굴도 예전보다 해쓱해진 것 같아 몇 마디라도 더 나누고 싶었지만 곧 원행단이 출발할 시각이었다.

하지만 출발하고 나자 대화할 기회는 더욱 없었다. 삼백 명이나 되는 기나긴 행렬의 중심인 공녀가 수행원 중 한 명에 불과한 로랑을 굳이 찾으러 가기란 쉽지 않았다. 그렇다고 정식으로 호출했다가는 무슨 일인가 궁금해하는 귀족 십여 명과 같이 대화를 해야 할 판이다. 편하게 대화를 하려면 로랑 쪽에서 상황을 봐가며 움직여줘야 하는데, 예전 같으면 당연히 그래줬을 로랑은 아무리 기다려도 찾아오지 않았다.

이틀째가 저물 무렵, 샤를로트는 내심 실망스러워하며 생각했다. 아무리 눈앞의 임무로 바쁘더라도 지난번 임무가 어찌 됐는지는 보고하는 것이 맞지 않나. 에투알을 거쳐 보고하는 것이 절차겠지만 로랑에게 개별 명령을 내린 건 이번이 처음도 아니고, 전에는 늘 자신에게도 따로 보고를 하곤 했다. 이번엔 무엇이 달라진 걸까.

며칠 전, 누구를 통해 자신의 비밀을 알아냈는지 물었을 때 알레망 단장은 이번 북부행으로 모든 것이 밝혀질 거라고 했다. 그래서 로랑에게도 함구령을 내렸을까? 로랑의 본질은 에투알이니까 공녀보다는 단장의 명이 우선이어서?

그렇게 생각하자 끈 하나가 끊긴 듯 가슴속이 허전해졌다. 마음놓고 대화할 상대 같은 건 대공국의 후계자에게 허상이라고, 그런 건 이스핀 샤를에게나 가능하다고 자신을 타이르면서도 못내 서글펐다. 켈티카 시절을 힘들게 포기했는데, 오를리 시절도 마찬가지라니.

심의회에서 그애가 무어라 했는지…… 이제 와서 꼭 알 필요는 없지만 그래도 조금쯤은 알고 싶었다. 잘 갔더라는 한마디라도. 하지만 알려야 할 만한 소식이 없다면 그게 가장 좋은 일일지도 모른다. 그애도 상황을 잘 받아들인 거겠지. 그러길 바라며 꾸미지 않았던가. 그 무대를, 메시지를, 처음부터 끝까지.

켈티카 시절의 자신과 지금의 자신 사이에는 피투성이 낭하가 가로놓여 있다. 그걸 건너 자신에게 오라고…… 그런 말은 차마 할 수가 없다.

어려서 무얼 얼마나 좋아했든 언젠가 두고 돌아서야 하는 순간이 온다. 아이 방에서 걸어나오면 그때부터 성인이 되어야 한다. 하루아침에 다른 사람이 될 순 없으니 기다려달라고, 그렇게 응석을 부리다가 아버지도, 대공국도 바람 앞의 촛불 신세가 될 뻔했다. 다시는 그런 실수를 저질러선 안 된다.

그렇게 결심하고 돌아서자마자 비밀이 자신을 기다리고 있었다. 바닥 모를 물처럼 자신을 바라보며 손짓한다. 준비가 되었다면 오라고. 애초에 근위대가 아니었던 에투알은 어떤 세계에 한쪽 발을 딛고 있으며 무슨 비밀을 수호했는지, 그중엔 오빠의 실종에 얽힌 비밀도 있는지, 오빠가 주었던 사과는 어디서 왔는지. 그리고 자신은 요정의 딸이 맞는지.

곧 알게 될 것이다.

며칠 뒤 원행단은 밤중에 몽트루아 성에 도착해 하룻밤을 묵었다. 다음날은 몽트루아 백작과 회견을 갖고 성을 둘러본 뒤 환영연에 참석했다가 잠자리에 들었다. 자정이 지난 시각, 한 사람이 샤를로트를 깨우러 왔다.

"연하, 조안느입니다."

샤를로트는 잠들지 않았기에 바로 일어났다. 옷도 그대로 갖춰 입고 있었다. 망토만 집어 걸치고, 둘은 창을 통해 안뜰로 나갔다. 탑을 한 바퀴 돌아 감춰진 문을 통과하자 알레망 단장이 램프 하나 켜지 않고 기다리고 있었다. 거기서 조안느는 돌아가고 단장을 따라 안개가 자욱한 황야를 가로질러갔다. 커다란 느릅나무 밑에 두건 달린 회색 망토로 얼굴과 몸을 가린 자들이 서 있었다. 샤를로트가 다가가자 그들이 일제히 절을 했다.

"고귀하신 분 앞에 서게 되어 영광입니다. 은총이 있기를."

그들의 인사말은 어딘가 낯설었다. 공녀나 연하 같은 호칭이 생략되기도 했지만 그보다 은총은 누가 내리는 것일까?

그러나 일일이 따질 틈이 없었다. 비밀이 지켜지려면 날이 밝기 전에 성으로 돌아와야 했다. 준비된 말에 오르자 옆 사람이 말했다.

"위치를 가운데로 유지하시면서 저희 속도에 맞춰 달리시면 됩니다."

샤를로트는 고개를 끄덕여 보였지만 내심 불안하기도 했다. 이들 모두가 에투알 브릴랑테인 걸 알지만 얼굴조차 제대로 보여주지 않으니 평소 다른 에투알을 믿듯 편안하게 여길 수가 없었다.

아홉 마리의 말이 황야를 달려갔다. 경사지를 내달리자 금세 속도가 붙었다. 성에서 얼마간 멀어지자 누군가가 마법으로 발밑을 밝혔지만 희미한 달빛 정도였다. 그런 채로도 속도는 점점 빨라졌다. 샤를로트는 불안감을 떨치고자 옛일을 떠올렸다. 브릴랑테는 에투알의 존재 의의이자 중핵이며 정수다. 평소 고향 같고 친구 같던 에투알이 칼자루라면 이들이야말로 칼날이다.

수련병일 때는 얼마나 궁금했던가. 얼마나 모두의 관심사였던가. 장래 희망은 모두가 브릴랑테였던 그 아이들에게는 다들 자기만의 브릴랑테 리스트가 있었다. 제멋대로 일곱 명씩 꼽아놓고는 서로 일치하지 않으니 말다툼을 벌이기도 하고 치기 어린 내기도 했었다. 자신이 브릴랑테가 되지 않는 한 영영 모를 일이니 돈을 거는 일은 없었지만.

그랬던 자신이 브릴랑테들에게 둘러싸여 달리고 있다니.

달이 구름 밑에 숨었다 나타났다 했다. 달무리가 어른거렸다. 잡목과 히스, 하얗게 닳은 바위가 드문드문 흩어진 구릉은 끊임없이 오르락내리락했다. 앞선 말들의 땀에서 젖은 풀냄새가 날려왔다. 이런 어둠 속에서 이런 속도로 달릴 수 있는 건 이 땅을 잘 알기 때문일까.

바닥이 조금씩 질척거린다 싶을 즈음 대열이 일부 흩어졌다. 둘씩 짝지어 좌우로 달려가자 남은 건 넷뿐이었다. 그러고도 겁이 날 정도로 빠른 속도는 그대로였다. 바람도 점차 강해졌다. 그때 한 사람이 샤를로트 곁으로 말을 붙여왔다.

"연하, 발밑을 조심하십시오. 진창이 많습니다."

두건을 젖히지 않았지만 로랑의 목소리임을 바로 알아들은 샤를로트가 눈을 크게 떴다.

"로랑…… 브릴랑테였어?"

로랑이 고개를 흔들었다.

"아닙니다."

"그럼? 혹시 나 때문에?"

아까부터 일행이 여덟인 것이 의아하던 차였다. 낯선 자들뿐이라 단장이 일부러 익숙한 사람을 하나 동행시켜준 건가? 그렇다면 고마운 일이었다. 거리감이 생겼다 한들 그래도 로랑은 로랑이었다. 그가 곁에 있음을 알자마자 불안하게 들떴던 마음이 착 가라앉으며 샤를로트는 침착함을 되찾았다. 로랑은 조금 지체하다가 대답했다.

"네."

샤를로트가 미소를 지어 보였다.

"고마워."

"별말씀을요."

로랑은 그후로 줄곧 샤를로트와 나란히 달렸다. 마음이 든든해진 것은 좋았지만 다른 의문이 곧 머리를 쳐들었다. 단장과 부단장, 그리고 대공만 브릴랑테의 정체를 알 수 있다고 엄격히 지켜져온 규칙에 이렇게 예외를 두어도 되나? 공녀인 자신도 어차피 예외인가? 아니면 로랑은 곧 브릴랑테가 될 예정인 건 아닐까?

앞선 단장이 수신호를 보내자 곁에서 한 사람이 말했다.

"속도를 줄이십시오. 곧 도착합니다."

서서히 속도가 느려지다가 이윽고 멈추었다. 기수들이 뛰어내리자 말들이 거친 숨을 내쉬며 투레질을 했다. 달빛을 받은 털이 땀으로 반들거렸다. 한 사람이 고삐를 모으는 동안 세찬 바람이 덮쳐와 머리카락도, 말갈기도, 망토도 너울대며 춤을 추었다. 샤를로트는 문득 코끝에서 새로운 냄새를 느꼈다. 바다였다. 아주 가까웠다.

벌써 한 시간 넘게 달려왔다. 여기는 어딜까?

"이쪽입니다. 옆은 벼랑이니 조심해서 내려오십시오."

좁다란 바위 사잇길을 타고 내려가자 울퉁불퉁하고 널찍한 암반이 나타났다. 밀물이 오면 잠기는 곳인지 이끼로 미끈거렸지만 자연이 만들었다고 보기에는 꽤 고르게 평평했다. 그곳을 가로질러가자 동굴처럼 보이는 입구가 나타났다. 동굴 안쪽 바닥에 커다랗게 뚫린 바위 구멍이 있었다. 그 사이로 언뜻언뜻 비치는 하얀 포말로 보아 아래쪽에서는 파도가 꽤 사납게 소용돌이치고 있는 듯했다. 높이는 스무 계단 정도일까.

알레망 단장이 샤를로트를 특정 위치로 인도하더니 구멍을 비스듬히 내려다보게 했다. 그러자 아래로만 뚫린 듯하던 구멍 안쪽으로 세 명이 서 있으면 꽉 찰 법한 납작한 바위가 튀어나온 것이 보였다.

"저곳으로 가야 합니다."

한 명이 먼저 시범을 보였다. 바위 구멍 가장자리를 잡고 매달리더니 가볍게 몸을 흔들어 그곳으로 뛰어내렸다. 대낮이라도 웬만한 강심장이 아니고는 힘들 텐데 심지어 어둠 속이었다. 두번째와 세번째도 간단히 내려가는 사이 한 사람이 밧줄을 바위 위쪽 어딘가에 연결하더니 밧줄 끄트머리에 매듭을 만든 다음 샤를로트에게 건넸다.

"이걸 잡고 내려가십시오."

아래쪽에서는 바다가 질러대는 비명이 메아리쳤다. 샤를로트는 줄을 내려다보더니 알레망 단장을 돌아보며 쓴웃음을 지었다.

"너무하네. 최종심 통과 못했다고 끝까지 무시하잖아."

그러나 샤를로트는 만용을 부리지 않고 밧줄을 받아들였다. 이제 자신은 에투알이 아니라 대공국을 이어받을 자였기 때문이다. 구멍 밑으로 미끄러져 내려갔다가 몸을 두 번 흔들어 건너편에 가볍게 착지하고 밧줄을 놓았다.

그들이 내려간 자리는 절벽의 복잡한 형태 때문에 어느 쪽에서 보든 교묘하게 가려져 있었다. 거기서부터 한 발짝 너비의 좁다란 길을 바위에 몸을 바짝 붙인 채로 돌아가자 철문이 나타났다. 육중하고 튼튼했지만 표면은 소금기로 변색되어 있었다.

브릴랑테 두 사람이 문을 열자 안쪽에서 젖은 바람이 불어왔다. 한층 짙은 바다 냄새가 담긴 공기였다. 불현듯 사과의 섬에서 들어갔던 통로가 떠올라 미심쩍어진 샤를로트가 눈으로 로랑을 찾으려 했을 때, 곁에서 또다른 익숙한 목소리가 말했다.

"이번엔 별일 없을 테니 걱정 마십시오."

크루파드였다. 샤를로트는 한번 더 눈을 크게 떴지만 더 묻지 않고 고개를 끄덕였다.

아홉 사람은 통로로 들어갔다. 안쪽은 오래된 미로였다. 그리고 바다 밑으로 이어져 있었다.

(8권에 계속)

룬의 아이들 – 블러디드 7

1판 1쇄 2024년 5월 30일
1판 2쇄 2024년 7월 10일

지은이 전민희

책임편집 김유진 | **편집** 한나래 박을진 김혜정 | **일러스트** UK Nakagawa
표지디자인 이혜경디자인 | **본문디자인** 이원경
저작권 박지영 형소진 최은진 서연주 오서영
마케팅 정민호 서지화 한민아 이민경 안남영 왕지경 정경주 김수인 김혜원 김하연 김예진
브랜딩 함유지 함근아 고보미 박민재 김희숙 박다솔 조다현 정승민 배진성
제작 강신은 김동욱 이순호 | **제작처** 한영문화사(인쇄) 경일제책(제본)

펴낸곳 (주)문학동네 | **펴낸이** 김소영
출판등록 1993년 10월 22일 제2003–000045호

주소 10881 경기도 파주시 회동길 210
문의 031–955–2637(편집) 031–955–2696(마케팅) 031–955–8855(팩스)
전자우편 elixir@munhak.com | **홈페이지** www.elmys.co.kr
인스타그램 @elixir_mystery | **트위터** @elixir_mystery

ISBN 978-89-546-9890-0 04810
978-89-546-5354-1 (세트)